DEVOTO

DEVOTO

Fernando Arévalo

Esta es una obra de ficción. Los personajes, los sucesos, los eventos y los lugares que se desarrollan en este libro provienen de la imaginación del autor, por lo que no son reales. Cualquier semejanza con personas, sucesos, eventos y lugares reales es pura casualidad.

Título: Devoto.

Autor: Fernando Arévalo.

ISBN: 979-84-625-2783-8

Dedicado a los escépticos que siempre lo están cuestionando todo.

PRIMERA PARTE
SUPOSICIONES

CAPÍTULO UNO

La chica

Aunque había estado encerrada desde hacía mucho, no había perdido la noción del tiempo. De hecho, aún podía distinguir los intervalos entre las horas en las que le llevaban la comida y la medicación. Por eso le pareció extraño que nadie entrara a verla en un período tan extenso.

Cuando creyó que varios días habían transcurrido, comenzó a forcejear con las ataduras que la mantenían amarrada a la cama. Después de sangrar un poco por la fricción de sus muñecas con las ligas, consiguió liberarse. Se limpió con la sábana que cubría su cama y empezó a luchar contra la puerta, que, para su sorpresa, no fue difícil de abrir.

Se escabulló sigilosamente por el pasillo. Solamente le hubiera encantado encontrarse con su doctora, la única persona en quien confiaba porque siempre era muy amable con ella.

Le tomó un par de minutos darse cuenta de lo que estaba pasando. Los pasillos parecían desolados y las habitaciones estaban abiertas y vacías. Además, a pesar de que los aparatos continuaban encendidos, no había actividad humana en ningún lugar a la vista. Por lo que entró a la sala de las enfermeras, abrió todas las gavetas de los escritorios y buscó frenéticamente dentro de ellas hasta que consiguió un juego de llaves.

Accedió a una sala más grande, y un olor casi le hace vomitar la bilis, pero se contuvo. Observó atentamente a su alrededor. Vio que, junto a la puerta que daba a la salida, un guardia permanecía sentado con la mirada dirigida hacia ella. Estuvo a punto de correr; sin embargo, se percató de que el hombre no movía ni un músculo. Decidió acercarse a él lentamente. Con cada paso, el olor se hacía más y más fuerte. Entonces vio la realidad en los ojos de aquel sujeto: estaba muerto.

Salió del pabellón donde estaba recluida y se encontró con tres cadáveres en el suelo. Todos llevaban los uniformes del personal del complejo. No entendía qué había ocurrido. Tampoco sabía qué hacer, pero sí sabía a quién buscar.

Entró de nuevo en el edificio y buscó ropa para cambiarse la bata que tenía puesta. Encontró una mochila que supuso debía ser de algún difunto y la llenó con ropa, comida y agua. Finalmente, en la biblioteca consiguió un diminuto cubo que proyectaba un mapa holográfico. Ahora sabía cómo llegar hasta él. Solo podía pensar en aquel nombre, que continuaba dando vueltas dentro de su cabeza.

—Travis —susurró.

CAPÍTULO DOS

Travis

Recoger verduras y frutas no es lo mío. Recuerdo que, durante mi infancia, mis padres me llevaban en las vacaciones de la escuela a la casa de mis abuelos. Todo era muy divertido, hasta que teníamos que ir a la hacienda por provisiones. No es que la ayuda de un niño de once años fuera muy útil, pero ellos tenían la esperanza de que me gustara ese estilo de vida y me ofreciera a trabajar los terrenos de la familia al crecer; sin embargo, eso no ocurrió. Pasaron los años, y mis abuelos murieron, dejando sus cultivos abandonados.

Hoy pienso que debí aprovechar la oportunidad de conocer más de agricultura. Eso me habría resultado muy conveniente para la vida actual. Reflexiono en ello mientras arranco las mazorcas de un tallo con mi mano sin ningún cuidado. Seguramente lo maltrato más de lo necesario. Pero no tengo tiempo de hacerlo con cuidado puesto que pronto acabará el día de recolección, que es cada jueves.

Ya he visto a muchas personas en los alrededores cargando los alimentos que han conseguido, así que es probable que esto sea lo único que encuentre cerca. Solo podemos salir a recolectar verduras un día a la semana. De viernes a miércoles, hay personas trabajando en los cultivos, y no está permitido llevarse nada. La Orden de la Fe así lo decretó hace tiempo. Dicen que de esa manera demostramos que somos iguales, pues todos buscamos provisiones en el mismo momento. También argumentan que de esa manera permanecemos concentrados en cultivar nuestro ser interior y evitamos distraernos con cosas tan rutinarias como buscar la comida varios días a la semana.

Consigo otros huertos por el camino y tomo lo que me gusta. Al menos solo tengo que buscar los vegetales. Si tuviera que cazar un animal, creo que no me saldría nada bien. Afortunadamente, en los supermercados aún quedan muchas provisiones, como carne de res, pollo y huevos. Pero como las frutas se pudrieron menos de un mes después del Día del Juicio, hay que salir a buscarlas. Por lo demás solo hay que ir el día designado para ello, es decir, los martes.

Ya no hay quien esté ahí para cobrar. Pues ¿de qué sirve el dinero si el mundo se acabó? Ahora bien, sí hay personas vigilando, ya que supervisan que nadie se lleve más de lo que debe. Cualquiera pensaría que después de todo lo que ha pasado nadie haría algo como eso. Supongo que algunas costumbres no se pierden tan fácilmente.

Cuando creo que ya tengo suficientes verduras para los siguientes siete días, me acerco a un arroyo para lavarme las manos y la cara, que tengo llena de tierra. Me la froto con un trapo hasta que siento que está limpia. Un poco de suciedad debió de caerme en el ojo izquierdo, porque siento algo de comezón en él. Aunque podría entrar a cualquier casa y asearme en el baño con agua corriente y jabón, no se siente bien entrar en los hogares que alguna vez les pertenecieron a otras personas, a pesar de que ya nadie vive en ellos.

Además, si la casa todavía tiene habitantes, quizá se asustarían al ver a un sujeto moreno y de un metro ochenta en el baño si no están cuando yo entre, pero regresan mientras aún no me he ido. Todas las casas lucen el mismo aspecto descuidado, así que no es fácil determinar cuáles están habitadas y cuáles han sido abandonadas. Asimismo, siento temor de encontrar algún cadáver en descomposición.

Es cierto que no debería pensar en esa posibilidad puesto que cuatro días después de la muerte en masa —el término más sutil para hacer referencia a ese suceso—, todos los sobrevivientes nos reunimos en la plaza principal del pueblo. Estábamos desorientados y confundidos. Algunos que esperábamos allí nunca llegaron, y otros que no imaginábamos que podrían estar con vida estaban presentes. Aquel día un grupo de voceros dijo que debíamos ir a cada casa para saber quiénes habían sobrevivido y quiénes no. Les preocupaba que los cadáveres en descomposición comenzaran a oler mal y representaran un peligro sanitario para los sobrevivientes.

A esas alturas, yo pensaba que no debían preocuparnos las enfermedades debido a que, aparte de la muerte de miles de millones, yo suponía que estos problemas también serían eliminados. No obstante, la divinidad no se había manifestado y ya la preocupación comenzaba a sentirse en el aire.

Así que buscamos a todos los muertos y los enterramos. Tuvimos que sacar muchos cadáveres de las casas porque la mayoría habían muerto en sus camas, mientras dormían. Otros estaban en lugares públicos, como clubes o restaurantes, y algunos yacían en los parques. La búsqueda fue bastante exhaustiva durante las primeras semanas. De esa manera descubrimos que mucha gente conocida por ser religiosa había muerto aquella noche.

Incluso hubo quienes afirmaron que sus parientes se habían quedado en casa rezando para justificar el hecho de que no habían sido vistos en público. Pero mentían; en realidad, estaban muertos. Les avergonzaba admitir su pérdida. Temían ser criticados, y no se equivocaron.

Tengo que caminar alrededor de veinte minutos para llegar a mi casa, o la casa donde me estoy hospedando para ser exacto. Es muy elegante y está ubicada en una recta muy larga de mansiones grandes. Solía ser un vecindario de personas adineradas bastante seguro, por lo que la mayoría de los hogares ni siquiera tienen cercas perimetrales. Como hay pocos vecinos, es un lugar un tanto solitario. No era mi... nuestra casa antes; no obstante, habiendo tantas casas desocupadas, es natural que busquemos las más cómodas.

Me pongo un audífono inalámbrico en mi oído izquierdo para escuchar clásicos del rock y lo emparejo con mi teléfono. Es prácticamente la única distracción tecnológica que conservamos. Después del Día del Juicio, todos los medios de comunicación dejaron de funcionar, así que no vemos televisión ni usamos internet.

En el camino, me encuentro con pocas personas. Las que conozco simplemente me saludan levantando la cabeza, pero no se detienen a charlar. Tal vez tienen vergüenza ajena o les da pena hablar conmigo. Lo bueno es que he dejado de preocuparme por socializar desde hace mucho. De hecho, solo conservo un par de amigos cercanos: Ráscal y Lionel, a quienes tengo un par de semanas sin ver.

El pueblo donde vivo está compuesto por diversas zonas. En las afueras, hay muchas granjas y haciendas; en el interior, urbanizaciones y residencias; y en el centro, una zona comercial. Antes de aquel día, había bastantes personas en todas partes: niños jugando, jóvenes pasando el rato con sus amigos, y adultos yendo hacia todas las direcciones debido a sus trabajos. Es todo muy distinto ahora.

En su mayoría, las calles se encuentran muy solas, y quienes transitan por ellas van a pie. Nadie se ha atrevido a conducir un automóvil, pues temen generar contaminación y morir mientras duermen por haber despertado la ira de la divinidad. En consecuencia, el pavimento comienza a mostrar descuido, y la grama está muy alta en todos lados.

Paso por una antigua iglesia y veo a muchas personas arrodilladas frente a ella mientras hacen sus plegarias. Mis padres me dijeron que, mucho antes de que yo naciera, las religiones fueron eliminadas y, para promover la paz, se estableció una única religión mundial: la Fe Universal. De esa manera, por fin podrían cuidar los valores y controlar los malos impulsos de la sociedad, a la vez que permanecían cerca de la divinidad.

Por supuesto, había rumores de que seguían existiendo grupos clandestinos que no se sometían a esta decisión; sin embargo, nadie los confirmaba. Por otra parte, costumbres antiguas, como la de arrodillarse para hacer plegarias, seguían siendo practicadas por algunos. Lo que demostraba que, aunque existía una sola religión, había quienes seguían manteniendo hábitos de las confesiones que habían desaparecido. Mis padres nunca me inculcaron ese tipo de prácticas porque las consideraban mecánicas.

Me quedo de pie al otro lado de la calle, observando a quienes están de rodillas. Se me acerca una mujer joven que lleva un vestido largo de color negro. Tiene la cara cubierta por un velo blanco, lo que dificulta que en un principio pueda distinguir su rostro.

—Muchos que antes no se sentían inclinados a participar en nuestras sesiones ahora lo hacen; quieren estar más conectados con la divinidad —dice en un tono excesivamente condescendiente. Reconozco su voz—. Deberías unirte a nosotros, así puedes recuperar la paz que tus pérdidas te han arrebatado, Travis.

—Gracias, Lena. —Es lo único que se me ocurre decirle—. Tal vez después. Es que... nunca acostumbré participar en estas actividades.

—Te entiendo. Sabes que estamos contigo —asegura, y pone su mano izquierda en mi hombro derecho—. Yo también he tenido que luchar para mantenerme a flote después de lo que he pasado. Pero todo sucede por una razón.

—Así piensan muchos.

—Es un pensamiento que nos da estabilidad. Espero que pronto puedas encontrarla tú también. —Saluda a alguien en la distancia—. Me voy; creo que debo unirme al grupo ya. Me agradó verte.

Luego se aleja de mí, se acerca a las personas que la esperan y las saluda una por una. He conocido a Lena desde hace años. Aunque podría decirse que siempre ha sido devota a la divinidad, últimamente se le ve mucho más dedicada a las actividades de la Fe.

Por otra parte, pese a que se le conoce por ser una chica muy centrada, ahora se le ve más bien un poco abstraída. Además, los velos que ha empezado a usar la hacen ver como una persona mucho mayor. Por supuesto, tiene motivos que justifican su reciente comportamiento. Me enteré de que la noche en la que todo pasó era su noche de boda. Se había casado con Justin, su novio desde la primaria y alma gemela. Parecían tener todo en común.

No obstante, cuándo la fiesta acabó y se fueron al hotel, él murió al lado de ella. Hubo quien dijo que al parecer no tenían las mismas prioridades. Después de todo, si hubiera sido así, ambos estarían juntos todavía. Yo solo sé que, en efecto, es una de las historias más tristes que he escuchado.

Prosigo mi camino y llego al vecindario donde vivo, el cual está compuesto por calles solitarias. Al pasar por la casa de Morgan y Claudia, nuestros vecinos que solían ser empresarios ambiciosos y que ahora parecen disfrutar de la paz de las nuevas circunstancias, los veo leyendo un libro a cada uno mientras reposan en sillones sobre su jardín. Intercambiamos saludos amablemente con un monosílabo, y ellos continúan con su lectura.

Cuando por fin entro a casa, dejo mis zapatos en un mueble pequeño que usamos para ello junto a la puerta, me quito el audífono del oído y voy directamente a la cocina. La primera en saludarme es Kassidy, quien lleva un delantal blanco con celeste que hace que sus ojos azules y su cabello rubio destaquen más que de costumbre.

—Travis, te estábamos esperando para comer. Estoy segura de que te quedaste observando a los animales. —Detiene su labor brevemente para dirigirme una dulce sonrisa y sigue cortando las verduras con las que está preparando la ensalada.

En la cocina, también se encuentran Roberth, su padre; Sonia, su madre, y Paulo, su hermano menor. Físicamente todos son muy parecidos, por lo que nadie podría negar que son familia. Ellos conforman uno de los pocos círculos familiares completos que queda.

Todos trabajan armoniosamente mientras preparan lo que vamos a cenar. Cada uno prepara algo distinto con una coordinación que es digna de admirar. En mi antigua casa, cada quien tenía asignada una comida que preparar varios días a la semana, y casi siempre mi madre tenía que limpiar la cocina porque los demás lo olvidábamos. No obstante, ella nunca se quejó por hacerlo. Aquí, en cambio, todo se limpia mientras se va usando. Luce tan perfecto que es agotador para el que no colabora y solo los observa.

—Tardaste mucho hoy, hijo. Lo que trajiste lo

comeremos mañana —dice Roberth, que está sirviendo el arroz en los platos según lo que considera apropiado que comamos cada uno.

Roberth no es mi padre. Mi verdadero padre y mi verdadera madre murieron el día en que todo cambió. Ese día, cuando me desperté y vi que ya era tarde, me pareció inusual que no se hubieran levantado. Fui hasta su cuarto para despertarlos y llamé a la puerta varias veces. Pero nadie respondió; habían muerto.

Desde entonces vivo con esta familia, la cual está encabezada por miembros de la iglesia a la cual asistíamos. Eran amigos de mis padres desde mucho antes de mi nacimiento. Por lo que sé, mi padre y Roberth se conocieron mientras estudiaban en primaria y siempre mantuvieron su amistad.

Mientras terminan de preparar la comida, conversamos un poco sobre lo que hice cuando estaba afuera de casa. Tengo que exagerar mi admiración por algunas cosas, como la observación de algunos animales salvajes que antes no eran muy comunes, porque la realidad es que solo quería estar fuera de casa. Esta familia es muy buena, pero tan perfecta que me hace sentir ahogado. Sin embargo, sé que se esfuerzan por respetar mi espacio. Estoy seguro de que deben percibir que necesito tiempo para estar a solas de vez en cuando; por eso me han asignado a buscar las provisiones los jueves.

Cenamos arroz con carne de res y ensalada, luego leemos textos sagrados para discutirlos como familia. Estas sesiones son muy distintas a las que solía tener con mis padres, pues aquellas eran mucho más abiertas y todos aportábamos algo al estudio. Estas, en cambio, parecen ser pequeños monólogos protagonizados por Roberth, quien, aunque hace un gran esfuerzo por evitarlo, tiende a dominar cualquier conversación en la que se encuentre con facilidad. Solo Kassy interviene de vez en cuando. Yo, por mi parte, dejé de intentarlo hace un par de meses.

Al terminar, lavo los platos con Paulo. Pese a que solo tiene trece años y está en plena adolescencia, es muy colaborador en todas las tareas del hogar. A veces me impresiona su conocimiento sobre las labores domésticas, porque yo tengo veinte años y no sé tanto como él de limpieza e higiene. Lo mío es resolver emergencias mediante trabajos manuales.

Subo a mi habitación y me acuesto en mi cama. Pienso en la vida que ahora tenemos, en la rutina que muchas veces hay que seguir: ir a buscar comida, asistir a la iglesia un par de veces por semana, estudiar textos sagrados todas las noches después de la cena, y pocas cosas que se salen del mismo plan, pero que tienen que ver con él de alguna manera. Nunca pensé que la vida posterior al fin del mundo sería tan aburrida.

Alguien toca a la puerta y la abre lentamente: es Roberth. Mueve su cabeza haciendo una seña con la que trata de preguntarme si puede pasar, yo asiento, él toma una silla y se sienta a mi lado.

—¿Cómo te sientes hoy, Travis? —me pregunta. Periódicamente saca tiempo para hablar conmigo porque le preocupa cómo me siento. Toda la familia se esfuerza en todo momento para que me sienta como en mi casa.

—Bien... yo... creo que me he adaptado bastante bien. —Después de una pausa algo incómoda, se me ocurre una pregunta—: ¿He hecho algo malo? Lamento haber tardado tanto hoy.

—No has hecho nada malo, hijo —me interrumpe amablemente—. Solo estamos preocupados por ti, por cómo te sientes ya que han sido meses muy duros. Deseamos que sepas que te queremos y que eres parte importante de esta familia.

—Lo sé. Gracias por acogerme aquí.

—Los cambios nunca han sido fáciles. Y estos cambios de tan amplia magnitud han requerido un nivel de adaptación bastante elevado de parte de cada uno de nosotros.

—A veces me pregunto si esto es todo, si esta será nuestra vida de ahora en adelante. Yo creía que nuestra existencia sería mejor, pero estoy sintiendo que me había equivocado.

—Todas tus inquietudes son válidas, hijo. Solo ten paciencia y serás recompensado.

La manera en la que me habla me ayuda a relajarme. Es cierto que Roberth es una persona altamente dominante; no obstante, sabe hacer un buen trabajo cuando se trata de reconfortar a los demás. Ahora bien, logro percibir algo diferente en su mirada, como si quisiera decirme algo más; así que le pregunto sin rodeos:

—¿Pasa algo, Roberth?

—Travis, necesito algo que se encuentra en tu antigua

casa. Además, quizás te haría bien ir para allá. Posiblemente, te ayude a cerrar un ciclo. Sonia y yo podríamos ir en tu lugar, pero no creímos que fuera correcto.

Durante todo este tiempo, he evitado regresar a mi casa. Sin embargo, no quiero rechazar el planteamiento de Roberth y, a la vez, me parece interesante que me pida buscar algo.

—¿Qué necesitan? —inquiero.

—Unos diarios y otros libros de estudio que tu padre tenía en la biblioteca. Por lo que he oído, el divino ha comenzado a manifestar su dirección, y es probable que dentro de poco comencemos a organizarnos de forma más sistematizada. Necesitaremos todo el conocimiento compartido que exista para crear nuevas casas de estudio, y esos textos pueden servirnos.

—¿Por fin nos dirá qué pasó y qué debemos hacer ahora?

Mi pregunta parece molestarlo un poco, puesto que cambia su semblante y, aunque se esfuerza por controlar su tono, nadie es tan perfecto como para soportar en todo momento los comentarios impulsivos de un joven.

—Todos sabemos qué fue lo que pasó: los culpables murieron.

—Lo sé, lo lamento, Roberth. No quería decir nada inapropiado.

—Está bien, eres solo un muchacho todavía. ¿Crees que puedas buscar esos libros? Sé que puede ser especialmente difícil para ti ir hasta aquella casa; no obstante, no tienes que ir solo. ¿Quieres que te acompañemos?

—No. —Sale automáticamente de mi boca. Creo que ni siquiera había pensado la respuesta—. Esto es algo que debería hacer por mi cuenta. Es momento de seguir adelante de una vez por todas.

—Me alegra oír eso, hijo. —Me dirige una sonrisa, sale del cuarto y cierra la puerta.

Hace siete meses, todo esto comenzó. Nunca volví a esa casa, *mi casa*. Creo que el dolor era demasiado grande como para verla siquiera. Luego fueron la ira y la confusión las que me motivaron a mantenerme alejado de ese lugar. Ya ha pasado suficiente tiempo; mañana tendré que demostrar que he madurado lo suficiente como para confrontar esos sentimientos.

Suena el timbre de la casa. Es extraño que alguien llegue a estas horas de visita. En el tiempo en que realizaban proselitismo religioso de casa a casa, era común que desconocidos llamaran, pero nunca tan tarde; son las nueve de la noche.

Aunque Roberth es el cabeza principal de la Orden de la Fe, el consejo que gestiona todo lo que se hace aquí, y eventualmente llegan personas a la casa para traer o solicitar información, lo normal es que lo hagan en horario diurno. Por otra parte, debe tratarse de alguien desconocido o poco allegado, porque los amigos de esta familia acostumbran entrar primero y llamar después. Lógicamente, las casas siempre están abiertas pues ya no existen ladrones.

Vuelve a sonar el timbre. Me levanto de mi cama, salgo

de mi habitación, bajo las escaleras y me encuentro con Roberth justo antes de abrir la puerta principal. Me quedo al lado de él y abre la puerta. No hay nadie, la carretera está vacía. Solo hay un perro que corre desde el otro lado de la calle y se pierde en la oscuridad. Atravieso la entrada de la casa para salir, y un pequeño crujido me hace detenerme. Estoy pisando algo que no había visto. Retiro mi pie, y nos quedamos viéndolo un momento hasta que Roberth lo levanta. Es un sobre sellado que tiene estampado un logo, el cual está compuesto por una cadena en círculo con una escritura muy pequeña en el centro que dice: *«Hijos de la Redención»*.

CAPÍTULO TRES

Anoche Roberth dijo que era demasiado tarde para abrir el sobre y que debíamos irnos a dormir para descansar bien. Sé que, en realidad, no quería compartir el contenido conmigo hasta haberlo revisado para determinar si es conveniente que yo lo conozca también.

Al amanecer, me levanto temprano y empiezo a arreglarme para ir a mi casa. Estoy nervioso, aunque no entiendo la razón. Quizá se debe a que temo confrontar las emociones que me he negado a sentir últimamente. Cuando estoy listo, bajo las escaleras y me encuentro con Kassidy.

—¿Estás seguro de que no quieres que alguien te acompañe? No tiene que ser papá o mamá, podría acompañarte Paulo, o yo misma. Tal vez hasta Lio o Ráscal estarían dispuestos a ir contigo.

—Tranquila, Kassy. —Trato de sonar sereno para que ella se calme—. Estoy bien.

—No sé por qué insistes en esto —comenta con una sonrisa triste—. Sería mejor que alguien estuviera contigo para apoyarte.

—Gracias. Sé que te preocupas por mí. Y también sé que ustedes estarán para darme ánimo cuando regrese —le digo mientras le doy un abrazo.

—Vale, entiendo —agrega, resignada—. Te prepararé algo bueno para que comas cuando hayas vuelto —finaliza, tomando mi mano por un momento, y se retira.

Siendo sincero, no quiero que me vean llorar como un niño. Siempre he creído que todos nos vemos muy feos llorando. No es que me importe lucir menos atractivo, pero tampoco es algo que particularmente sea de mi agrado.

Salgo de la casa y me pongo en marcha. Como no tenemos bicicleta tengo que caminar todo el trayecto. Debería tomarme cincuenta minutos en total llegar hasta mi destino. Al alcanzar a ver de lejos la urbanización en la que solía vivir, no puedo evitar sentir nostalgia. Recuerdo tantas cosas que hice allí. Mientras voy avanzando por las calles, empiezo a ponerles nombres y caras a cada uno de esos recuerdos. Tantos momentos, tantos amigos... Hoy todos están muertos. Debí convencerlos de vivir una vida más devota, así podrían estar vivos hoy.

Sin embargo, yo era muy joven. No soy demasiado viejo actualmente, pero la realidad es que, en aquel entonces, no me tomaba la vida muy en serio. Además, después de todo, si los hubiera convencido de creer en la divinidad, quizá hubieran muerto de la misma manera, al igual que pasó con algunas personas que conocía, como mi exnovia Kara.

Es cierto que habíamos terminado un año antes del Día del Juicio porque discutíamos frecuentemente. No obstante, reconozco que ella siempre fue una chica educada, compasiva y correcta; por lo que me tomó por sorpresa su fallecimiento aquella noche. Igual de sorprendente fue que sus padres y su hermana Kira, de quienes frecuentemente se quejaba debido a que son personas difíciles de tratar, sobrevivieran.

Paso frente a su casa y veo los oxidados columpios que su padre puso en el jardín para que ella y su hermana jugaran cuando eran niñas. Se tambalean por la brisa y producen un leve chirrido. En ellos solíamos pasar el tiempo juntos cuando nos hicimos novios a los diecisiete años. Dos años después, allí mismo terminó conmigo.

Continúo caminando y llego a mi casa. Tres meses antes de que todo ocurriera, la habíamos pintado de blanco y también habíamos reforzado la cerca de madera que la rodea, pese a que su función es puramente decorativa. Ahora el color de la pintura se ha ido cayendo, y hay marcas verdes por donde se evidencia que baja el agua cuando llueve. Por su parte, la mayor parte de la cerca se ha caído; algunas vigas se están pudriendo, y otras pocas luchan por mantenerse en su lugar. Me quedo de pie viendo el exterior de la casa por un rato y, de repente, una mano toca mi espalda.

—Disculpa, no quería asustarte —me dice al ver que me sobresalto—. Estoy viviendo al final de esta calle. ¿Te vas a mudar a esta casa?

—No, yo no...

—¡Qué modales los míos! Mi nombre es Erick. —Extiende su mano derecha para saludarme, y la estrecho con la mía—. Antes vivía en Los Pinos; sin embargo, decidí mudarme aquí con mi esposa Fabiana después del Día del Juicio porque nos gusta mucho este lugar.

—Mi nombre es Travis. Solía vivir en esta casa antes, pero... —Medito por un momento cómo continuar, pues no quiero entrar en detalles—. Me mudé con unos amigos para no estar solo aquí.

—Ah, vaya... Entiendo, Travis. Debe ser difícil regresar entonces. Lo lamento, pero creo que, si estás con vida, es porque podrás con todo lo que se te presente, amigo. La divinidad te dará las fuerzas. —Su sonrisa, que es demasiado exagerada, comienza a ponerme incómodo, y creo que lo nota—. Así que... te dejaré para que hagas tus cosas. Estoy a tu orden para lo que necesites.

—Gracias, Erick. Te lo agradezco.

Se aleja hacia donde supongo que es su vivienda. Por un momento, pienso que debería seguirlo con la mirada para saber cuál es, pero no puedo dejar de ver por mucho tiempo mi propia casa. Saber que Erick y otras personas viven en esta urbanización me hace pensar que yo también podría venirme a vivir aquí, solo. Eso tal vez sería demasiado ingrato de mi parte hacia la familia que me ha brindado un hogar, así que prefiero ignorar esos pensamientos, al menos por el momento. Un dilema a la vez.

Paso la cerca y giro el pomo de la puerta. El interior de la casa está igual a como lo dejé, a excepción de todo el polvo que ahora cubre las superficies. Paso el dedo sobre la mesa que contiene las fotos de mi familia y me doy cuenta de que la capa de suciedad es bastante gruesa.

Comienzo a ver una por una las fotos de mi familia: una de la boda de mis padres, otra de mi hermana de bebé, otra en la que ella tenía diecisiete años y me estrechaba en sus brazos. Yo tenía pocos meses de nacido. En esa foto, ella sonríe mientras me ve y yo duermo porque eso es lo que hacen los bebés. Hay una de los cuatro juntos en la playa, otra de la graduación de mi hermana en su postgrado de psiquiatría, y una de mí en el campeonato de natación de mi instituto hace dos años. Recuerdo que perdí aquella competencia, mas mi papá insistió en poner esa foto aquí. «*Lo importante es participar, no ganar*», siempre decía. Sí, claro...

Se me empiezan a llenar los ojos de lágrimas cuando los comienzo a recordar a todos y siento que mis piernas comienzan a fallar. Se me escapa un jadeo, y una lágrima comienza a caer por mi mejilla derecha.

—Sería buena idea que te sentaras —insinúa una voz que está a mi derecha desde la entrada de la cocina.

Es una chica morena que tiene grandes ojos verdes y cabello castaño oscuro y ondulado. Un labial rojo pronuncia mucho sus labios. La ropa que lleva se ve limpia, pero está algo desaliñada. Con su mano derecha, sostiene un martillo en posición de ataque.

—¿Quién eres tú? ¿Qué haces aquí? —le pregunto súbitamente mientras me limpio el rostro con la manga.

—Tú deberías responder esas preguntas primero ¿Por qué te has metido en mi casa?

—¿Tú casa? ¿De qué hablas? Esta es mi casa —inquiero, confundido.

—Cualquier persona que entre por esa puerta podría decir lo mismo. Además, tengo cinco meses viviendo aquí y es la primera vez que vienes —replica, enfadada.

Me volteo y ella se sobresalta. Agarro la fotografía del campeonato de natación y se la extiendo con mi mano derecha.

—He vivido en esta casa durante toda mi vida, solo me fui después de que el mundo se acabó. Si esta no fuera mi casa, ¿por qué habría una foto mía aquí? —le pregunto sarcásticamente.

Se acerca un poco a mí y se queda viendo la foto por un momento. Luego me regresa la mirada y vuelve a ver la foto. Hace lo mismo un par de veces más hasta que termina de confirmarlo y asiente con su cabeza.

—Te veías mejor antes. ¿Qué le pasó a tu cuerpo? —opina con cierto desprecio mientras me mira de pies a cabeza.

Retiro la foto de su vista. Había pasado por alto el hecho de que aparezco semidesnudo en ella. Por eso siempre quise tirarla a la basura, pero mis padres nunca lo permitieron. Supongo que me sonrojo, porque la chica comienza a reírse.

—Tranquilo, campeón. He visto mejores cuerpos, y… peores también —agrega irónicamente. Luego de hacer una pausa prosigue—: Mi nombre es Lorana, ¿y el tuyo?

—Travis. —Le extiedo la mano, pero ella solo la mira y no devuelve el saludo—. ¿Por qué estás en mi casa? —le pregunto.

—Supuse que ya nadie vivía aquí. Me gustó el lugar y me quedé. Si es tu casa, ¿por qué la abandonaste? —interroga mientras frunce el ceño.

—No había podido venir antes —respondo de forma

poco convincente.

—Las personas por lo general tienen tiempo de volver a sus propias casas. Eso no tiene mucho sentido. Ni siquiera las otras personas que aparecen en las fotografías han venido por estos lados. Pensé que estaban todos muer... —Se interrumpe a sí misma al darse cuenta de la situación y cambia su tono de voz—. Así que es eso. Chico, lo lamento.

—No te preocupes —digo rápidamente sin verla al rostro.

—Mi familia también murió. No eran buenas personas, a decir verdad. Aunque no puedo decir que me alegre el que ya no estén, quizá el mundo está mejor sin ellos —agrega con total indiferencia.

No puedo creer cuánta crueldad suelta esta chica con tanta facilidad. ¡Está hablando de su propia familia! El que alguien se exprese así de los suyos no es habitual. Es una persona muy extraña.

—Ay, por favor, no te sorprendas. Si no sobrevivieron fue por algo, ¿no? O al menos eso es lo que todos piensan de los que murieron ese día.

—¿Y tú por qué sobreviviste? ¿Eres religiosa y ellos no lo eran? —le pregunto con recelo.

—Ni ellos ni yo lo éramos si te soy sincera.

—Ah, entonces eres una nueva conversa —sugiero.

—Todo lo contrario —responde después de torcer los ojos.

—Eso es imposible. Si ese fuera el caso, no deberías estar viva.

—Quizá esa era tu forma de vida. Supongo que eras uno de esos extraños niños religiosos; y tus padres, unos mundanos cualquiera —menciona, retomando el tono irónico en sus palabras.

—Mi padre era un vocero de la Fe Universal, y mi madre siempre estuvo involucrada en las actividades de nuestra comunidad —respondo, y hago un esfuerzo para contenerme.

—¡Vaya! —suelta—. ¿Y por qué están muertos si eran tan buenas personas? ¿Acaso tu papá era de aquellos que tocaban a las mujeres jóvenes al terminar sus servicios religiosos cuando nadie veía, y tu madre era una chismosa?

—Ellos nunca... —La ira comienza a subirse a mi cabeza.

—Tal vez tu papito se robaba el dinero que daban sus corderitos para comprar cigarrillos, y tu mamá veía películas impropias durante las noches cuando todos dormían —se burla.

—¡Deja de decir mentiras sobre mis padres! —le grito cuando no puedo seguir escuchando sus improperios. Respiro profundamente y, después de calmarme, prosigo—: Solo la divinidad sabe por qué ellos no están aquí hoy; pero sé y estoy convencido de que eran excelentes personas. Gracias a ellos, yo estoy vivo hoy.

Nos quedamos viéndonos uno al otro durante un instante hasta que ella pone el martillo sobre una mesa. Aunque lo hace con delicadeza, el ruido que causa el metal cuando hace contacto con la madera resuena en toda la casa. Lorana se da media vuelta para darme la espalda y dice:

—Creo que no voy a necesitar eso. No matarías ni a una mosca.

—Con ese martillo tampoco harías gran cosa.

—No sabes de lo que sería capaz hasta con un lápiz —agrega, y suelta una carcajada.

—Supongo que no mucho.

—Te sorprenderías —me dice con satisfacción.

Se aleja de mí para dirigirse a la sala. Me quedo de pie en el mismo lugar, y se me ocurre que debería pedirle que se vaya de mi casa. Mientras la sigo, me doy cuenta de que ha hecho de la sala su habitación. Tiene un par de almohadas y sábanas sobre el mueble, lo que me da a entender que lo usa como cama. Este fue mi hogar, pero ya no lo es. Puede que sea mi casa, aunque eso es algo muy distinto. Ahora bien, sí que es su hogar ahora.

—¿Por qué estás viviendo aquí sola? ¿No hay alguien de tu familia o amigos con quien puedas vivir? —le pregunto.

No me responde. Se sienta en un sofá y comienza a mirar por la ventana. Parece algo incómoda conmigo. En realidad, muchas personas, al igual que cualquier otro ser vivo, tienden a ser territoriales y les perturba que extraños invadan su espacio. Puede que ella se sienta amenazada con mi presencia. Entonces vuelve la mirada hacia mí.

—¿Vas a pedirme que me vaya? —me pregunta. Ahora me ve fijamente a los ojos con seriedad. Su jocosidad ha desaparecido.

—Pues yo supongo que...

—Hay muchas viviendas vacías. Si quieres esta, entonces yo debería irme a otra —concluye—. Aquí están todas las cosas de tu familia. Lo más razonable es que conserves esta casa —agrega pacíficamente.

—Creo que esta es tu casa ahora. —No puedo creer lo que estoy diciendo—. Yo ya no vivo aquí, solo he venido a buscar algunas cosas. Espero que no hayas reorganizado nada.

—Solo he usado la sala para dormir y ver películas; la cocina, para cocinar, y el baño, para hacer lo que se hace allí. La verdad es que nunca he subido las escaleras, así que ni siquiera sé cuántas habitaciones hay arriba.

—¿Y eso a qué se debe? —le pregunto. Ella abre más sus ojos y mueve un poco su cabeza. Sé que la mantuvo alejada de las habitaciones: el temor a conseguir algún cadáver.

—Supuse que de haber alguien muerto arriba olería mal, pero no he querido arriesgarme. Ahora tú podrás despejar todas mis dudas.

—Arriba no hay nadie. Yo estaba aquí cuando los sacaron.

Me dirijo a la escalera y me quedo mirándola antes de subir. Sé que no hay nadie arriba; sin embargo, de igual manera tengo temor. Temo comenzar a verlos en todas partes, en donde solían estar, haciendo las cosas que solían hacer. Me repito que solo tengo que subir las escaleras, girar a la derecha sin pasar por ninguna habitación para llegar al estudio y recoger los libros que Roberth me mandó a buscar. No me percato del momento en que Lorana se levanta del mueble y se para detrás de mí. Salgo de mis pensamientos cuando la oigo preguntarme:

—¿Quieres que suba contigo?

Si pensé que estaba preparado para esto, me equivoqué. Solo soy capaz de regresarle la mirada a Lorana y asentir. Así que subo y ella me sigue. Nos acabamos de conocer y, pese a su actitud tosca y sarcástica, su forma de expresarse abiertamente demuestra que al menos no es de las que salen con sorpresas y podría ser una persona en quien confiar; espero.

La biblioteca está bastante desordenada; no recuerdo que estuviera así. No obstante, tampoco la frecuentaba, por lo que mi criterio no es de fiar. Encuentro tres de los libros que Roberth me mandó a buscar y los guardo en la mochila que llevo conmigo. Al salir del estudio, veo la habitación de mi hermana, ya que está situada justo en frente. La puerta permanece cerrada, como ella solía mantenerla.

Al bajar las escaleras. Agradezco a Lorana que me haya acompañado. Me doy cuenta de que está sola. Esta es la vida que me hubiera tocado vivir si Roberth y su familia no hubieran venido por mí. Mi vida puede ser aburrida, pero la de ella es demasiado triste, pues está viviendo sola en esta casa.

La idea pasa por mi mente en ese momento. Tal vez Lorana debería vivir con nosotros, o al menos con otra familia. No obstante, es algo complejo ese tema. Tendría que hablarlo con la familia de Roberth primero.

Así que me despido de Lorana, salgo de la casa y, al ver por la ventana, la veo ahí, despidiéndose de mí. Es probable que su actitud inicial solamente haya sido una consecuencia de estar alejada de las personas, de vivir en soledad todo este tiempo.

CAPÍTULO CUATRO

—¡Por supuesto que no! Esa chica es una total desconocida y no puede venir a vivir con nosotros.

Las palabras de Paulo son las primeras que alguien se atreve a decir después de contarle a la familia sobre mi encuentro con Lorana en mi casa. Todos los demás permanecen en silencio hasta ese momento. Estamos sentados en las sillas del comedor de la sala, que es donde Roberth nos reúne cuando hay que discutir temas que afectan a toda la familia.

Al regresar, le entregué los libros a Roberth y le mencioné el asunto. Él hizo lo que se acostumbra en estas situaciones: convocar a toda la familia. Al escuchar a Paulo, Kassy le devuelve una mirada de indignación, en tanto que sus padres no expresan emoción alguna.

—No digo que ella deba venir a vivir con nosotros —explico—. Solo debemos notificar que ella necesita un lugar de acogida.

—Es más complicado de lo que crees —me contesta Roberth—. Si nosotros informamos al comité de menores acerca de la situación de esa chica, automáticamente esperarán a que venga a vivir con nosotros.

—Quedaríamos en una mala posición delante de la comunidad si no somos los primeros en ofrecerse a acogerla —agrega Sonia.

—¿Entonces es mejor que ignoremos el asunto y nos hagamos la vista gorda? —les pregunto. Estoy molesto.

—La intención es muy buena, hijo. Ahora bien, debes entender que necesitamos tiempo para considerar esto y ver todas las opciones —se justifica Roberth.

—¿Cuánto tiempo deben considerarlo? —le pregunta Kassy.

—El tiempo que sea necesario —le responde él contundentemente.

—Mientras tanto, nos comportamos como si no supiéramos nada sobre su situación —agrego con recelo.

—Así parece —murmura Kassy, y se dirige a sus padres—: Pero ustedes saben que, según las leyes, ningún joven menor de veintiún años puede vivir sin un adulto que lo supervise. Tú eres quien administra las leyes aquí, papá —le dice a Roberth—. Deberías estar más interesado que nosotros en su cumplimiento, ¿no es así?

—Es mi deber velar por el orden dentro de la comunidad; sin embargo, también lo es buscar el bienestar de mi familia. Y eso hago —le contesta Roberth.

—¿Y quién vela por su bienestar? Es más que evidente que esa chica necesita una familia. ¿Qué deben considerar? ¿Por qué no podemos recibirla aquí? —plantea Kassidy.

—Ella podría ser reubicada en cualquier otra familia, no tiene por qué ser la nuestra —indica Roberth con amabilidad y severidad a la vez. Siempre ha sabido combinar ambos tonos en una misma declaración; no entiendo cómo lo logra.

—Si existe esa posibilidad, ¿por qué se niegan a dar a conocer el asunto? ¿Solo para no verse en la obligación de hacer algo que no quieren? —interrogo.

—Que transmitamos una mala imagen ante los demás no es una opción —señala Roberth seriamente.

—¡Qué insensible suena eso! —replica Kassy—. ¿Importa más nuestra reputación que una persona?

—Querida, tu padre solo tiene que considerar si tenemos un ambiente apropiado que ofrecerle a ella mientras los cuidamos a ustedes de la mejor manera —explica Sonia, poniendo su mano sobre la de su hija en un intento de calmar la tensión que está generando esta conversación.

—¡Yo no quiero que nadie más venga a vivir con nosotros! —se queja Paulo para manifestar su descontento sin intención alguna de ocultarlo.

Nunca lo había visto así. Obviamente hay algo que le molesta, pero ¿qué es?

Por otra parte, admito que esta situación está tocando muchos temas sensibles en esta familia. No obstante, Kassidy parece muy abierta a la idea, mientras que sus padres siguen renuentes a ella. Ellos no quieren encargarse de Lorana; sin embargo, tampoco parecen cómodos con la idea de que sea alguien más quien lo haga.

—Suponiendo que nuestra familia termine encargándose de ella, primero tendríamos que pensar en dónde podría dormir —considera Roberth—. No puede hacerlo en la sala como lo ha estado haciendo en la casa de Travis; por lo que alguien tendría que compartir su habitación.

—¡No quiero compartir mi cuarto con nadie! —refunfuña Paulo desesperadamente.

—Mi amor, nadie te está pidiendo que lo hagas —le dice suavemente Sonia para calmarlo.

—Al más pequeño es al que siempre ponen a dormir con alguien más. No quiero que desordenen mis cosas —responde él.

—Hijo, nunca te pondríamos en una situación que te hiciera infeliz —le dice Roberth; luego se dirige a Kassy y a mí—: ¿Se dan cuenta de por qué esta decisión no puede ser tomada a la ligera?

La situación de esta familia puede que no sea la ideal para recibir a otro miembro; eso lo entiendo. Sin embargo, no estoy de acuerdo con hacer o dejar de hacer algo solo para complacer las opiniones ajenas. Además, que Roberth y Sonia teman a las críticas de los demás por no acoger a Lorana demuestra que en realidad sí pueden hacerlo, pero que no quieren.

—Me parece que están siendo muy injustos —interrumpe Kassidy, acaparando la atención de todos en el comedor. Es la primera vez que la veo tan inconforme con sus padres.

—¿Por qué crees que estamos siendo injustos? —inquiere Sonia. Ha comenzado a golpear con suavidad la superficie de la mesa con sus dedos. Eso indica que está comenzando a perder la paciencia.

—Cuando Travis se quedó solo, ¿dudamos por un segundo en traerlo a vivir con nosotros? —les pregunta

Kassy—. ¿Qué fue lo que dijiste, Paulo?

—Dije que podía compartir mi habitación con él —responde Paulo con una voz más infantil de la que generalmente usa para hablar.

—Luego papá decidió acondicionar uno de los estudios de la casa y convertirlo en otra habitación para que todos tuviéramos suficiente privacidad —dice Kassy, dirigiéndose a sus padres—. Nunca dudamos en recibir a Travis. ¿Por qué ahora dudamos tanto en ayudar a otra persona que está en la misma posición? Por favor, ¡hasta vive sola en la misma casa en la que estaba viviendo Travis en ese momento! —razona, sobresaltándose un poco.

—Kassidy, no hay otro estudio que pueda ser convertido en una habitación —señala Sonia sin disimular la molestia en su tono de voz.

—Puedo compartir mi habitación con ella. Paulo iba a compartir la suya con Travis, y yo estoy dispuesta a hacer lo mismo —propone Kassy firmemente—. De esa manera podemos hacer algo bueno por una persona que lo necesita y cuidamos nuestra *preciada imagen* —dice, enfatizando sus últimas palabras.

Nadie es capaz de responder. Y la realidad es que, ahora que me involucró a mí, no sé a dónde va Kassidy con su argumento. Por lo que empiezo a sentirme algo incómodo y comienzo a preguntarme por qué a mí sí me incluyeron en su familia sin problemas.

—Es muy diferente —se limita a decir Roberth.

—¿Por qué, papá? ¿Qué hace que esta situación sea diferente? —replica Kassidy.

—¡Porque conocíamos a Travis! ¡No sabemos nada de esa chica! —responde inmediatamente Roberth, elevando el volumen de su voz.

—Cuando recibimos a Travis, muchos integrantes de la comunidad expresaron su admiración por nuestra familia y, en parte, eso contribuyó al establecimiento de la Ley de Independencia a los veintiún años —explica Kassy, y guarda silencio, esperando a que alguno de sus padres responda. Ninguno lo hace.

La Ley de Independencia de Edad prohíbe que las personas menores de veintiún años puedan residir sin supervisión en una vivienda. Si algún joven insiste en vivir solo, entonces podría ser excomulgado, es decir, sería excluido de la comunidad. Las demás personas podrían negarle el trato e incluso perdería sus derechos, como el de buscar alimento en los campos de cultivo. El suicidio social ha sido llevado a otro nivel.

Parece que la Orden estableció esa ley para mantener controlados a los miembros más jóvenes de la comunidad que no tuvieran padres o parientes sobrevivientes debido a que consideraban que era fácil que se descarriaran. Parte de la ejecución de dicha ley consiste en la reubicación, que puede tardar varios meses si ninguna familia se ofrece hasta que finalmente obliguen a alguna a aceptar al nuevo miembro. Eso rara vez ocurre porque, con tal de recibir un poco de atención, muchas familias se ofrecen desde el primer momento.

Roberth y Sonia están mudos. Él ya ha concluido esta discusión porque debe pensar que el tema no merece ser debatido. Solo está permitiendo que su hija se exprese. Sé que nada lo hará cambiar de opinión. Por su parte, Sonia la escucha atentamente, aunque tampoco responde nada.

Yo quisiera que Lorana no estuviera sola. No obstante, esta no es mi casa y, a pesar de lo mucho que me gustaría irme a mi antiguo hogar, no puedo irme a vivir allá con una chica. Eso daría lugar a muchas críticas.

—Muy bien. Entonces amamos a Travis porque lo conocemos. Por eso lo recibimos en nuestra familia —resalta Kassy—. ¿No se supone que hay que mostrar amor a todas las personas sin parcialidad, sobre todo a aquellas que realmente nos necesitan? Porque, si las cosas son así, no tuvo nada de extraordinario lo que hicimos con Travis. Simplemente lo sentimos fácil, cómodo y poco sacrificado.

—No entiendo tu punto —interviene Sonia con un desdén poco habitual en su forma de hablar.

—Mi punto es que, en el mundo anterior, las personas solo amaban a quienes conocían y solo se sacrificaban por otros si los querían. Si alguien estaba en necesidad, pero no era de sus allegados, entonces lo ignoraban —expone Kassy con énfasis y sensibilidad.

Todos permanecemos en silencio.

—Es verdad que antes había muchas cosas injustas, mas esto es muy parecido a una de las que más me dolía. —Kassy contiene el aliento por un momento y prosigue—: Siempre me entristeció lo que ocurría cuando las personas salían a la calle a comer algo y un niño que no tenía comida les pedía. La mayoría simplemente lo ignoraba o lo veía como una molestia. ¿Por qué? ¿Porque no compartía sus mismos lazos consanguíneos? ¿Acaso solo les importaba la gente que era de su familia o que conocía de toda la vida? Aquellas personas les daban comida a sus niños, a los que sentían suyos. Pero ¿y a los otros? Puede que sí atendieran a los que les pertenecían y se creyeran mejor que aquellas personas que abandonaban a los de ellas; sin embargo, realmente eran iguales. Parecía que, en su opinión, las demás personas no merecían su atención ni su amor. No tenían corazón. —Los ojos de Kassidy comienzan a llenarse de lágrimas y su voz comienza a quebrarse.

Tiene razón. Cuando nuestras familias salían juntas a comer en algún restaurante o cuando un grupo de jóvenes de nuestra iglesia salía a comer un helado, Kassy solía estar incómoda cuando personas en necesidad nos pedían. No porque las rechazara, sino por pensar en su situación. Muy a menudo las ayudaba. Siempre me hizo saber que le partía el corazón que nosotros tuviéramos esos lujos mientras otros no tenían nada. De hecho, los meses antes del Día del Juicio, no salía a pasar el rato en esos lugares. Ahorró todo ese dinero y lo ofreció a causas benéficas, según lo que me hizo saber una de sus amigas llamada Mila.

Esto me hace pensar en una de las razones por la que hace una década desaparecieron los apellidos. Querían impedir que las personas siguieran categorizándose como núcleos familiares cerrados. Por eso, y con la finalidad de promover una mayor integración en la comunidad y evitar otro método de categorización, a todos nos llaman por nuestro nombre de pila.

Parece que todos estamos reflexionando en lo que Kassy

acaba de decir. Paulo parece menos molesto, Sonia mira al vacío, y Roberth parece que está sumido en sus propios pensamientos. Kassidy es la que rompe el silencio como lo ha estado haciendo todo este rato. Hace un enorme esfuerzo para que sus palabras salgan con claridad, y lo hacen de una forma muy punzante.

—Nosotros no somos mejores que ellos. A veces me pregunto cómo es que estamos vivos —dice mientras se seca con fuerza las lágrimas que caen por sus mejillas. Entonces se retira de la mesa.

Los ojos de Sonia comienzan a empañarse y veo que Paulo está haciendo unos movimientos coordinados con sus manos. Entonces su padre lo toma del brazo suavemente, y él deja de hacerlos. Sonia se retira también, y Paulo la sigue. Solo quedamos Roberth y yo. Permanecemos sentados uno frente al otro durante unos minutos.

—Kassidy siempre ha sido la más sensible en esta familia y, con frecuencia, la más reflexiva también —dice Roberth, rompiendo el silencio. No me mira, pero sé que se dirige a mí.

—Es la persona más humana que conozco —respondo.

—No tomo las decisiones que tienen un efecto en nuestra familia de forma arbitraria, Travis. ¿Lo entiendes?

—Trato de hacerlo, Roberth —digo después de suspirar.

Ahora que estamos solos, veo el momento oportuno para preguntarle por el sobre que dejaron ayer en la puerta de la casa. Lo dudo por un momento, ya que quizá está un poco alterado por el altercado familiar, pero ¿qué puedo perder? Lo peor que puede pasar es que concluya la conversación como suele hacerlo cuando no quiere hablar de algún tema.

—Roberth, puede que no sea el mejor momento, pero… me ha estado inquietando el sobre que encontramos en la puerta —le pregunto de forma indirecta.

—Me parecía extraño que no lo hubieras mencionado antes. Es muy probable que te sorprenda saber lo que encontré en él —me responde—. Déjame buscarlo.

Se levanta de la mesa. Se dirige a un escritorio que está en la esquina de esta misma habitación, abre un cajón y saca el sobre. Luego se sienta frente a mí nuevamente y lo extiende para que yo lo tome. Dudo en hacerlo un momento, pero finalmente lo hago. No es la costumbre conseguir cosas con facilidad cuando se trata de Roberth. Lo abro y no encuentro nada adentro.

—Está vacío —señalo con confusión—. ¿Y su contenido?

—No había nada.

—¿Qué sentido tiene mandar un sobre sin nada en él?

—Me he estado haciendo la misma pregunta una y otra vez. No le consigo ningún sentido —afirma, mirándome a los ojos.

Roberth es controlador y nunca ha estado abierto a compartir información, sobre todo la confidencial. Así que dudo en creer la historia del sobre vacío. ¿Acaso el mensajero que dejó el sobre a altas horas de la noche se robó lo que se suponía que debía estar adentro? ¿O quién lo mandó olvidó incluir su mensaje en él? Es más lógico pensar que Roberth ocultó el contenido de mí. Aunque tengo mis dudas, a una parte de mí se le hace difícil creer que lo haya hecho. Conozco a Roberth; por eso puedo decir con base que es una persona dominante. Pero ¿un mentiroso? No estoy tan seguro.

CAPÍTULO CINCO

Hoy no hay tiempo de calidad mientras estudiamos textos sagrados. Lo que acaba de suceder parece haber desencadenado una serie de preguntas existenciales en el interior de cada uno de los miembros de esta familia y los ha dejado bastante desestabilizados, pues sus motivos y excelencia moral acaban de ser puestos en duda.

Por lo que después de comer, lavo los platos y limpió la cocina sin compañía. Alguien llama a la puerta, así que me dirijo a ver quién es. Quizá sea otro sobre con información confidencial y esta vez este sí contenga algo de interés. Pero no es nada de eso. Al abrir la puerta, me encuentro con Ráscal y Lionel, mis amigos de toda la vida.

—¿Qué pasó, hermano? —me pregunta Ráscal mientras se me lanza encima para abrazarme con el entusiasmo que lo caracteriza.

—Hola, hermano. Hemos venido a visitarte porque no sabemos de ti desde hace días —agrega Lionel con su muy fraternal pero formal manera de hacerlo.

Este par son extremadamente distintos el uno del otro no solo en el aspecto físico, sino que también tienen personalidades muy diferentes. Ráscal es atlético, pelirrojo, alto, muy alegre y demasiado espontáneo en ocasiones. Mientras que Lionel es de menor estatura, de complexión gruesa pero nada atlética, moreno y, en ocasiones, poco expresivo. Siempre han... hemos sido muy unidos. A pesar de que en los últimos meses no he estado muy al corriente con ellos, siempre me han buscado para mantenernos en contacto.

—Chicos, lamento no haberlos ido a ver. He estado atendiendo varias cosas —les digo. Inmediatamente notan la vacilación en mi voz.

—Pues no te preocupes, por eso hemos venido. Queremos salir de paseo al lago —comenta Ráscal, pasa por mi derecha y entra a la casa abruptamente.

—Creo que no es un buen momento para recibir visitas —señalo, deteniéndolo.

—Solo quería saludar a Roberth y pedirle permiso para que tú y Paulo nos acompañen —responde, confundido.

—Sé que quieres ver a Kassy, galán —le digo con complicidad—. Pero ella está ocupada en este momento.

—¿Te vas a ir sin notificarles? —interviene Lionel, prudente como de costumbre.

—No creo que noten si me voy. Están atendiendo un asunto de familia.

—¿Sin ti? —inquiere, un poco sorprendido—. Creía que ustedes siempre trataban los temas de familia juntos. Además, eso es lo que exige la Orden: las familias tienen que tratar los asuntos serios unidos y tomar decisiones en la que todos estén de acuerdo.

—Ya hemos tratado el tema. Solo que se encuentran

procesándolo —enfatizo la última palabra—. ¿Les parece si nos vamos ya?

—Está bien, está bien. Necesitas salir de aquí a respirar aire fresco por lo que veo. ¿No llevarás nada? —pregunta Ráscal.

—Ustedes ya llevan suficientes cosas. Eso será suficiente para todos —les digo, haciendo referencia a las mochilas que llevan en sus espaldas.

Cierro la puerta de la casa, y seguimos el sendero que nos conduce al lago. La parte más calurosa del día ha pasado, de modo que podemos caminar bajo el sol sin que nos moleste. Mientras caminamos, nos encontramos con otras personas que vienen de regreso. Aunque es un lugar bastante concurrido durante el día, al atardecer no lo es.

—Cuéntanos, Travis, ¿en qué has estado estos días? —pregunta Ráscal, me hala hacia él y comienza a frotar su puño contra mi cráneo. Detesto que lo haga, así que lo empujo para alejarlo de mí.

—He estado haciendo tareas en casa. Ustedes saben que Roberth necesita mi ayuda para hacer cosas —respondo vacilantemente.

Ninguno parece creerme, pese a que, en realidad, no les he dicho nada. Siendo franco, no quiero hablar sobre lo que últimamente ha pasado en casa en este momento. Puede ser que sí quiero, pero no sé cómo, o no con ellos. Lionel es el que me saca de mis pensamientos, pues detiene el paso y plantea otro tema:

—¿Qué les parecen las nuevas medidas que está pensando tomar la Orden?

—¿De qué medidas hablas? No he oído nada al respecto —inquiero inmediatamente.

—Parece que quieren imponer más restricciones de circulación. Dicen que los jóvenes tenemos mucho tiempo libre y que nuestro ocio puede conducirnos a la desaprobación —señala como si estuviera leyendo las palabras de un manual.

—¿De verdad crees que van a hacer eso? Se supone que somos una comunidad libre y abierta. Es muy restrictivo eso que se está rumorando; no creo que sea posible —replica Ráscal, quien nunca ha dejado que nada lo preocupe.

—Pienso que las cosas están tomando otro rumbo —responde Lionel.

—¿A qué te refieres? —le pregunto.

—Mi tía ha hecho comentarios sobre el nacimiento de un grupo que podría guiar a la comunidad apropiadamente —revela en voz baja.

—Ahora que lo dices, yo también oí algo al respecto —interviene Ráscal con un gesto de duda en su rostro—. Escuché a mi madre mientras conversaba sobre eso con Sonia en el mercado durante el día del aprovisionamiento de hace un par de semanas.

—¿Sonia sabe de esto? Supongo que Roberth también entonces, aunque no ha compartido nada con el resto de familia —digo mientras en mi mente surgen varias preguntas. Pienso en el sobre que dejaron recientemente en la puerta—. ¿De qué clase de grupo hablan ustedes dos? ¿Una secta religiosa? Es imposible; está prohibido profesar una religión diferente.

—No. Más bien, es un grupo que, dentro de Universal, dirigirá a todos —declara Lionel, bajando la voz aún más. Prácticamente ahora está susurrando.

—Creo que se hacen llamar los Hijos de la Redención —agrega Ráscal.

Ese nombre. No me queda de otra que hablar abiertamente del tema. De todas maneras, mis amigos saben más que yo.

—Anoche dejaron un sobre en la casa y, en la parte de atrás, tenía ese nombre —les digo, y todos intercambiamos miradas.

—¿Y qué decía el contenido? —inquiere Lionel con mucho interés.

—Estaba vacío. —Prefiero omitir los detalles de mis dudas, así que no las comparto por el momento—. Parece que quien lo envió olvidó incluir el mensaje.

—O tal vez el sobre era el mensaje —señala Ráscal.

—Puede que eso sea cierto. Después de todo, aunque no había una carta o un papel dentro del sobre, ustedes pudieron ver que estaba a nombre de los Hijos de la Redención —concluye Lionel.

—No lo había visto desde ese punto de vista. Un momento. —Hago una pausa—. ¿Debería preocuparnos todo esto? Lo digo porque los representantes de la Orden jamás aprobarían normas que fueran tan radicales como las que ustedes dicen que se están oyendo —recalco.

Mi padre solía ser el vocero de la iglesia en la comunidad, hasta que sucedió lo de mi hermana. En ese momento, decidió tomarse un descanso y le cedió el puesto a Roberth, quien ya gozaba de la simpatía de los miembros del culto. Después del Día del Juicio, los sobrevivientes votaron por Roberth como el principal cabeza de Verde Oliva y asignaron cuatro personas más como cabecillas para que, junto con él, formaran la Orden de la Fe. Él no estaba muy interesado en el cargo en un principio, pero lo aceptó después de que Francesca, la tía de Lionel, lo convenciera.

—Si Sonia está enterada, Roberth también debe estarlo. Sin embargo, él no forma parte del grupo que se está formando —dice Lionel, retomando la palabra—. Hasta ahora, quienes son reconocidos por la mayor parte de la ciudad como líderes han tomado decisiones que nos afectan a todos. No obstante, han surgido serias dudas con respecto a esa forma de dirigir, pues no existe plena seguridad de si eso es lo que la divinidad quiere.

—Ellos siempre nos han dirigido porque son las personas más sensatas que conocemos —le digo, aunque no sé por qué los defiendo. Nunca he estado particularmente de acuerdo con su liderazgo ya que es autoritario y arcaico. Supongo que me siento responsable de la estabilidad de mis amigos y quiero que estén libres de dudas.

—Solo aceptábamos sus funciones porque el divino no se manifestó después del Día del Juicio como esperábamos. Parece que ahora sí lo está haciendo mediante los Hijos de la Redención —plantea Lionel.

—Pero ¿quién garantiza que ellos sí deberían dirigir? —rebate Ráscal. Algo parece molestarlo mientras hace esa pregunta—. Cualquiera puede decir que bajó del cielo, mas eso no lo haría necesariamente cierto.

—Yo solo digo que las cosas van a cambiar —repite Lionel.

—Pues ya tenemos horarios de recolección, de trabajo comunitario, de estudio de los textos sagrados, de tiempo de calidad en familia y de recreación. Si va a haber más restricciones, pronto aprobarán de nuevo los castigos. Poco a poco comenzaremos a vivir en el mismo sistema que se suponía que debía terminar con el Día del Juicio —me quejo.

—Estoy de acuerdo contigo —admite Ráscal—. Tantas limitaciones no son sanas para nadie; nunca lo fueron.

—Si antes no hubieran insistido en establecer tantas leyes sinsentido, entonces habría más gente viva hoy —concluyo.

Reanudo el paso y Ráscal me sigue de inmediato. Lionel se queda atrás por un momento, y luego se une a nosotros. No obstante, lo que dijo indica que él sabe algo más, algo que, por alguna razón, no quiere compartir con nosotros en este momento.

CAPÍTULO SEIS

No todas las personas que sobrevivieron al Día del Juicio eran creyentes. Y la verdad es que muchos miembros de la comunidad se sorprendieron debido a eso, ya que pensaron que tener una fe fuerte era un requisito indispensable para tener el favor divino.

Por lo tanto, la presencia de aquellas personas dentro de la comunidad causa perturbación entre algunos y, pese a que me cuesta admitirlo, me incluyo entre ellos. Por supuesto, me niego a creer que fueran merecedoras de la muerte, pero algo no encaja con lo que nos han enseñado, lo que continuamos creyendo y lo que ha pasado.

Tal vez la inconformidad nazca de la superioridad moral que sienten algunos solo por creer que tienen una fe. Recuerdo que, en la escuela, nos enseñaron que uno de los objetivos por el que las religiones fueron unificadas era evitar ese sentimiento, un sentimiento que alimentaba el orgullo y la vanidad, generando el desprecio por parte de sus portadores hacia quienes fueran diferentes a ellos. Lamentablemente, no tomaron en cuenta que esa unificación no haría que automáticamente todos los que eran ateos o no religiosos se unieran a la Fe Universal.

La Orden percibió la incomodidad existente y se ha esforzado por presentar a los Sobrevivientes No Creyentes o No Conversos, como les llaman algunos, como una demostración de la piedad divina hacia aquellos que tenían algo en su interior digno de ser salvado.

Esa explicación aumenta mi perturbación. Pienso en mis padres y me pregunto qué tenían ellos en su interior entonces. ¿Distaba mucho de lo que aparentaban ser? No tener una respuesta para esa incógnita a veces me roba la dirección de mis pensamientos durante días enteros. Sin importar qué haga para mantener la mente ocupada, frecuentemente pienso en ese tema.

Para garantizar la paz y armonía en la comunidad, la Orden ha establecido las Siegas de Conversos, eventos que, según lo establecido, han de celebrarse cada tres meses y en los que los No Conversos que se sientan listos pueden realizar su conversión de manera pública. Para hacerlo, tienen que realizar un acto de fe.

Estos pueden ser variados: caminar sobre brazas ardientes, recibir setenta latigazos menos uno y ayunar durante cuarenta días. Me alegra haber realizado mi conversión mucho antes del Día del Juicio. Para mí estas demostraciones de fe son extremistas. Y pongo en duda que para esos Nuevos Conversos no lo sean también.

Sin embargo, ellos no se atreven a cuestionar nada. Como sobrevivieron a un evento apocalíptico, sienten que están obligados a aceptar que deben pertenecer a Universal. Algunos de ellos están solos, pues su familia falleció. Pero hay otros cuyas familias están completas, lo que resulta aún más extraño. Hasta esta fecha, no se manejan las cifras exactas de los No Conversos en la comunidad. Si hay conocimiento de ellas, la información no es del dominio público.

He tratado de sacar el tema durante las cenas un par de veces. Sin embargo, Roberth se niega a dar información o me ignora, lo que todos entendemos como una clara indicación de que esa conversación no puede continuar.

Hoy es la Siega trimestral. Por lo que todos vamos bien arreglados para la importante ocasión, que requiere de las atenciones de toda la familia. Sonia se encarga de preparar algunos postres para que los asistentes puedan consumirlos. Ella siempre se afana tanto por estas tareas que, a veces, es difícil percibir si le complace participar en esas actividades o si le genera ansiedad hacerlo.

Por otra parte, Kassy está ayudando a Paulo a vestirse. En los últimos días, él ha tenido problemas para escoger la vestimenta que va a usar y se molesta con facilidad si alguien intenta ayudarlo. Solo permite que sea su hermana quien le tienda una mano, así que ella ha asumido ese nuevo rol.

Roberth se fue más temprano al lugar donde se realizará el evento hoy. Siempre tiene preparativos que pulir. Hoy, sin embargo, salió más temprano que de costumbre, como lo ha estado haciendo las últimas semanas. Mi intento de saber qué decía aquel misterioso sobre fue fallido, y no dejo de pensar en que su sombría y distante actitud tiene que ver con el mensaje que transmitía. ¿Ráscal y Lio tienen razón?

—¿Están todos listos? —pregunta Sonia—. No podemos llegar tarde —agrega con agitación.

—Ya casi estamos listos —grita Kassy desde la habitación de Paulo.

—Yo estoy listo —respondo desde el sofá de la sala de estar. Me pongo de pie, estiro la camisa roja que llevo puesta y la meto dentro del pantalón negro que decidí usar hoy.

Sonia se acerca a mí y me pide que le ayude a cargar algunas bandejas con comida. Al entrar en la cocina, veo que hay muchas más de las que imaginé que había preparado. Creo que me tocará volver a casa a buscar las que no podamos llevar ahorita con nosotros.

Kassy, que lleva un vestido verde que le llega hasta las rodillas y el cabello arreglado en una cola de caballo, baja las escaleras con Paulo, quien luce hoy más molesto que de costumbre. Él lleva puesto un pantalón negro y una camisa blanca que hace juego con un corbatín rojo. Así suelen ir vestidos la mayoría de los chicos a estos eventos.

Paulo comienza a ayudarnos con las cosas que hay que llevar. No pienso que lo haga de mala gana, pero, evidentemente, no está de ánimos.

Aunque la asistencia a la Siega no es obligatoria, todos en la comunidad se presentan, o al menos eso creo. A pesar de que las reuniones semanales son eventos a los que todos estamos obligados a asistir, las Siegas no. Todos asisten porque quieren hacerlo, o quizá solo lo hacen para que otros no los acusen de ser poco devotos si no los ven allí.

Es un tema un tanto delicado. El que las personas hagan

algo solo para evitar las críticas ajenas les impide realmente ser felices, ya que solo actúan por obligación. Además, también se ocultan a sí mismas y a los demás cuáles son sus verdaderas intenciones, preferencias, metas y gustos. Por lo que es muy difícil conocer cuáles son las inclinaciones de otros. Nunca se sabe si vemos realmente cómo es una persona, o si solo vemos lo que ella quiere que veamos cuando se comporta de cierta manera, dice palabras específicas o asiste a determinados eventos.

Después de caminar por quince minutos, llegamos al sitio donde se realiza la Siega de hoy. Es un parque al aire libre rodeado de muchos edificios, pero lleno de árboles y con un riachuelo que lo divide justo en el medio. Nos dirigimos al centro del parque y colocamos las bandejas sobre las mesas que han sido dispuestas para los refrigerios. A pesar de que hay muchas personas por todas partes, no veo a Lio ni a Ráscal. También me fijo en las chicas que están por ahí con el objetivo de encontrar a Lorana, a quien no he vuelto a ver desde nuestro encuentro en mi casa hace días. En su lugar, me encuentro con Oliver.

—Travis, me alegra mucho verte —me dice al abrazarme alegremente.

Oliver es un hombre agradable que tiene treinta y tantos años. Nunca ha buscado resaltar en la iglesia ni en la comunidad, solamente hace su trabajo y aparenta ser una persona muy feliz. Solía ser un amigo cercano de mi hermana antes de que ella se fuera del pueblo. Yo pensaba que ellos terminarían casándose; sin embargo, cuando ella nos abandonó, creo que también se esfumó cualquier atracción romántica entre ellos dos.

—También me alegra verte, Oliver —respondo, aunque no con tanta alegría como él.

—No te he visto mucho últimamente. Bueno, he estado algo ocupado...

—¿Estás prestando servicios como consejero de la comunidad todavía? —le pregunto.

—A veces converso con algunas personas que necesitan apoyo ofreciéndoles algo de guía —responde, y se interrumpe antes de continuar—. Pero no he tenido mucho tiempo para hacerlo porque he estado más enfocado en otro tipo de trabajos durante las últimas semanas.

Oliver fue el encargado de ayudarme a canalizar todas las emociones negativas que sentí después del Día del Juicio. Sabe conversar muy bien como buen psicólogo que es y, además, tiene la habilidad de ayudar a las personas a identificar y controlar sus pensamientos. Pensándolo bien, todavía debería seguir pasando tiempo con él. No obstante, creo que se sentiría como un retroceso al progreso que he tenido.

—Oliver, es un placer verte —dice cálidamente Sonia, acercándose a nosotros—. No has ido a visitarnos en varios meses —agrega con pesar—. ¿Acaso te hicimos algo malo?

—Para nada —niega él—. De hecho, le estaba contando a Travis lo difícil que ha sido organizar mi horario en las últimas semanas. Aunque creo que, por fin, lo estoy logrando. Así que les prometo que pronto iré a comer algo de esa comida tan deliciosa que preparas —asegura con jovialidad.

—Eso espero —le dice con una sonrisa poco típica en ella, y se dirige a mí—: Travis, necesito que, por favor, vayas a la casa y busques las bandejas que quedaron. ¿Crees que podrías?

—Por supuesto, Sonia. No será ningún problema.

Era de esperarse que fuera yo quien regresara a la casa. Kassy está trabajando como voluntaria en el evento, y Paulo está socializando con algunos niños para sorpresa de todos; es mejor no interrumpirlo. Roberth debe estar ajetreado en alguna parte.

Me agrada la idea de volver a casa un rato, aunque sea por un mandado. En este tipo de eventos, las personas tienden a estar más alegres que de costumbre, lo que no es malo en lo absoluto, pero puede tornarse incómodo en ocasiones si no se está en la misma sintonía.

—Yo puedo acompañarte —comenta Oliver.

—No creo que sea necesario. Te vas a perder la Siega de Conversos. En cualquier momento, empezarán los actos —le indico para disuadirlo de acompañarme.

—No hay problema. Ya he visto bastantes de ellos —admite—. Parece ser la única manera de ponernos al día.

Termino aceptando su compañía y recorremos el camino a casa. La mayor parte del trayecto, Oliver me cuenta sobre sus nuevos trabajos en la comunidad, las personas que ha conocido mejor y lo feliz que le hace todo lo que están logrando. Frecuentemente voltea hacia los lados y hacia atrás, como si estuviera buscando a alguien; no obstante, no detiene su discurso. Me limito a escucharlo porque es alguien de conversación agradable y tiene anécdotas muy interesantes.

—¿Y a ti cómo te va? —me pregunta después de haber caminado un buen trecho.

Tenía la esperanza de que él hablara todo el camino porque, al ver su felicidad y pensar en todos los esfuerzos que hizo por apoyarme durante aquella época difícil, no parece que sea justo echarle encima mis actuales problemas existenciales. Me hubiera gustado que Lionel y Ráscal también nos hubieran acompañado, pues son buenos amigos de él y la conversación habría sido más fluida entre todos. Lástima que no los he visto hoy.

—He estado muy bien —le respondo; siento que no se me ocurren más ideas. Tengo que hacer un esfuerzo por proseguir la conversación—. Hace unos días, por fin pude ir a mi antigua casa. La verdad es que no fue tan duro como pensábamos que podría ser.

—¡Vaya! Eso sí que ha sido un gran paso —afirma con entusiasmo—. Afrontar eso es la demostración de que ya estás bien con el pasado.

—También lo creo. —Guardo silencio por un momento—. Ahora hay una chica viviendo allí; se llama Lorana.

—¿Y vive sola? —me pregunta, frunciendo el ceño.

—Sí, se me ocurrió mencionarle eso a Roberth para ver si podíamos acogerla o hacer algo por ella, pero no resultó bien. Sabes que algunas cosas con él pueden ser complicadas.

—Cargar con todas las responsabilidades que él tiene encima no debe ser nada fácil —enfatiza.

—Tienes razón. Yo solo pensé en lo triste que debe ser estar en esa casa vacía.

—Sin embargo, ten en cuenta que es posible que ella no la vea de esa manera. Después de todo, esa casa no representa para ti lo mismo que para ella. Tú tienes muchos recuerdos allí, pero no creo que ella pueda decir lo mismo.

—Es verdad —asiento. Es lo único que puedo responder frente a su lógica.

—Hay muchas casas vacías en todas partes —prosigue Oliver—. Ciudades enteras también lo están. A veces me pregunto cómo estarán las otras comunidades.

Su tono de voz y su mirada muestran tanto embelesamiento que es la primera vez que me doy cuenta de que Oliver comparte algún pensamiento personal en el que ha estado meditando profundamente. Las personas como él siempre están escuchando a los demás y, cuando hablan, rara vez comparten sus sentimientos más profundos. Solo hablan sobre anécdotas, historias o sucesos que no tienen implicaciones íntimas.

—Nunca había pensado en eso —reconozco, avergonzado.

—¿En qué?

—En las demás ciudades. Creo que, en todos estos meses, solo me había concentrado en lo que ha estado pasando por aquí.

—Yo sí pienso en lo que debe estar pasando en otras ciudades. ¿O es que crees que somos los únicos de los que el divino se acordó? —me pregunta con incredulidad.

Se detiene y se queda mirándome por un momento.

—Pues… parece que sí estuve creyendo eso. —Suelto una carcajada al darme cuenta de lo limitada que estaba siendo mi forma de pensar.

—Debe haber más sobrevivientes en las comunidades cercanas —asegura Oliver.

—¿Han mandado grupos de exploración?

—No lo sé —contesta con decepción.

De ser así, nadie que no sea del grupo interno de la Orden debe saberlo. Si han enviado grupos a hacer contacto con otras comunidades, no han querido compartir la información, como hacen con todo. De hecho, durante las reuniones siempre han dado a entender que somos el único grupo que existe en el mundo, como si la tierra fuera un lugar deshabitado en su totalidad. Todos hemos estado tan absortos con este nuevo ritmo de vida que no hemos tenido tiempo de cuestionar lo que nos dicen, ni siquiera a nivel personal. O tememos hacerlo.

CAPÍTULO SIETE

Regresamos al parque y colocamos las bandejas en la mesa. Oliver es apartado para conversar con un grupo de feligreses, miembros de la comunidad más entregados que los demás a las actividades del culto. Yo también me alejo y comienzo a observar a las personas. El ambiente de felicidad es palpable por todas partes. ¿Por qué lo que se está realizando a nuestro alrededor genera toda esta euforia? ¿Es una alegría producto del escape de la rutina habitual? Muchos ríen, aplauden, conversan afablemente entre ellos y colaboran con todo lo que se hace. Es como si ignoraran la anormalidad de nuestras circunstancias actuales.

Las personas comienzan a agruparse en diferentes direcciones, lo que es una indicación de que ya han comenzado los actos de fe. A pesar de que no me agrada verlos, me acerco a uno. Para mi sorpresa, encuentro a Erick, el chico que ahora vive cerca de mi antigua casa. Está caminando de rodillas sobre diversos objetos puntiagudos. El tramo que debe recorrer es de aproximadamente veinticinco metros. Pero deduzco, por su expresión y por la de la mujer que lo sigue, que cada centímetro se siente como si fuera un kilómetro.

Si hay algo que estos actos me han enseñado, es que las personas creen que, mientras más sufren, mejor están con la divinidad. Parecen creer que sus sufrimientos los purifican de alguna manera. Yo dudo que eso sea cierto.

Erick termina su tortuoso recorrido y se pone de pie. Luego ayuda a levantarse a su acompañante en el acto. Ambos son aplaudidos por los espectadores. Erick me mira en la distancia, me saluda sacudiendo su mano desde donde está y yo hago lo mismo. Camino hacia el grupo de mesas que están en la parte central del parque para comer algo y disfrutar del agradable clima del día. Los pájaros cantan y el sol comienza a declinar. Aunque estamos en verano, no hace demasiado calor, y hay una agradable brisa que continuamente refresca el ambiente.

Veo una mesa en la que se encuentra sentada Lena, sin compañía. No parece que quede mucho de la chica jovial y sociable que solía ser; ahora luce solitaria y distante. De vez en cuando, saluda a alguna chica con un beso y con amabilidad, y a algún hombre, con un movimiento de manos y una pequeña sonrisa. Es evidente que no se encuentra del todo feliz aquí.

—¿Hay lugar para alguien más? —le pregunto jocosamente.

—Hola, Travis. Por supuesto, no creo que a ninguno de mis amigos imaginarios le importe —me responde, correspondiendo a mi chiste con una expresión facial bastante neutral.

—¡Qué agradable clima hay! ¿No te parece? —

pregunto, tratando de iniciar una conversación.

—Sí, supongo...

Lena es una buena chica con una historia demasiado desafortunada para alguien de su corta edad. Calculo que debe tener unos diecinueve años. La última vez que la vi parecía bastante consolada con sus actividades religiosas; sin embargo, ahora luce preocupantemente tranquila, casi petrificada. La luz del sol en pleno ocaso hace que sus ojos cafés, que parecen perdidos en sus pensamientos, se vean más claros. Puedo detallar mejor sus facciones puesto que hoy solo usa un pañuelo largo para cubrirse el cabello.

—¿Te sientes bien? —indago.

—¡Sí! ¡Sí! —responde precipitadamente—. Es solo que hoy tengo muchas emociones. —Suspira. Después de pensarlo por un momento, continúa—: Hoy es la fecha de mi aniversario de noviazgo.

—Entiendo. Lo lamento —digo, tratando de reconfortarla.

—No lo hagas —objeta—. Está bien. Creo que por fin lo estoy superando. Tal vez… estoy agotada con tantas cosas que hacer. Aunque estoy bien —dice las últimas palabras con demasiada convicción. Pero no son para mí; se las dice a sí misma.

—¡Travis, amigo! ¡Qué bueno verte! —dice Erick. Se acerca a nosotros con un plato lleno de comida en la mano izquierda mientras toma con la otra a la misma chica que lo acompañaba en su acto de fe.

Ellos también forman parte de la euforia generalizada de la occasion. Supongo que, con lo que acaban de hacer, si no estuvieran eufóricos, no podrían estar aquí. Si yo estuviera en su lugar, estaría camino a casa para descansar las rodillas.

—Hola, Erick. Me alegra verte. Toma asiento. Ella es mi amiga Lena.

—Gracias —me responde, y tanto él como su compañera se sientan—. Mucho gusto, Lena. Les presento a Fabiana, mi esposa.

—Es un placer conocerlos —dice Fabiana.

—Igualmente —agrega Lena a secas.

—No sabía que ibas a realizar tu acto de fe junto a tu esposa hoy —le digo a Erick—. Supuse que ya habías hecho tu conversión

—¿Ambos son Sobrevivientes No Creyentes? —pregunta abruptamente Lena. Los tres le dirigimos la mirada, y visiblemente se avergüenza—. Lo siento, no quería ser maleducada, pero me agrada conversar con personas que tienen una historia tan interesante como la de ustedes —comenta con vacilación.

—No te preocupes, ya nos hemos acostumbrado a las diversas reacciones de las personas —dice Erick, y pone su mano derecha sobre la mano izquierda de su esposa—. Sí, somos… éramos No Conversos. Nos beneficiamos de la piedad divina y sobrevivimos al Día del Juicio.

—Hemos decidido enfocar nuestra vida de ahora en adelante a ayudar a los demás para retribuir el que podamos seguir amándonos por la eternidad —agrega Fabiana, y besa a Erick en los labios.

—¿Cuánto tiempo han estado casados? —pregunta Lena

con vivo interés.

—Cumplimos nuestro primer aniversario dentro de dos semanas —dice Fabiana con emoción, y le dirige una gran sonrisa a Erick, quien también le sonríe.

Para ambos parece no existir otra persona más en el mundo que su pareja. Cuando se miran a los ojos el uno al otro, parece que todo está bien en sus vidas. Y puede que así sea. No obstante, hay algo más. Veo plenitud. Creo que pocas personas pueden admitir con sinceridad que han sentido eso, al menos por un largo tiempo.

Supongo que Lena tiene su propia percepción sobre el asunto. Su expresión triste ahora ha cambiado y se ve más sombría. ¿Melancolía o ira? ¿Acaso son celos? Se supone que las leyes de Universal prohíben esos sentimientos. Sin embargo, en una sociedad donde hay muchas apariencias, sin duda hay lugar para emociones que nadie se atreve a expresar, aunque las esté sintiendo.

—Estoy seguro de que la divinidad pondrá en sus caminos a alguien que puedan amar por el resto de sus vidas —dice Erick, paseando su mirada entre Lena y yo.

—¡Ja! Algunos ya teníamos eso, pero supongo que no había cupo para que todos estuviéramos aquí —reprocha ella.

—Creo que nosotros tuvimos suerte —dice Fabiana, quien parece no haberse dado cuenta de la irritación de Lena—. Ahora podemos disfrutar de nuestro amor. Hemos sido bendecidos por la piedad divina y recibimos este regalo para disfrutar de nuestra unión para siempre. Le estaremos eternamente agradecidos.

—¿Y yo a quién le agradezco? —pregunta con ira Lena.

Erick y Fabiana parecen confundidos, y yo estoy preocupado. Estoy esperando a que Lena explote, ya que tiene el rostro rojo y los ojos empañados. En lugar de eso, empieza a respirar profundamente, se pasa una mano por la cara, comienza a morderse los labios, se levanta de su asiento y dice:

—Fue un placer conocerlos. Me alegro por su conversión y espero que disfruten de su amor. Hasta luego —anuncia con rapidez, y se retira.

—¿Qué le pasó? —me pregunta Fabiana, preocupada.

—Es algo complicado. Posiblemente tenga que ver con su… familia —tartamudeo. No es buena idea entrar en los detalles de la vida personal de los demás.

—Es extraño. Casi me pareció ser algo personal contra nosotros —admite Erick.

Comienzo a abrir la boca para emitir algún argumento en defensa de Lena; sin embargo, me doy cuenta de que no tendría sentido hacerlo, así que callo. ¿Para qué defenderla delante de ellos? Si quiero apoyarla, entonces lo más inteligente es conversar con ella. Tal vez un amigo es lo que ella necesita en este momento. Es cierto que encontrar las palabras que debería decir no es lo mío, pero escucharla de seguro ayudará.

—Discúlpenme un momento. Ya regreso —les aseguro, me levanto y voy tras ella.

Mientras le sigo el paso, me encuentro frente a frente con Lorana. Su vestimenta causa perturbación entre quienes la rodean, pues, a pesar de no ser demasiado informal para la ocasión, tampoco respeta los formalismos de quienes asisten a estos eventos, en los que las mujeres suelen llevar vestidos, faldas o pantalones formales con blusas que les cubren los hombros. Ella, por el contrario, usa jeans negros con una blusa azul sin mangas.

—Hola, atleta —me dice con ironía.

—Hola —le contesto, y continúo siguiendo a Lena. Aunque quiero hablar con Lorana, lo de Lena podría ser más urgente.

—¡Vaya! ¡Cuánta indiferencia! —me dice Lorana mientras me sigue.

—Lo lamento. Tengo que alcanzar a alguien —le respondo.

A pesar de que Lena anda a toda prisa, logro alcanzarla. Por sus mejillas, corren lágrimas, y está tratando de contener los jadeos mientras apoya su mano izquierda sobre un árbol. Me mantengo de pie al lado de ella unos instantes. Lorana se mantiene a unos metros de distancia de mí. Lena espera hasta que su respiración comienza a normalizarse y comienza a mover la mandíbula.

—Es tan injusto —se lamenta. Su voz está quebrada.

—Yo… yo siento mucho que…

—¿Cómo es que hay personas como ellos vivos y juntos, mientras que yo estoy aquí, sola? —pregunta al aire.

—Lena, yo… no lo sé —admito, decepcionado de mi respuesta.

—Nadie parece saberlo. Solo suponemos. Todo esto… Todo lo que hacemos aquí se basa en suposiciones —dice con furia—. Yo lo amaba. ¿Por qué me ha tocado vivir sin él? ¿Por qué me dejó? Nosotros llevábamos una buena vida, pero mira lo que nos pasó. Aquellos dos ni siquiera iban al culto y aquí están. No lo entiendo.

Lorana se acerca a ella y comienza a frotar su espalda. Me sorprende bastante que lo haga, pues no la percibía como una persona compasiva. Está a punto de decir algo; sin embargo, una conmoción a nuestro alrededor nos roba la atención. Algunas personas comienzan a levantarse de sus asientos para ver con claridad lo que está pasando. De hecho, quienes estaban jugando o caminando detienen el ritmo. Se oyen unos gritos desde lejos, como si estuvieran pregonando algo. Poco a poco, al acercarse un grupo con extraña vestimenta, se empieza a oír con claridad lo que dicen:

—¡Arrepiéntanse si quieren seguir viviendo! De lo contrario, ¡prepárense para unirse a los muertos! —vocifera uno de ellos.

CAPÍTULO OCHO

El grupo que está llamando nuestra atención está conformado por al menos ciento veinte individuos. Ellos llevan uniformes lúgubres compuestos por togas largas que les cubren desde el cuello hasta las manos y los tobillos. En los pies portan unas sandalias muy sencillas. Además, los hombres se han cortado el cabello hasta casi raparlo, mientras que las mujeres lo tienen recogido en un moño.

Es cierto que la vestimenta de las personas en la comunidad tiende a ser muy sencilla y poco colorida en su mayoría, pero esto es llevar las cosas a otro extremo. No obstante, no es su vestimenta lo que está acaparando todas las miradas, es lo que dicen y la actitud con la que lo hacen.

—¡El Día del Juicio vino para arrasar con los culpables, para limpiar esta tierra y para purificar a los conversos! ¡Ya basta de perder el tiempo! ¡Es hora de completar nuestra limpieza! —continúa gritando el que parece ser el portavoz a través de un megáfono.

Muchas personas permanecen observándolos sin decir nada, y se comienza a formar una enorme aglomeración de gente. Me atrevería a decir que la mayoría de las personas del pueblo, si acaso no todas, están aquí. Todos emanan confusión y nerviosismo.

Desde hace siete meses, solo hemos continuado nuestras actividades con normalidad. Obviamente, en una situación diferente a la que acostumbrábamos, pues no sabíamos si debíamos hacer cambios en nuestro estilo de vida.

Algunas actividades se han vuelto más extremistas con el pasar del tiempo, pero en esencia ni siquiera la Orden se atrevió a dar muchas declaraciones con respecto a lo que se debía hacer a partir de entonces. Mucho menos dieron a entender que debíamos pasar por un nuevo proceso de limpieza o purificación.

Las preguntas que comienzan a surgir en mi mente son: ¿quiénes son estas personas? ¿Tienen que ver con lo que me dijeron Lio y Ráscal? Tomando en cuenta los rumores que han estado circulando, no puede ser casualidad su repentina aparición.

Algunos adultos de entre los presentes comienzan a dialogar con ellos sin ningún resultado. Estas personas no han aparecido para conversar, sino para informar y para quizás imponer. ¿Dónde están los representantes de la Orden?

—¡Dejen atrás sus prácticas viles y enderecen sus vidas! —sigue gritando otro miembro del grupo, así que no hay un solo vocero al parecer—. Es tiempo de que mostremos verdadera disciplina y autocontrol. —El resto del grupo comienza a gritar en vítores y aplausos.

Algunos de los presentes empiezan a retirarse; parece que la confusión de la situación ya les ha colmado la paciencia. Sin embargo, la mayoría continuamos observando. Lena se ha perdido de mi vista, mientras que Lorana permanece a mi lado. Veo en la expresión de su rostro que lo que está pasando la irrita. Es cierto que no la conozco mucho. No obstante, lo poco que sé de ella me hace pensar que no es de las que acepta imposiciones. Y mucho menos juicios.

—Tal vez deberíamos irnos también —le sugiero, aunque tengo curiosidad por lo que está pasando.

—¿No quieres saber qué pretenden estos?

—Claro que sí —le respondo con complicidad.

—Vamos a averiguarlo —me dice, y le grita a uno de ellos—: ¡Oye, tú! ¿Qué quieren? Ya nos tienen aturdidos a todos y todavía no nos han dicho nada que realmente merezca nuestra atención —lo desafía mirándolo a los ojos.

El hombre, que debe tener menos de cuarenta años, solo la ve por un instante y le habla al oído a una de sus compañeras. Parece que no sabe qué hacer. Esto parece que está a punto de estallar, por lo que, para alejar a Lorana del foco de las miradas, la tomo de la mano y la pongo detrás de mí. Siento su piel, es muy suave. En ese momento, el sujeto comienza a hablar.

—¡Somos la única esperanza para la humanidad! ¡El camino para evitar que ocurra otro Día del Juicio! —exclama a los cuatro vientos—. ¡Somos los Hijos de la Redención! —agrega con arrogancia y, nuevamente, los demás comienzan a aplaudir.

Por fin conozco a los portadores del excéntrico nombre que aparecía en el sobre. Sin embargo, nunca pensé que sería en estas circunstancias. Además, tampoco creía que un alboroto público fuera posible. Hasta este momento, todo había transcurrido con total tranquilidad en nuestra pequeña comunidad. Ahora hasta el ambiente de total frenetismo y alegría que dominaba la Siega ha desaparecido por completo. Me sorprende lo rápido que cambiaron los humores por aquí.

La manera en la que esta gente habla está alterando a todos los presentes y hace que me hierva la sangre; por lo que me subo a una mesa para confrontarlos. Lorana se sorprende con lo que estoy haciendo.

—No sé cuáles son sus intenciones al presentarse de esta forma en este evento —les reclamo, dividiendo mi atención entre varios de sus voceros—. Sin embargo, les recomiendo que se vayan por donde vinieron y dejen de perturbar la paz de esta comunidad.

Varias personas comienzan a expresar que están de acuerdo con mis palabras. No me di cuenta de que todos estaban poniendo sus miradas en mí.

—¡Joven insolente! —suelta con rabia uno de ellos—. ¡Esta es la razón por la que esta comunidad necesita firmeza! ¡Ustedes se están descarriando en su rebeldía!

Comienza a haber muchos gritos. Los Hijos de la Redención han comenzado a vitorear de nuevo, y los integrantes de la comunidad ahora los abuchean. Entonces Oliver sube a otra mesa y empieza a calmar a la multitud.

—¡Regresemos a nuestros hogares! ¡La Orden de seguro se encargará de este grupo de personas! —anuncia a todo pulmón.

El grupo alborotador parece descontento con sus

palabras y comienza a acercarse a Oliver, quien deja de hablar. Un hijo de la redención que tiene la cabeza rapada y una barba de chivo se sube a la mesa en donde está él y se le planta enfrente con cara de pocos amigos.

—Deja de obstaculizar nuestro mensaje —le advierte con énfasis.

—Esta comunidad no admite radicales. Si quieren que sus opiniones sean oídas, tendrán que presentar su caso delante de la Orden en una audiencia —puntualiza Oliver con total formalidad.

—Nosotros no obedecemos a la Orden; nosotros imponemos el orden —le responde con una pequeña sonrisa de satisfacción.

El barbudo regresa la mirada a sus compañeros, extiende una cadena metálica y empieza a golpear a Oliver enérgicamente. La multitud estalla en furor, y algunos se les echan encima a los Hijos de la Redención; no obstante, reciben fuertes cadenazos en respuesta. A pesar de ser un grupo muy pequeño en comparación con el gran número de personas que planean dominar, de alguna manera estos individuos lo logran. Comienza a haber una estampida, y Lorana es separada de mí.

La masa de personas que está corriendo me empuja hacia un árbol y me aferro a él para no caer al suelo. En estos momentos, pienso en Kassy, Paulo, Sonia y Lorana. ¿Dónde están? ¿Están bien? También pienso en Roberth. No lo he visto en todo el día. De hecho, en todo el evento hubo una notable ausencia de los cabecillas de la Orden. Espero que todos estén bien y que hagan algo.

Una chica cae al suelo a mi lado, y me suelto del árbol para ayudarla. También caigo, pero me levanto rápidamente y la tomo por ambos brazos para ponerla de pie. Ella me agarra fuertemente los antebrazos para estabilizarse. En cuanto logra levantarse, somos separados por las personas que nos empujan con precipitación. Hay gritos por todas partes. Y más personas siguen cayendo al suelo mientras son pisadas por quienes corren. Al fondo, se siguen oyendo los cadenazos. Deseo que Oliver no sea el que los esté recibiendo, pues podrían terminar matándolo.

Nunca pensamos que este pueblo necesitara un cuerpo de seguridad. Se suponía que la alteración del orden público ya no debía existir. Este momento demuestra lo equivocados que hemos estado. No hay orden. No hay guía. Quizá nunca ha habido mensajeros divinos. Estamos totalmente expuestos a la anarquía. La escasa capacidad de la Orden para evitar este disturbio ha demostrado que hay serias fallas.

La estampida finalmente me lleva al otro lado de la calle, donde se encuentra la entrada principal del parque. Caigo nuevamente al suelo y todo el peso de mi cuerpo recae sobre mi muñeca derecha. Me pongo de pie y escucho algo parecido a detonaciones y gritos esporádicos en el interior del parque. Me encamino de regreso en busca de Kassy y los demás.

—¡Travis! —grita una voz, busco su origen y veo que es Kassy, quien es acompañada por Paulo y Sonia.

Corro hacia ellos y Kassy me abraza. Sonia está de rodillas abrazando a Paulo, quien no mueve ni un músculo.

Kassy tiene un corte en la frente y se lo cubre con un mechón de su cabello cuando se da cuenta de que lo he notado.

—He golpeado un árbol con la cara, pero no es nada —me dice.

—Sí, claro. Seguro el árbol ha recibido la peor parte. Déjame chequear eso —replico, poniendo mis manos sobre su cara para ver mejor la pequeña herida. Ella se sobresalta mínimamente cuando mis dedos tocan su rostro.

La multitud ha comenzado a disiparse y pocas personas siguen saliendo del parque. Una nube densa de humo negro sube desde algún lugar de él, lo que confirma que algo ha explotado allí. Veo a Oliver salir cojeando por la entrada. Desde lejos nos divisa.

—¡Váyanse a casa ahora! —nos grita, y reanuda el paso hacia la dirección de su casa.

Es suficiente para hacernos reaccionar. Kassy y yo empezamos a caminar. Sonia se pone de pie, sin dejar de ver para donde se dirige Oliver, y toma de la mano a Paulo para emprender el rumbo; sin embargo, él no se mueve. Después de que todos inútilmente intentamos hacer que camine, lo subo a mi espalda siguiendo el entrenamiento de primeros auxilios que recibí cuando iba a la escuela de natación. ¡Qué bueno que él aún no ha echado el estirón!

El cielo comienza a oscurecerse y empieza a soplar una fuerte brisa. Durante el trayecto, vemos esporádicamente a algunas personas corriendo de un lado a otro. Nadie saluda, aunque nos conozcan. Todos parecen presas del pánico. La lluvia da inicio, acompañada de centellas y truenos. De modo que aceleramos el ritmo para llegar rápido a casa y así evitar mojarnos. Finalmente, después de cargar todo el camino a Paulo, lo logramos. Sonia abre la puerta, entra Kassy y luego entro yo. Entonces cierra la puerta con llave detrás de nosotros, algo que no suele hacer. Kassy enciende las luces que va encontrando a su paso, ya que la casa está a oscuras.

Me dirijo a la sala de estar y acuesto a un Paulo totalmente petrificado en el sofá. La luz de un relámpago que entra por la ventana hace que se vea una silueta. Me pongo alerta y me doy cuenta de que es Roberth, que está de espalda viendo a través de la ventana. Kassy entra a la habitación y Sonia la sigue.

—Papá, ¿dónde has estado? —inquiere, sumamente preocupada—. ¡Hay un desastre allá afuera!

Parece que acaba de notar que estamos allí, puesto que se estremece y voltea a vernos. Primero posa su mirada en Paulo sobre el sofá, se le acerca y frota el cabello de su hijo cariñosamente con su mano. Paulo no reacciona. Luego se abalanza en un abrazo sobre Sonia y Kassy. Besa a Sonia en la boca, a Kassy en la frente y pone su mano detrás de mi nuca. Está visiblemente perturbado, abstraído, frustrado. No sé cómo interpretar su estado.

—¿Qué está pasando? —le pregunta Sonia, con voz temblorosa—. No te vimos durante la Siega. Ustedes debían estar allí.

Él permanece en silencio.

—¿Quiénes son esos lunáticos que están promoviendo el pánico y golpeando a las personas? —le pregunta Kassy.

Roberth sigue sin responder.

—Papá, sí estás al tanto de los disturbios que están ocurriendo, ¿no? Deberías estar allá afuera conteniendo todo esto —le reclama Kassy.

—Tengo miedo —dice Paulo, quien por fin expresa una palabra.

—No hay nada que temer, corazón —le dice Sonia, abrazándolo.

—¿No planeas decir nada? —le pregunta Kassy a Roberth.

—Ya no importa lo que yo diga —responde por fin.

—¿Cómo? —indaga Sonia—. Cariño, me estás asustando con ese aspecto tan sombrío y esa ausencia de palabras.

—Aseguren las puertas y apaguen las luces. Es mejor que no levanten la voz hasta la mañana, así quizá piensen que no hay nadie aquí —nos advierte Roberth, asegurando las ventanas y cerrando las cortinas.

—Roberth, ¿por qué estás tan nervioso? —le pregunto, tratando de calmarlo.

—Háganme caso. Esta noche podría ser algo inestable —señala, toma un abrigo que cuelga en el perchero y se lo coloca encima.

—¿Solo esta noche? —inquiero—. Parece que no habrá tranquilidad aquí por un rato.

—¿Adónde vas, cariño? —le pregunta Sonia.

—Tengo que salir a asegurarme de algo. No me esperen esta noche despiertos; vayan a la cama. Mañana hay culto. Nos veremos en el estadio —contesta Roberth, abre la puerta, sale de la casa y pasa la llave desde afuera.

CAPÍTULO NUEVE

No puedo dormir bien. Toda la noche he estado deambulando por la casa para asegurarme de que nadie entre; por lo que termino sentándome en una silla junto a la escalera para vigilar la puerta principal.

Sonia sale de su cuarto en algún momento de la noche y baja de piso. Fijo mi atención en ella y pone su dedo índice en posición vertical sobre sus labios. Sé lo que eso quiere decir: no debemos hablar en voz alta. Ella va a la cocina, escucho que abre la nevera, y regresa a su habitación sin decir una sola palabra o hacer otro gesto. Horas más tarde, Kassy sale de su habitación y se sienta en el piso frente a mí, en silencio.

Por su parte, Paulo se va al cuarto de sus padres a pasar la noche con Sonia. Me preocupan las consecuencias psicológicas que esto tendrá en él, ya que se ve más afectado que el resto de la familia. También pienso en el efecto que tendrá esta situación en el resto de los niños y personas frágiles del pueblo.

Durante toda la noche, no pasa nada. Ocasionalmente, oímos las pisadas de personas que corren por la calle sin detenerse y a algún perro que ladra. Kassy se queda dormida en el suelo. La última vez que veo el reloj son las cuatro de la madrugada. Supongo que también caigo rendido, apoyado a la pared, porque, de repente, Paulo está moviéndome el hombro, y me doy cuenta de que ya es de día. Kassy no está a la vista.

Hoy es día de ir al culto. Generalmente, los domingos nos levantamos de la cama temprano para prepararnos, desayunar e irnos caminando hasta el lugar. Pensé que, debido a que prácticamente había una guerra civil afuera, no iríamos hoy, pero parece que me he equivocado. Sonia y Paulo ya están vestidos. De hecho, ella prepara el desayuno con nerviosismo. Kassy está en el baño. Parece que yo soy el único que considera que debería haber un cambio en el ritmo habitual de nuestra rutina.

Voy a mi cuarto y comienzo a vestirme. Hoy me salto la parte del baño. Al regresar lo haré. Me visto a toda velocidad solo para esperar a Kassy afuera de su recámara, que está frente a la mía, y así tener la oportunidad de hablar con ella sin que nadie nos oiga. Después de un rato, finalmente sale. Tiene las ojeras más pronunciadas de lo normal, usa un vestido amarillo que casi llega a sus tobillos y luce su dorado cabello en rizos ondulados.

—Hemos pasado una noche terrible por los disturbios. ¿En serio iremos al culto? —le pregunto apenas abre la puerta.

—Lo sé. No tiene sentido. Pero, si nos quedamos en casa, tampoco nos enteraremos de lo que anuncie la Orden. Yo prefiero ir, aunque sea arriesgado, para saber qué es lo que mi papá se niega a decirnos —me dice, frotándose los ojos.

—Anoche estaba extrañamente apacible. ¿No te parece?

—Si hubiéramos estado bajo un peligro real, no creo que nos hubiera dejado solos en casa. En todo caso, aquí no haremos nada. En el culto, alguien tiene que decir algo. ¿No te parece? No pienso que la Orden vaya a dejar esto así. Como papá dijo que nos veríamos allá, supongo que tienen planes concretos para poner la situación bajo control.

—Kassy y Travis, ¿ya están listos? —pregunta Sonia desde el piso de abajo.

—Vámonos; es hora de irnos —me dice Kassy, y me toma de la muñeca para que bajemos las escaleras.

El lugar donde se celebra el culto es cercano, solo tenemos que caminar durante aproximadamente veinte minutos. Aunque no es lejos, como hoy nadie está de ánimos para intercambiar palabras en animadas conversaciones como acostumbramos hacerlo, se vuelve una eternidad. A pesar de que un par de veces trato de hacer que haya una conversación grupal, al no tener éxito, al final decido caminar el resto del trayecto en silencio como los demás.

Al llegar a la iglesia, que antes era el estadio de béisbol del equipo local, somos recibidos por entusiastas integrantes de nuestra comunidad. El pánico que había ayer ha desaparecido por completo, a menos que lo estén disimulando demasiado bien. Me sigue sorprendiendo lo rápido que los ánimos cambian por aquí.

El estadio donde estamos es bastante amplio, tiene un jardín que exige mucho mantenimiento y suficientes asientos para que quince mil personas puedan asistir a los eventos, lo cual es más que suficiente, puesto que no hay más de ocho mil quinientas personas con vida en el pueblo. Además, es techado, por lo que las preferencias en cuanto a la ubicación de los asientos solo se limitan a buscar el que esté más cerca de los baños, ya que hay pantallas de cien pulgadas que transmiten por todas partes lo que dice el orador principal desde el podio.

Escogemos asientos en la segunda fila que está detrás de la primera base, pues allí es donde le gusta a Roberth que nos sentemos. Escuchamos charlas que no hacen referencia a los Hijos de la Redención ni a los disturbios de ayer; más bien, tratan de temas como la paz en los hogares y la vida laboral. No es que sean temas poco interesantes; sin embargo, es evidente que hay otras prioridades en este momento.

Hoy ha estado al frente Tom, un adulto joven que es miembro de la Orden y también es admirado por muchos debido a que es soltero, atlético, agradable, caucásico, alto y de buena familia. Es decir, un imán para las mujeres solteras de la comunidad. Por alguna razón, no se ha casado todavía.

Cuando pensé que estábamos por terminar, Roberth y Francesca, la tía de Lionel, se acercan al podio. Parece que, por fin, hablarán del tema que todos hemos estado esperando que sea abordado.

El primero en ponerse en el centro para hablar es Roberth. En los últimos meses, ha tenido que dedicar mucho tiempo y energías a guiar a la comunidad con la ayuda de los demás cabecillas de la Orden, por lo que no interviene con demasiada frecuencia en los cultos. La mayoría de las veces solo lo hace cuando tiene que hacer un anuncio importante.

Francesca, que es su mano derecha, permanece a algunos metros de distancia. Ella viste de una manera inusual para la ocasión, de hecho, lleva la misma vestimenta que ayer vi en los alborotadores. Entonces me doy cuenta de que hay un grupo de gente que no reconozco a algunos metros detrás de ella. Visten todos lo mismo: túnicas largas y cabello recogido o rapado.

—Buenos días, Comunidad de Verde Oliva. Me complace dirigirme a ustedes en esta ocasión solemne para hacer un importante anuncio —dice Roberth a través del micrófono.

Suena el feedback del equipo de sonido en ese momento y Roberth no puede evitar fruncir el ceño. Alguien se acerca, mueve unas piezas del micrófono y se retira. Así que, después de tomar un respiro profundo, Roberth continúa:

—Según narra un texto Sagrado, en la antigüedad, todos los hogares de los egipcios sufrieron la pérdida de alguno de sus miembros en una noche debido al juicio divino. Eso ha vuelto a ocurrir. Hemos sido espectadores de cómo la divinidad derramó su ira sobre los que no eran obedientes. Miles de millones de personas murieron en todo el mundo. En consecuencia, tuvimos que dedicar siete meses a distintas labores, como limpiar la contaminación producida por aquellos decesos y organizar esta comunidad.

Descubrimos que incluso ese período estaba profetizado en aquel texto. Ahora hemos determinado que ha llegado el momento de seguir adelante.

Me pregunto qué significa eso de seguir adelante. Suena muy parecido a lo que decían los Hijos de la Redención ayer en el parque. Kassy, que está sentada a mi izquierda, pone su mano sobre la mía y me dice al oído:

—Aquí viene.

—Me intriga la presencia de toda esa gente ahí —admito en voz baja.

—Cierto. Siempre ha habido una sola persona en el podio dirigiéndose al auditorio. Yo tampoco entiendo qué hacen esos de ahí atrás —susurra.

—Creo que después de lo que hicieron deberían ser enemigos públicos —susurro aún más bajo.

—Ya basta —demanda Sonia con mirada de desaprobación.

Roberth pasea su mirada por cada uno de los presentes en el auditorio, mientras que los uniformados que están detrás de él mantienen posiciones severas.

—Por eso me complace anunciarles que la Orden de la Fe Universal ha dado paso a un grupo que, con seguridad, velará por los intereses de nuestra divinidad e impondrá el control sobre aquellas personas que tienen tendencia a descarriarse —continúa Roberth.

Lo dice todo con un tono tan mecánico que es difícil reconocer su voz. Se comienzan a oír los murmullos de las personas que están en el auditorio, y Kassidy y yo nos miramos, tratando de conciliar lo que acaba de decir

Roberth con lo que hemos vivido en las últimas horas.

¿Velarán por nuestra seguridad? Esas personas fueron las responsables de que muchos resultaron heridos ayer. Alguien podría haber muerto. ¿Cómo es que ese grupo va a mantener el orden si ellos mismos lo pusieron el riesgo hace pocas horas? A menos que… No… Es imposible.

—¿Le están encargando nuestra seguridad y estabilidad a los mismos que representan un peligro contra ella solo para que no la destruyan o estoy entendiendo mal? —le pregunto a Kassy.

—Parece que la Orden no puede manejar la presión —afirma ella, boquiabierta.

—Como miembro de la Orden, les anuncio que hoy nacen los Hijos de la Redención. Francesca será su principal vocera y representante. Por otra parte, de ahora en adelante, yo solo seré un cabecilla más —concluye Roberth. Creo ver que Francesca sonríe ligeramente.

Hay silencio en el auditorio por unos segundos, hasta que alguien empieza a aplaudir. La mayoría se une después, incluyendo a Sonia y a Paulo. Por nuestra parte, Kassidy y yo nos quedamos sin mover un músculo. No sé qué pensará ella, pero yo lo tengo claro: las cosas aquí van a cambiar radicalmente. Roberth se retira, Francesca pasa al frente y se queda sola en el centro del podio.

—Cuando recibimos la revelación de que esto es lo que debíamos hacer, no quisimos añadirle más peso a sus mentes y corazones —relata Francesca con un tono de voz muy amable—. Decidimos que lo mejor era esperar un tiempo para que todos nos adaptáramos a nuestra nueva vida, de manera que esta noticia fuera bien recibida, sin temor a causar conmoción. Ya ha llegado ese momento.

El auditorio guarda silencio. Creo que hay confusión, y no me extraña, ya que todavía no sabemos a dónde va esto. Sin embargo, ahora noto que, en ciertos puntos del estadio y guardando distancia entre sí mientras permanecen de pie, hay varias personas con una vestimenta parecida a la de Francesca. No me quedan dudas: quieren vigilarnos.

—De ahora en adelante, habrá horarios establecidos para estar en las calles, además de los horarios que ya existían para buscar provisiones. Estableceremos jornadas laborales de seis días a la semana para atender diversas tareas de mantenimiento que la ciudad necesita. Por otra parte, los más jóvenes comenzarán a recibir educación con la finalidad de que sus mentes no estén en ocio. Todas las decisiones que se han tomado buscan como objetivo proteger a la comunidad de caer en la desaprobación divina y mantenerlos en el carril. Quiénes no se adapten a las nuevas medidas podrían ser excomulgados —advierte—. ¡Todos somos iguales! ¡Todos debemos estar cerca de la divinidad! —concluye.

Hay un aplauso que marca la conclusión de esta nada convencional intervención. Nos ponemos de pie para cantar, y termina la sesión de hoy. Todos comienzan a levantarse de sus asientos y a retirarse. Algunos hablan entre ellos en voz muy baja; pero, si se dan cuenta de que alguien de nuestra familia los observa, se detienen.

—Deberíamos irnos a casa. Creo que ustedes han de estar hambrientos —dice Sonia al ver nuestra incomodidad.

—Sí, mamá. Tengo hambre —le responde Paulo.

Me levanto de la silla para dirigirme a la salida. Veo que los uniformados siguen de pie como suricatas junto a las puertas de acceso y en otros puntos del estadio. También encuentro a Lorana de pie a unos cuantos metros de mí. Viste muy bien para la ocasión, lo que sin duda llama mi atención. Así que me dirijo sin rodeos hacia ella. Supongo que ya me había visto, porque no se sorprende cuando me acerco. O quizá no le importe.

—Miren, aquí está el chico más atlético y devoto de todo el pueblo —anuncia sarcásticamente.

—Espero que algún día puedas olvidar esa foto —le digo.

—La verdad es que disfruto ver tu cara de vergüenza cada vez que saco el tema. Me divierte tanto como recordar la cara de pavor que pusiste ayer —bromea.

—¿No te pasó nada? —le pregunto con vívido interés.

—Me quería quedar a patear algunos traseros cubiertos de túnicas; sin embargo, decidí alejarme antes de que me golpearan con sus cadenas. Me parece sorprendente que ahora vayan a funcionar como la policía del lugar. Míralos, se creen vigilantes solemnes. No sé qué esperan que los demás sientan por ellos —desdeña.

—Parece que no ha quedado muy claro qué está pasando por estos lados ahora mismo —señalo, avergonzado. Callo unos segundos para sacar un tema que llama mi atención—. Pensé que no eras de las personas que asistían al culto.

—No lo soy. De hecho, es la primera vez que piso este lugar. Solo he venido porque estaba aburrida en casa y quise salir un rato —me dice mientras mira a su alrededor con atención.

—Te entiendo. ¿En qué pasas tu tiempo? —indago.

—Despacio, nadador, apenas te conozco. No tengo por qué darte un resumen de mis actividades cotidianas.

—Lo lamento. Pero, ya que comparto mi sofá contigo, pensé que éramos amigos —bromeo.

Ella sonríe. De verdad se ilumina cuando lo hace.

—Me pareces demasiado ingenuo e inocente. Es probable que tengas menos amigos de los que piensas.

—¿Quién es tu amiga, Travis? —pregunta Sonia, que se acerca a nosotros junto con Paulo y Kassidy.

—Familia, ella es Lorana —le contesto—. Lorana, ellos son Sonia, Kassidy y Paulo —le digo, señalando a cada uno al decir su nombre.

—¿Lorana, la chica que vive en tu casa? —cuestiona Sonia.

—Esa misma —afirma Lorana con orgullo.

—Es un placer conocerte finalmente —dice Kassidy, quien se le acerca para darle un beso en la mejilla y un abrazo a los que corresponde muy bien Lorana.

A pesar de que por un momento pienso que sacará un martillo de alguna parte y los amenazará a todos, no lo hace. Simplemente, los saluda con cordialidad. No parece la chica que conocí en mi casa o la que ayer estaba discutiendo con radicales. Esta es más amable y menos hostil.

—Nos alegra conocerte, Lorana. Travis nos ha dicho que has estado viviendo sola en su antigua casa —dice

Sonia. Ahora sí parece que le interesa el tema.

—Sí, mis padres fallecieron y ahora estoy yo sola allí.

—Debe ser complicado no tener a alguien que te haga compañía —menciona Kassy.

—No del todo. Me ha obligado a ser más independiente, y he aprendido muchas cosas útiles, a decir verdad.

—Nos alegra oírlo —dice Sonia, que seguramente ya encontró un buen argumento para defender su postura de no aceptarla de inmediato en su hogar.

La conversación continúa de forma casual hasta que Lorana argumenta que tiene que irse porque se le hace tarde. Aunque no sé a qué compromiso puede alguien llegar tarde actualmente, todos la despedimos. Me doy cuenta de que Paulo se ha alejado de nosotros. Sonia va a buscar a Roberth para que regresemos todos juntos a casa, y Kassy está ayudando al grupo de limpieza, pues siempre aprovecha el tiempo para contribuir en algo. Así que voy a buscar a Paulo. Lo encuentro recogiendo algo en el suelo cerca de unas butacas.

—¿Qué tienes ahí, amigo? —le pregunto.

—Un teléfono celular —me dice mientras me lo extiende para que lo tome.

—No son muy útiles ahora porque no sirven las líneas telefónicas. Solo se puede escuchar música, reproducir videos y tomar fotografías con ellos —señalo, visualizándolo en mi mano.

—Igual tenemos que localizar a su dueño, ¿no crees? —inquiere él.

—Es cierto. Déjame buscar fotos que nos permitan saber

quién es en la galería. Tal vez lo conozcamos.

Solo hay una carpeta de fotografías en ráfaga. Es de un centro comercial muy conocido del pueblo vecino, Verde Esmeralda, que está a noventa kilómetros de aquí. Para mi sorpresa, las siguientes capturas son acercamientos hacia un punto del lugar, y me encuentro con una foto de Roberth. Está aparentemente conversando con otra persona que está de espalda, así que no logró reconocer quién es. Pero lo que llama mucho más mi atención es la hora y fecha de la fotografía: 20 del mes cuarto a las 11:53 de la noche. Estamos en el mes onceavo, de manera que esto fue hace siete meses. En la noche del Día del Juicio.

Roberth y Sonia siempre han alegado que estaban dormidos esa noche y que, a las doce y media, comenzó la conmoción en las casas de sus vecinos. Sin embargo, estas fotografías sugieren otra cosa. Es imposible que a esa hora Roberth estuviera acostado en su cama. Ni siquiera estaba en la ciudad; no obstante, ¿por qué mentir al respecto?

Por supuesto, también existe la posibilidad de que estas fotos marquen la fecha en la que fueron introducidas en el teléfono, lo que haría posible que fueran más antiguas, aunque señalen esa fecha. Ahora bien, ¿por qué las introdujeron justo en ese momento? Comienzo a revisar los archivos de contactos, las notas escritas y los mensajes. Todo está en blanco. ¿Por qué no hay más nada en este teléfono? El hecho de que existan estas fotografías es de por sí bastante extraño. Y las circunstancias lo son aún más.

—¿Ves a alguien conocido en las fotos? —me pregunta

Paulo, sacándome de mis indagaciones.

—No… A nadie. Voy a llevarlo a objetos extraviados. Seguramente lo buscarán allí. Espérame con Kassy y tu mamá. Ya regreso.

Le miento porque estoy seguro de que, si descubre que en las fotografías aparece Roberth, querrá entregarle el teléfono a él, y el tema terminará bajo tierra, como todo lo que últimamente se busca conversar en casa. Debo tratar el tema en privado. Es sospechoso encontrar un teléfono que no tenga más información guardada. Además, nunca le he visto este celular a Roberth. Pese a que me dirijo hacia el departamento de objetos extraviados, no lo entrego. Más bien, me lo guardo en el bolsillo y me doy media vuelta.

CAPÍTULO DIEZ

Me dirijo a reunirme con la familia. No puedo evitar sentirme nervioso debido al teléfono que llevo en el bolsillo y trato de acomodarlo en una mejor posición para que el bulto no resalte en el pantalón. Solo espero que nadie lo note y comience a hacer preguntas antes de poder descubrir qué hay detrás de las fotografías guardadas en él. De repente, soy interceptado por Ráscal y Lionel, quienes están siendo acompañados por Oliver. Ráscal está, como siempre, sonriendo. Lionel luce cansado, pero mi atención se centra en Oliver. Él lleva un cabestrillo en el brazo izquierdo y tiene un moretón bajo el ojo derecho.

—¿Dónde te habías metido? —me pregunta Ráscal—. Te hemos estado buscando desde ayer. ¿Estuviste en el parque? No te vimos allá. —Su ritmo de habla no es tan relajado como de costumbre.

—Calma, hombre —le respondo—. Sí, estuve en el parque. Tampoco los vi a ustedes dos. —Me dirijo a Oliver ahora—: Me alegra saber que estás… bien, aunque lesionado por lo que veo.

—Esto no es nada —dice, haciendo referencia a su brazo—. Solo lo llevo para evitar movimientos bruscos; así sanará más rápido. ¿Ustedes lograron regresar a casa sin inconvenientes?

—Sí, no hubo novedades. Bueno, hasta lo que acaban de anunciar obviamente —admito.

—Debemos tener cuidado con lo que hablamos aquí —interrumpe Lionel, viendo de reojo hacia todas las direcciones.

Aún hay muchas personas alrededor, aunque la gran mayoría está en movimiento. Algunos están saliendo del estadio, otros charlan plácidamente. Los que permanecen inmóviles son los Hijos de la Redención. Ahora me percato de que son un grupo más numeroso de lo que percibí ayer.

—Lo mejor será que hablemos en otro momento y en algún lugar privado —propone Lionel.

—En casa de Roberth es imposible —digo.

—En la mía es lo mismo; mi tía siempre está allí —indica Lionel.

—Pues que sea en la mía entonces —dice Oliver—. Los espero a las cuatro de la tarde. Por lo que sé, el toque de queda comienza a las seis, así que no lleguen tarde —agrega, y se va.

Nos quedamos los tres. En una situación normal, estaríamos como las personas a nuestro alrededor, conversando sobre trivialidades. Aquí nadie está cuestionando las decisiones de la Orden, sino hablando sobre cosas cotidianas. Nos quedamos observando, cada uno por su cuenta, a quienes están a la vista. Ráscal es quien rompe el silencio.

—¿Quién iba a pensar que llegaría el día en que nos sentiríamos como aves en una jaula? Observados y prisioneros —bromea, volviendo la situación un chiste.

—No es gracioso —replica Lionel—. Además, esto no es así.

—Mi chiste es bueno, lo que pasa es que tú estás amargado, compañero —dice Ráscal, estirando su brazo sobre la espalda de nuestro amigo.

—Hola, chicos —dice Paulo, uniéndose al grupo y saludando a Lionel con una clásica sacudida de manos, y a Ráscal, con un saludo moderno—. Te estamos esperando para regresar a casa, Travis.

Me despido de mis amigos y me uno a la familia. Caminamos de regreso a casa en completo silencio y, cuando llegamos, Kassy es la primera en hablar. Estamos en la pequeña sala que está entre la puerta principal de la casa y la cocina. Ya no puede contener más el estrés.

—¿Ya podemos hablar del elefante en el cuarto? —reclama, usando su analogía favorita para referirse a la capacidad de las personas para ignorar problemas evidentes.

—Si no lo hacemos, podrías enloquecer —responde Roberth con frialdad.

No estamos en el comedor, que es donde siempre discutimos temas importantes. Sin embargo, nadie se dirige hacia allá. Roberth permanece de pie con Sonia a su lado, Paulo se sienta en un mueble, y Kassy deja caer su bolso al piso. Físicamente se deshizo de un peso. Ahora viene la descarga emocional.

—Después del culto de hoy, todo el mundo ha estado actuando como si nada estuviera ocurriendo. ¿Acaso es así?

¿No está pasando nada? —le pregunta Kassy.

—No te equivocas; sí sucede algo —admite Roberth.

—Lógicamente —asiente Kassy. Quizá piensa que Roberth le está dando la razón—. Ahora bien, ¿en qué estaba pensando la Orden cuando decidió que esas personas fueran nuestros vigilantes?

—La Orden solo busca el bienestar colectivo —responde Roberth sin perder su serenidad.

—¿Cómo es que poner a un grupo de terroristas a cargo de la comunidad va a ser lo mejor para todos? —cuestiono.

—Esa es la dirección de la divinidad. Hijos, nosotros solo tenemos que ser obedientes. El divino los ha escogido a ellos para guiarnos a la salvación —sentencia Roberth.

—Qué poético. Pero ¿no nos habíamos salvado ya? —señala Kassy—. ¿A cuántas salvaciones tendremos que sobrevivir?

—A las que la divinidad considere necesarias. Los Hijos de la Redención son sus profetas —declara Roberth.

—¿Y tenían que darse a conocer como tales en un acto de amedrentamiento? —inquiere Kassy con ironía.

—Lo que sucedió en el parque solo fue una clara demostración de que necesitamos una mejor dirección y más protección —dice Roberth.

Kassy y yo quedamos estupefactos. Sonia ve a Roberth fijamente. En los libros de historia, hay registros de países que usaron organizaciones anónimas para declararse la guerra a sí mismas. Todo con la finalidad de fortalecer el poder del gobierno central y el apoyo que sus ciudadanos le daban a este al creer que habían gestionado bien un problema que los ponía en peligro. Por supuesto, ignoraban que ese mismo problema había sido causado por ese gobierno. ¿La Orden ha hecho lo mismo? ¿Sentía que su control sobre los miembros de la comunidad se estaba debilitando y ha buscado una manera de fortalecerlo mediante los Hijos de la Redención?

Si esto fuera así, no tendría sentido que los relacionaran con ellos de manera pública. Un gobierno con esa estrategia nunca presentaría a esa organización como un aliado sino como un enemigo. A pesar de que existen similitudes, lo que sucede aquí no es lo mismo.

—¿Todo eso fue solamente un acto para que las personas temieran a los Hijos de la Redención y a la Orden? —le pregunto. Sin embargo, al escucharme a mí mismo, me percato de que lo que acabo de formular no es una pregunta en lo absoluto, sino una teoría.

—No exactamente —responde Roberth—. Es más complicado que eso.

—¿Al menos esos escándalos públicos no volverán a repetirse? Supongo que la Orden podrá controlar a ese grupo —dice Kassy.

—Hijos, la Orden no está por encima de los Hijos de la Redención; es al revés —revela él.

CAPÍTULO ONCE

A las 3:51 de la tarde, salgo para la casa de Oliver. Tengo que escaparme a escondidas a través de la ventana de mi cuarto. Por lo que la abro, la atravieso y camino sobre el tejado teniendo mucho cuidado de no hacer ruido. Al lado de la casa hay un árbol bastante grande, así que salto desde el techo hasta una de sus ramas. Aunque un crujido me asusta, la rama sigue firme. Bajo el tronco y, al estar en tierra firme, me echo a correr.

Cruzo los patios traseros de algunos hogares para cortar el camino. La vivienda de Oliver está formada por una sola planta y se encuentra ubicada muy cerca del centro del pueblo. Cuando me faltan dos calles para llegar, un perro comienza a ladrarme agresivamente porque intento pasar por el terrero de una casa. De modo que me veo en la obligación de caminar esa parte del trayecto sin atajos.

Al ser domingo, es habitual que haya muchas personas por las calles. La mayoría de la gente sale a pasar el rato en los parques o en el lago. Sin embargo, dudo que hoy muchos se animen debido a los anuncios que se hicieron en la mañana.

En una esquina, está un grupo de personas reunidas.

Alguien habla con una voz autoritaria. Me acerco para saber de qué se trata. Tengo que abrirme paso entre la gente que forma un círculo en cuyo centro hay un vocero. ¿Esto es una protesta?

Nada más alejado de la realidad. Hay tres hijos de la redención en el centro de la aglomeración. Uno de ellos grita a todo pulmón; parece que hoy no traen megáfonos. Las personas que lo oyen asienten a todo lo que dice y, a veces, aplauden sus argumentos.

—¡Necesitamos control! ¡Necesitamos paz! Solo de esta manera conseguiremos la salvación y podremos alcanzar un estado mental que nos brinde la aprobación divina —proclama con todas sus fuerzas. De hecho, las venas de su cuello están brotadas por el esfuerzo que hace para proyectar su voz.

—¡Gracias por guiarnos! —coinciden algunos de los presentes.

—¡Sométanse a nuestra guía y el divino les tendrá misericordia! —grita el vocero. Empiezo a preocuparme de verdad por el efecto que tendrá en sus cuerdas vocales la fatiga.

La mayoría de las personas reunidas parece estar de acuerdo con lo que oye. Algunos aplauden constantemente, otros pocos hasta lloran. No entiendo esas reacciones. Está claro que este grupo de *profetas* está logrando un dominio; quieren controlar a los miembros de la comunidad. Les han vendido que esa sumisión es buena, y la gente les está comprando sus argumentos.

No puedo soportar más este discurso y me abro paso

nuevamente entre las personas, algunas de las cuales me ven con desaprobación, pues es mal visto el retirarse de una charla religiosa sin que esta haya concluido. No tengo tiempo para complacerlos porque el toque de queda comenzará en poco menos de dos horas.

Me apresuro a llegar a la casa de Oliver y, al hacerlo, toco el timbre, mas no suena. Así que golpeo la puerta de madera con el puño. Inmediatamente, Oliver la abre, mueve su mano en señal de que pase rápido, lo hago y entro directamente en la sala para encontrarme con Lionel y Ráscal. Lionel está de pie y tiene los brazos cruzados. Ráscal se encuentra sentado en el sofá, jugando con una pelota de béisbol.

—Hasta que llegas. Ya estaba pensando en irme —reclama Lionel.

—Lo siento. Me distraje en el camino con un grupo de personas siendo cautivados por los de las túnicas —le explico, avergonzado.

—No le hagas mucho caso a Lio. Hoy está mucho más molesto que de costumbre —señala Ráscal. Continúa lanzando la pelota al aire, la recibe y vuelve a hacer lo mismo una y otra vez.

—Gracias por venir, muchachos —dice Oliver—. Creo que es importante que hablemos un poco.

—Lo estuve pensando bien y no entiendo el objetivo de este encuentro —indica Lionel—. Cualquier cosa que sea de nuestro interés ya ha sido abordada por la Orden, o lo será dentro de poco.

—¿Realmente crees eso? —le pregunto con ironía—. La

Orden nunca se ha destacado por mantener informada a la comunidad, como lo está demostrando todo el asunto de los Hijos de la Redención. ¿Crees que aparecieron de repente? Ustedes mismos dijeron que había rumores de que algo de esto sucedería. Y, después de que ellos mismos generaron los disturbios, ahora son nuestros salvadores.

—Es cierto. En todo el proceso, la Orden nunca dijo nada. Tampoco fueron muy claros esta mañana. ¿Roberth te ha dicho algo, Travis? —inquiere Ráscal, deteniendo el juego con la pelota.

—Básicamente me dio a entender que ahora los Hijos de la Redención están a cargo.

—Quizá es lo mejor para todos —señala Lionel—. En todos estos meses la Orden no ha hecho nada. No hemos avanzado en lo absoluto.

—¿Por qué piensas eso, Lionel? —indaga Oliver—. No solías tener esa opinión antes.

—Los Hijos de la Redención son los profetas del cielo. Tenemos que seguir su dirección si queremos mantenernos en comunión con la divinidad; es nuestro deber. Agradezcamos que aún conservamos nuestras vidas —responde vigorosamente.

—No nos consta que sean profetas de nadie. La única prueba que tenemos de eso es lo que anunció hoy la Orden. Sin embargo, todo se basa en lo que ellos dicen sobre sí mismos —interviene Ráscal, poniéndose de pie.

—¿Acaso dudas de la Fe, Ráscal? —le pregunta con ira Lionel.

Todos nos quedamos en silencio; hay tensión en el

ambiente. Lionel está rojo por lo molesto que se siente. Ráscal, por su parte, permanece apacible, viéndolo fijamente. Cuando está a punto de abrir la boca, no puedo evitar preocuparme por su respuesta. Oliver lo interrumpe:

—Aquí nadie duda de nada, Lio. Solo somos un grupo de amigos que ha querido reunirse para conversar sobre sus impresiones de lo que está pasando en la comunidad —le dice con un tono de voz calmado.

Lionel comienza a tranquilizarse y se sienta en una silla. Ráscal vuelve a tomar su asiento en el mueble y reanuda su juego con la pelota. Por un momento, creo que me la lanzará; no obstante, no lo hace. Ahora permanece pensativo. Oliver vuelve a tomar la palabra:

—Hay algo que me siento en la obligación de decirles. Y he decidido que estén los tres, porque sé que son buenos amigos y estoy seguro de que se apoyarán…

—¿Qué pasa si dudo? —pregunta Ráscal sin apartar la mirada de la pelota en su mano.

—Entonces admites que tienes dudas. ¡Sabes que está mal no tener una confianza absoluta en La Fe! —le reclama Lio.

—Oliver acaba de decir que los amigos tienen que apoyarse. Supongo que igual seguiremos siendo amigos, incluso si tengo dudas —le responde calmadamente Ráscal.

—¡Yo me debo primero a mi fe! —grita Lionel, y se pone de pie.

—Todo este tiempo, Francesca había querido lavarte el cerebro, y te habías estado resistiendo. Parece que lo está logrando finalmente —replica Ráscal. Ya no hay serenidad en su voz.

—Chicos, no sé qué está pasando aquí, pero es mejor que nos calmemos —interrumpe Oliver.

—Sobre mis amigos y mi familia, está mi fe. Ustedes lo saben —continúa Lionel.

Nuevamente todos quedamos en silencio, viéndonos unos a otros. En ese momento, una idea cruza mi mente, y siento un retorcijón en el estómago.

—Lio, si crees que esta reunión no tiene sentido, ¿por qué la propusiste? —indago.

—Lo siento, chicos. Era la manera más fácil de hacerlo —responde, saca un aparato plano similar a un control remoto del bolsillo y presiona un botón.

En menos de cinco segundos, tocan a la puerta. Oliver nos señala que debemos quedarnos tranquilos. Vuelven a tocar insistentemente. Él se dirige a abrirla; sin embargo, la tiran al suelo, partiéndola en dos pedazos cuando está por llegar a ella. Son los Hijos de la Redención. Entran de golpe en la casa aproximadamente veinte de ellos.

—¿Qué? ¡Podrían haber esperado a que abriera! ¡Estaba a punto de hacerlo! ¿Qué les pasa? —les reclama Oliver, enfadado y sorprendido a la misma vez.

—Hermano Oliver, queda arrestado por alterar el orden público e incitar a las dudas —le dice uno de ellos.

—¿Qué? —inquiere con incredulidad.

—¡Oigan! Déjenlo. ¡Ustedes son los que están promoviendo el caos aquí! —protesto.

—¡Atrás, hermano! —me grita otro miembro del grupo, y me apunta con un arma—. ¡Manténgase al margen de esto! —me advierte.

Ráscal y yo levantamos las manos como un reflejo al arma. Arrojan a Oliver en contra de la pared, le amarran las manos con una cadena y lo sacan de la casa. En menos de quince segundos, desaparecen de nuestra vista. Ráscal deja caer la pelota al suelo, totalmente atónito. Ambos le dirigimos la mirada a Lionel.

—Todos tienen que pagar lo que han hecho —nos dice, y se va tras los Hijos de la Redención.

CAPÍTULO DOCE

—¿Cómo pudo hacerle algo así a Oliver? Es nuestro amigo —dice Ráscal, y le da un golpe a la pared—. De hecho, fue él quien le brindó apoyo cuando sus padres murieron en el Día del Juicio.

—Supongo que solamente busca la aprobación de Francesca —sugiero, tratando de buscar una explicación—. Debimos haber previsto que esto podría pasar; su actitud estos últimos días había sido más extraña de lo usual.

—Tienes razón. Ni siquiera estuvo dispuesto a compartir con nosotros nada de lo que pudo descubrir por medio de su tía. Más bien, parece su espía ahora. No lo entiendo —medita—. Además, ¿por qué los Hijos están armados?

—Era más que obvio que se convertirían en la policía del pueblo.

—De ser así, impondrán más normas. ¿En qué se basan las acusaciones en contra de Oliver?

—Lo que pasó ayer en el parque…

—¡Sí! —me interrumpe—. Tiene que ver con el haber confrontado a esos sujetos.

—Puede ser —asiento, y hago una pausa—. Pero yo también los desafié y no han venido por mí.

—Tú eres hijo de Roberth.

—No creo que eso me dé inmunidad.

—Tendrás que preguntárselo a él.

—Lo haré —agrego—. Tal vez deberíamos irnos a nuestras casas. Creo que no falta mucho para la hora del toque de queda.

Salimos de la casa de Oliver. Algunas personas están reunidas afuera; seguramente observaron lo que acaba de ocurrir. Se quedan viendo cada movimiento que hacemos al salir. Es muy incómodo sentirse así de vigilado.

Cruzamos el jardín de la casa de Oliver y nos encaminamos a la calle, dejando la casa totalmente vacía. Él vive solo, pues no tiene hermanos y sus padres murieron hace varios años. A pesar de eso, no está solo. Tiene muchos amigos en la comunidad, y sé que eso contribuirá a que se aclare todo este asunto.

Frente a las recientes acciones de Lionel, solo me alegra no haber sacado el teléfono ni haber mencionado ese tema antes. Cuando se lo cuento a Ráscal, me da la razón. Francesca es la vocera de los Hijos de la Redención, pero también forma parte de la Orden; eso puede explicar el vínculo que existe entre ambos grupos. Ahora bien, ¿cuál es la posición de Roberth?

Primero, aparece el sobre en la puerta; ahora, las fotografías en el teléfono. ¿Qué es lo que no estoy viendo? Además, Oliver estuvo a punto de decirnos algo que él consideraba importante; sin embargo, no tuvo la oportunidad debido a la acalorada discusión entre Ráscal y Lionel.

—¿Dónde tendrán a Oliver recluido? ¿Qué planean hacer con él? —le pregunto a Ráscal mientras caminamos.

—Antes me habría atrevido a decir que era imposible que le hicieran daño, pese a que la verdad es que siempre he creído que aquí son capaces de hacer cualquier cosa. Creo que ahora hay más razones para preocuparnos —me responde con sinceridad.

—Aunque lo más probable es que no logre nada, intentaré hacer que Roberth me diga algo, al menos sobre la ubicación de Oliver.

—Yo no tengo contactos en las altas esferas, pero puedo escabullirme en algunos lugares. Veré qué puedo averiguar. —Hace una de sus típicas maniobras con las manos conmigo, y nos separamos.

Camino sin fijarme hacia donde me dirijo por un buen rato. Trato de entender cómo hemos pasado de ser un pueblo religioso a un estado militar. Al llegar, me percato de que había estado caminando hacia mi antigua casa a causa de la distracción. Decido entrar.

Al poner la mano sobre el pomo de la puerta para girarlo, me doy cuenta de que debería llamar antes. Lo hago tres veces y, cuando estoy a punto de hacerlo de nuevo, Lorana abre la puerta hasta donde la cadena de seguridad se lo permite solo para asomar parte de su rostro.

—¡Qué sorpresa! Pensé que un chico bueno como tú no desafiaría el toque de queda —dice al verme. Continúa sin abrir la puerta en su totalidad.

—Aún faltan unos minutos para que empiece. Me gustaría hablar contigo, Lorana —le respondo.

Ella me examina por unos instantes en silencio y me cierra la puerta en la cara. Escucho que retira la cadena, abre la puerta por completo, me invita a pasar, y yo lo hago. Miro el interior del hogar de mi familia y noto que la casa está más limpia. La capa de polvo ya no recubre las superficies y, al entrar en la sala, veo que las sábanas y almohadas están organizadas en un rincón. Ella se sienta en una silla y espera a que yo tome asiento.

—¿Sobre qué quieres que conversemos? ¿Has reconsiderado volver a vivir en esta casa? —indaga.

—No, no tiene que ver con eso —le respondo vagamente porque sigo observando cada rincón que mi vista alcanza a ver.

—¿Qué te sucede, chico atlético? ¿Por fin te diste cuenta de lo mal que están las cosas aquí? —me pregunta sarcásticamente.

Eso hace que mi atención se centre en ella. Hace una mueca con sus labios, apretándolos hacia el lado derecho de su cara, y se encoge de hombros.

—Me dijiste algo sobre tu familia la otra vez. ¿Tenían una relación complicada? —le pregunto.

Ella parece sorprenderse. Se echa para atrás en la silla y apoya su cuerpo al espaldar. Medita por unos instantes, abre la boca, pero no dice palabra alguna. Además, veo que sus ojos verdes son más grandes y brillantes de lo que recordaba; es probable que no les haya prestado suficiente atención anteriormente.

—Estás aquí para hablar de familias entonces. —Se muerde el labio inferior—. Creo que deberías soltar algo primero. Tú sabes, para que yo pueda abrirme y terminemos compartiendo nuestros sentimientos, dándonos cuenta de lo hermoso que es tener una familia por muy mala que nos parezca a veces.

—De acuerdo —asiento—. Pues no tengo muchas quejas sobre mis padres. Ellos eran fantásticos. Me amaron y enseñaron todo lo que sé. Mi único problema con ellos fue que murieran —digo, y se me quiebra un poco la voz al final. Solo un poco.

Ella asiente y parece que busca algo en su cabeza, porque repite en voz baja lo que acabo de decir mientras mira hacia arriba. Entonces me dice:

—Travis, ¿y tu familia actual? ¿Solo son tus cuidadores? ¿Dirías que Sonia y Roberth son tus padres?

Sí los considero mi familia. Y, sin dudarlo, diría que Kassy y Paulo no son solo *como* mis hermanos porque, de hecho, *lo son* para mí y sé que el sentimiento es mutuo. No obstante, decir que Sonia y Roberth son mis padres sería ponerlos al mismo nivel que mis verdaderos padres. No digo que no sean buenos, pero quizá no tanto como yo quisiera. A pesar de todo, eso no quiere decir que no estén haciendo su mejor esfuerzo.

—Mi familia actual es muy buena —me limito a decir.

—Ya veo —indica ella—. ¿Cómo se llamaban ellos? Me refiero a los integrantes de tu familia biológica.

—Mi papá se llamaba Tristán, y mi mamá, Selena —respondo, tratando de que mi voz no vuelva a quebrarse.

Se queda en silencio y yo hago lo mismo. No sé para qué he venido a sacar esta conversación. Por la manera en la que se expresó de su familia, no creo que sea la más indicada para darme terapia familiar.

—Mi padre se llamaba Jorge y mi mamá se llamaba Lily. —Su voz se corta—. Pese a que obviamente tenían sus defectos, creo que, de alguna manera, me quisieron.

—¿Cuál fue tu mayor problema con ellos?

—No atreverme a afrontar las cosas de frente —responde con rapidez—. Siempre querían poner los problemas bajo la alfombra para ignorarlos. Sin embargo, no hay una alfombra lo suficientemente pesada y grande que sea capaz de ocultar ciertas cosas.

—¿Y no discutías esas cosas con ellos? —pregunto, sorprendido—. Digo, no eres de las que parece tener la capacidad de permanecer en silencio frente a lo que le molesta.

—No siempre he sido así. Por eso ahora digo lo que pienso.

—A veces eso no funciona. En ocasiones hay que preparar el terreno —interrumpo.

—Puede que eso sea lo mejor con la mayoría de la gente, pero no te dará buenos resultados con las personas autoritarias. Si les das una pequeña oportunidad, se van a liberar de la conversación y de cualquier responsabilidad, haciéndote sentir culpable en cambio —enfatiza, y se inclina hacia adelante—. Si quieres lograr algo, presenta el asunto de forma directa. Confronta. Tu única ventaja es el factor sorpresa antes de que se le ocurran argumentos en contra.

Acaba de describir a Roberth a la perfección. Lo que

dice podría darme una oportunidad. Así, él podría explicarme de verdad por qué la situación en la comunidad está cambiando tan abruptamente.

—Lo intentaré. Gracias por tu consejo. —Le sonrío, y ella me devuelve una pequeña sonrisa—. Creo que ya debería irme. No quiero tener problemas con los Hijos —agrego y me pongo de pie.

—Espero que puedas solucionar tus asuntos con Roberth —dice mientras permanece sentada.

—Por cierto, nunca te dije que mi padre guardián se llamara Roberth y que mi problema fuera con él.

—Sé cómo se ve alguien que tiene ese tipo de asuntos por resolver. Además, vivo como una ermitaña observadora de esta comunidad. Sé quién manda aquí y quién es su familia, Travis.

—Cierto. Bueno, gracias nuevamente —le digo, y me voy.

CAPÍTULO TRECE

Regreso a casa y lo primero que hago es buscar a Roberth. Encuentro a Kassy en la sala de estar junto a su amiga Mila. Ambas están muy concentradas en una costura. De vez en cuando, se reúnen para coser ropa que puedan regalarles a las personas mayores de la comunidad. Paulo está limpiando y ordenando los libros del librero de la sala, mientras que Sonia realiza sus plegarias en el estudio.

Subo al cuarto de Roberth y Sonia, pero él no está allí. Es probable que haya salido a alguna reunión urgente de la Orden. Me quedo de pie frente a la ventana y lo veo en el patio trasero, sentado en una silla. Está revisando unos papeles que están dispersos sobre la mesa para exteriores.

Bajo las escaleras y salgo al patio por la puerta de la cocina. Roberth escucha que la puerta se abre, me mira y vuelve a centrar su atención en los papeles que examina con mucho cuidado. Quizá esta sea la oportunidad de sacarle información. Si Lorana no se equivoca, puedo hacer que este momento sea perfecto para arrinconarlo con el factor sorpresa. Me siento en frente de él y sigue sin prestarme atención. Sin embargo, me dice automáticamente:

—Hola, hijo. ¿Cómo ha estado tu tarde?

—Muy bien. —Dudo en continuar por un momento, sin embargo, prosigo—: Estaba en casa de Oliver hasta hace poco. —Observo con mucho cuidado su reacción.

Parece ignorar lo que acaba de ocurrir, porque no veo ni siquiera un reflejo en su rostro. Me parece difícil de creer que no sepa nada, ya que es uno de los principales dirigentes del pueblo. Puede que esté disimulando. Hago lo único a mi alcance para robarme su atención.

—Encontré tu teléfono —añado, poniendo el aparato sobre la mesa.

Lo mira por un segundo con desinterés y continúa revisando los documentos. Creo que no lo reconoce, y por eso no ha llamado su atención. Tendré que ser un poco más directo si quiero conseguir algo.

—No es mío. De hecho, nunca lo había visto —responde.

—Qué extraño. Contiene fotografías tuyas —digo, tratando de sonar lo más espontáneo que puedo.

—¿De qué hablas? —me pregunta, frunciendo el ceño.

Lo tengo.

—Mira, aquí en la galería están.

Tomo el teléfono de la mesa y busco las fotografías. Se lo extiendo y él lo agarra, dejando los papeles dispersos en la mesa. Desliza el dedo por la pantalla para ver el resto de las fotos. Las observa por un rato. Finalmente me pregunta:

—¿De dónde sacaste esto? —Su expresión es severa.

Me doy cuenta de que tengo que encauzar esta conversación. Si no lo hago, logrará tornarla en mi contra y no soltará nada. Debo ser directo y no darle tiempo para que encuentre excusas.

—Travis, ¿de dónde sacaste esto? —repite.

—Lo encontré en el estadio esta mañana —respondo rápidamente—. ¿Por qué estabas en ese lugar la noche del Juicio? —le pregunto—. Siempre has dicho que estuviste aquí.

—Yo estuve aquí esa noche. ¿Por qué preguntas eso? —indaga.

—La fecha y hora de esas imágenes sugieren otra cosa. Fueron tomadas unos minutos antes del momento en que todo pasó. Revísalas.

Ni siquiera lo hace. Ahora sí tengo toda su atención. Guarda el teléfono en su bolsillo y empieza a ordenar los papeles que estaba revisando. Una brisa comienza a soplar y varias hojas salen volando. Logro ver que uno de los documentos se trata sobre una nueva ley que prohibirá andar con la cara descubierta en público. Roberth se levanta de la silla, recoge los documentos y aparta de mi vista el que yo estaba observando. Estando de pie, vuelve a darme su atención.

—Este no es un buen momento para hablar de este tema.

—¡Nunca es un buen momento para hablar de nada! —le reclamo, levantando un poco la voz.

—Hijo, tú bien sabes que no estoy en esta posición por deseo personal. ¡Las circunstancias me colocaron a la cabeza de la comunidad! Sé cosas y manejo información. Sin embargo, no puedo compartirlo todo con ustedes. La divinidad siempre me ha guiado por el camino de la prudencia.

—El problema no es que compartas todo. ¡El problema es que no compartes nada! —exclamo con ira—. No estuviste aquí la noche del Juicio. ¿Por qué Sonia y tú mienten? Creía que mentir estaba mal.

—Esas imágenes fácilmente pudieron ser editadas; sabes que eso es posible. Podrían ser más antiguas e igualmente reflejar esa fecha.

—¿Por qué alguien lo haría? ¿Por qué dejaron esto en el suelo? —le pregunto con insistencia señalando al teléfono.

—Querían que alguien lo hallara. Tal vez esperaban que *tú* lo hicieras.

—¿Por qué?

Sus ojos casi salen de su órbita por la preocupación; hay un pensamiento que le inquieta. Se lleva la mano a la barbilla y luego comienza a caminar de un lado a otro en círculos, mientras que en voz baja se dice cosas a sí mismo que no logro escuchar bien.

—¿Qué sucede, Roberth? Dime la verdad —le solicito. Aprovecho la ocasión para lanzar otras interrogantes. Tal vez me responda alguna—. ¿Por qué la Orden tiene esa repentina alianza con los Hijos de la Redención? ¿De dónde salieron esas personas?

—Hijo, necesito que entiendas algo. Yo no quería ser el cabeza de esta comunidad —alega él, haciendo énfasis en cada palabra.

—Sin embargo, pareces muy encariñado con el puesto actualmente.

—Todo lo que he hecho es para proteger *a esta familia*,

para protegerte *a ti* —dice, poniendo sus manos sobre mis hombros.

—¿Sucede algo? —pregunta Kassy, quien acaba de salir por la puerta que dirige a la cocina. Detrás de ella, se encuentra Sonia.

—Nada, solo teníamos una charla entre hombres —responde Roberth, extendiendo su brazo sobre mi espalda mientras estamos uno al lado del otro—. Pronto tendrán que ir al Centro Social a buscar sus asignaciones de trabajo, y le estaba dando algunas recomendaciones a Travis. Luego hablaré contigo, hija —dice, dirigiéndose a Kassy.

—Nos alegra saberlo —dice Sonia—. Vengo a avisarte que Francesca y dos de los Hijos están buscándote. Les dije que ya los atendías. —Se seca las manos con un paño y regresa a la cocina.

—Muy conveniente. Seguro vienen a decirte que han arrestado a Oliver —le reprocho a Roberth.

—¿Que han hecho qué? —me pregunta él. Parece sorprendido.

Me suelta y se dirige al interior de la casa. Kassy permanece frente a la puerta; algo la perturba. Me acerco a ella y comienza a asentir con su cabeza levemente.

—¿Cuánto has logrado escuchar? —inquiero, frotándome los ojos con una mano.

—No lo suficiente —me responde.

CAPÍTULO CATORCE

Kassy y yo somos interrumpidos por Sonia, quien nos manda a entrar en la casa. Descubrimos que Roberth y sus visitantes se han marchado. Como ya ha anochecido y no se preparó algo elaborado para la cena, comemos solo pan con queso y huevos fritos. Después, Sonia insiste en que realicemos plegarias juntos. Kassy y Paulo la acompañan de buena gana. A pesar de que no estoy de ánimo, los acompaño solamente porque me agrada pasar tiempo con ellos.

Lo hacemos por más de una hora y, al terminar, Paulo insiste en que juguemos un juego de mesa que consiste en formar palabras con un número limitado de letras a la disposición de cada jugador. No nos queda otra opción más que aceptar, pese a que en su lugar yo quisiera conversar con Kassy de todo lo que no le he dicho.

Jugamos durante un buen rato y, aunque Roberth aún no ha regresado, cuando son las diez de la noche, todos nos vamos a la cama. Por lo que no consigo la oportunidad de que Kassy y yo tengamos la conversación. Tampoco puedo ir a su cuarto durante la noche debido a que ella no estaría cómoda y, además, si nos descubren, podría haber un malentendido.

A la mañana siguiente, madrugamos porque ha llegado el día de buscar nuestras asignaciones en uno de los centros administrativos de la ciudad. Existe la probabilidad de que yo sea asignado a algún trabajo relacionado con los Hijos de la Redención. Eso podría darme la oportunidad de infiltrarme y descubrir más información, lo que resultaría muy conveniente.

Kassy y yo salimos de casa y nos encontramos con varios conocidos en el trayecto. Como es habitual, no me detengo a conversar con nadie, en cambio, Kassy lo hace frecuentemente. Me percato de algo que llama mi atención. Aunque las medidas que impuso la Orden y la presión psicológica que suponen los Hijos de la Redención han generado mucho estrés, pocos se animan a hablar de ello. De hecho, cada vez que pasamos cerca de un grupo de personas, trato de escuchar un poco sus conversaciones y me sorprendo al enterarme de que la gente aprueba todo esto. Sienten que, con más control, habrá más igualdad.

—Entonces crees que mi padre oculta algo. Eso es decir poco de alguien que no es muy comunicativo —dice Kassy después de que le cuento con detalle todo lo relacionado con la conversación que tuve con Roberth y el arresto de Oliver—. ¿Por qué no me habías contado nada relacionado con este asunto antes? Sabes que ya tengo mis desacuerdos con papá.

—Precisamente por eso no había querido decírtelo. No quería contarte algo que pudiera perjudicar tu visión de Roberth o tu relación con él —admito, apenado.

—Travis, no hay nada que alguien pueda decirme sobre mi propio padre que pueda tener algún efecto en mi relación con él.

—No sé si eso es bueno o malo.

—Tú sabes que lo conozco bien —se limita a decir—. ¿No te reveló nada de interés?

—No. Él puede ser muy esquivo. Solamente argumentó que lo ha hecho todo por nuestro bienestar. En estos momentos, lo que más me interesa es saber de Oliver.

—Podemos averiguarlo.

—¿Cómo lo haríamos?

—Pues iremos a uno de los lugares en los que se manejan muchos datos de la comunidad. Puede que consigamos a alguien dispuesto a compartir información al respecto si hacemos las preguntas correctas a las personas indicadas —me contesta con una sonrisa de satisfacción.

Nos dirigimos a un antiguo colegio que ahora funciona como el centro de control operacional de la comunidad. Sonia y Roberth trabajan en un centro administrativo más pequeño a un par de kilómetros. Por su parte, Paulo comenzará la escuela en el Instituto de la Piedad la próxima semana y se ha quedado en casa preparando sus cosas porque, si no siente que tiene todo bajo control, se desestabiliza.

Entramos en una oficina en la que nos atiende una señora de avanzada edad y bruscos modales que se identifica como Gertrudis. Nos pide que tomemos asiento y nosotros obedecemos. Lena está aquí, pues trabaja como su asistente y se encarga de manejar la parte informática del trabajo que se realiza en este lugar. Hoy no lleva velo ni cobertura para su cabello, más bien, este cae hacia abajo en rizos castaños.

Cuando la vi hace un par de días, se veía muy melancólica y embotada por su propio dolor. Sé lo que es perder a alguien que amas. Y también sé que esas pérdidas pueden encaminar a las personas hacia lugares oscuros si no tienen cuidado. Eso sin duda me hizo sentir preocupación por ella en aquel momento. Ahora bien, no sé cómo explicarlo, pero percibo que ahora hay algo diferente en ella.

—Tienen que anotar sus nombres en esta lista y llenar este otro formulario —refunfuña Gertrudis. No parece ser la persona ideal para tratar con el público.

Gertrudis nos comunica que Kassy va a trabajar en un laboratorio. No puedo evitar preguntarme para qué necesitamos uno en esta ciudad. Por otra parte, a mí me asignan a un grupo de estudios científicos que se va a instalar a dos edificios de este, lo que me confunde aún más.

—Serán trabajos agradables —nos dice Lena amablemente.

—Estoy segura de ello. ¡Qué emoción! —admite Kassy.

No la puedo culpar, pues quiere salir de nuestra casa más a menudo. A mí no me cuestionan el tiempo que paso afuera, si estoy de mal humor o si no quiero hablar. Sin embargo, con Kassy es diferente. De ella esperan perfección. Estos últimos días la he visto un poco inconforme en casa, y ha sostenido frecuentes discusiones con sus padres. Creo que la idea de salir y hacer algo totalmente distinto y apartado de ellos la hace sentirse liberada.

Gertrudis sale de la oficina y veo la oportunidad de hablar con Lena, ya que está guardando unos documentos en un archivador. Me pongo de pie y me acerco a ella.

—¿Cómo has estado, Lena? —le pregunto mientras está de espalda.

—Bastante bien —me responde, dándose la vuelta—. Yo… quería disculparme por la escena del otro día —agrega, avergonzada.

—No debes preocuparte por eso; nosotros entendemos. ¿Regresaste a tu casa sin inconvenientes?

—Sí, justo al darme cuenta de que las cosas se estaban poniendo tensas, me fui. Lamento no haberme despedido de ti y de tus amigos.

—No, más bien, ¡qué bueno que no estuviste allí! Las cosas realmente se salieron de control.

—Escuché que Oliver incitó los disturbios haciendo que unos contenedores de basura detonaran —comenta.

—Para nada. Él trató de calmar a las personas. Fueron los Hijos quienes lo hicieron. ¿Dónde oíste eso? ¿Quieren echarle la culpa a Oliver? —interviene Kassy, acercándose a nosotros.

—No sabía que los Hijos eran los responsables. Yo solo sé lo que la gente está comentando —responde, visiblemente incómoda con las preguntas.

—Bueno, ayer arrestaron a Oliver —agrega Kassy.

—¿En serio? —pregunta Lena, sorprendida al oír la

noticia—. ¿A dónde llegarán con todo esto?

—Nos gustaría descubrirlo también —respondo—. Aquí llega mucha gente. ¿Has oído más sobre este tema?

—Me estoy enterando del asunto por ustedes. Pero, si llego a oír algo más, se los haré saber.

—Te lo agradeceríamos. Por otra parte, ¿sabes por qué hay tantos planes científicos? —le pregunto sin rodeos.

—No tengo idea. También me extraña un poco eso. Quienes dirigen parecen sostener ahora objetivos muy distintos a los que solían tener hace meses —admite Lena, bajando considerablemente el tono de voz.

—Se esperaría que los proyectos de la Fe Universal fueran un poco más... sociales, digo yo —agrego con vacilación.

—Creo que otras personas también piensan lo mismo —dice Lena.

—¿Y tú qué piensas? —indaga Kassy.

—¿Con sinceridad? —pregunta Lena; toma aire y lo expulsa en un suspiro—. Es probable que no sea importante mi opinión. Es decir, he aprendido que, por norma general, lo que una sola persona opina no siempre es lo correcto. Con frecuencia, nos equivocamos.

—Interesante pensamiento, pero ¿por qué lo dices? —inquiero con curiosidad.

—Pienso que siempre se han cometido errores. Tal vez sigamos cometiéndolos y, en ocasiones, esos errores comienzan por nuestras opiniones. Me refiero a que esperábamos que todo mejorara cuando la divinidad eliminara a los culpables, pero tal vez hasta nos equivocamos al pensar que sería así, pues ha habido efectos colaterales —responde francamente. Luego recibe un llamado desde otra oficina para atender un asunto que parece urgente y tiene que abandonar la habitación.

Estoy de acuerdo con parte de lo que ha dicho. Frecuentemente, las personas se equivocan con sus expectativas sobre lo que otras personas u organizaciones podrían hacer. Me doy cuenta de que esa opinión difiere bastante de la Lena que solía ver solo la flor e ignorar las espinas por completo, como si nada tuviera un lado negativo. Ahora noto que no ignora lo que está pasando; más, bien lo reconoce.

Puede que esa forma de pensar esté impulsada por el gran dilema que hay en todas partes: el manejo de la autoridad. Hemos aprendido que la rebeldía es mala. No obstante, estamos llegando a otro extremo: la sumisión ciega. Someterse a algo que no está bien no es sumisión, es cobardía o pasividad. No se trata de aguantar todo sin cuestionar porque lo correcto sea hacerlo. De hecho, si algo está mal, es una buena razón para replantearlo. A menos que haya un motivo más complejo de por medio. Sin embargo, ese casi nunca es el caso. La mayoría de las veces son solo excusas para mantener el control.

Nos retiramos de la oficina y nos dirigimos hacia nuestra casa, atravesando un campo repleto de cultivos. Hoy es lunes, lo que quiere decir que faltan tres días para el día de recolección y no podemos ni siquiera tocar las plantas.

En la familia de Roberth, soy el asignado a buscar las

verduras y las frutas. Si pudiera hacerlo hoy, evitaría tener que encontrarme con tantas personas el jueves, ahorraría tiempo y me aseguraría de conseguir todo lo que necesitamos. Cuando tantas personas hacemos lo mismo durante el mismo día, a veces no encontramos todo lo que queremos.

En ocasiones, he pensado que esto es solo una estrategia tramada para controlar los recursos ya que, si todo el mundo se dirigiera en distintos días a buscar el alimento, quedaría en evidencia el hecho de que en realidad no hay suficiente. Con esta planificación, logran confundir a los habitantes del pueblo, haciéndoles pensar que, si ese día no consiguieron suficiente comida, se trató de algo casual y no de una realidad latente.

Lógicamente, sería distinto que no consiguieran víveres todos los días de la semana. Así que de esta forma reducen el margen de exposición de este problema, limitando esas actividades a un día a la semana. Lo mismo pienso del día de aprovisionamiento, que es mañana martes. Pero de eso se encarga Sonia.

Además, los días designados para esas y otras actividades no son solo los únicos en los que están permitidas, sino que el horario es cada vez más restringido. Antes podía hacerse hasta que comenzara la noche y, después de ello, las personas eran libres de circular por las calles a las horas que quisieran. No obstante, ahora los Hijos de la Redención patrullan las calles, si alguien es encontrado después de las seis de la tarde, podría ser castigado.

Resulta increíble que actividades cotidianas roben tanto tiempo y energías. Los horarios de control no dejan que las personas tengan tiempo libre para atender otros asuntos y, además, las mantienen más ocupadas y agotadas. Sobre todo, por el monitoreo de estas actividades.

Por otra parte, el tema de los castigos es totalmente desconcertante. No comprendo qué tiene que ver esa medida o *método de contención social*, como ellos han comenzado a llamarlo, en una sociedad en la que se esperaría que no hubiera ninguna alteración. ¿Es esto lo que la divinidad quiere para nosotros?

—Te veo muy pensativo. Vamos, sé que hay muchas cosas que pensar. Compártelas conmigo —solicita Kassy.

—Lo lamento; todo lo que está pasando me tiene muy incómodo.

—Siempre has sido bueno para aceptar los cambios. Sabes que son parte de la vida.

—De eso se trata. Me he estado preguntando qué clase de vida tenemos. ¿A dónde nos estamos dirigiendo?

—Esta es una vida sin debilidades. Tampoco hay culpas ni gente mala —contesta después de buscar la respuesta en su mente por un momento.

—Si no hay culpas ni gente mala, ¿por qué nos están conteniendo con tanta persecución? —me quejo—. Además, ciertos movimientos que están efectuando los cabecillas me hacen pensar que, poco a poco, estamos regresando al ritmo de vida que se supone que condena la divinidad, pero sumándole ahora la opresión.

—También temo que terminaremos agregando la

pérdida de la libertad a la lista de cosas que se acabaron con la llegada del Día del Juicio, aunque no quiera creerlo —admite Kassy.

—Yo tampoco quiero creerlo. Pero no hace falta creer en algo para que de verdad exista, ¿no es cierto?

—Es verdad —asiente con mirada triste. Noto que me ve directamente a los ojos y luego a los labios por unos segundos. Termina volviendo en sí y reanuda la conversación—: No podemos negar la realidad; parece que la Orden quiere dominarnos ahora. ¿Qué estará detrás de sus reformas?

—Tal vez la espera.

—¿La espera? —me pregunta con confusión.

—Estuvieron buscando una señal, y parece que nunca llegó.

—¿Estás sugiriendo que las decisiones que están tomando no son por dirección divina?

—Quiero pensar que todo lo que han hecho es por dirección del divino. Pero admitámoslo: existe la posibilidad de que se estén equivocando. ¿Y si la divinidad a la que afirmamos adorar no es lo que creemos?

—¿Estás dudando de su existencia? —Se sobresalta, sin poder ocultar el temor en su voz.

—Sí debe existir alguien, o algo —le contesto—. Pero es difícil creer en ello cuando no sabemos quién es o cómo es su forma de ser. Por algo lo denominamos *divinidad.* No sabemos ni siquiera su género, o si son varios. Sentimos devoción por quien no conocemos. Y la inconformidad que siento aumenta más aún al observar lo que está pasando a nuestro alrededor.

Kassidy calla. No parece tener ánimo de continuar este diálogo. Siempre ha sido una joven muy devota, y sé que cuestionar la dirección de las cosas y la existencia de la divinidad representa un conflicto para sus convicciones. Aunque no agrega palabra alguna, observo que permanece reflexionando sobre el tema.

Mientras seguimos acercándonos a casa, nos encontramos con Ráscal, quien también se dirige a nuestro hogar. Al llegar allí, Kassy va a la cocina a ayudar, como acostumbra hacerlo. Ráscal y yo nos apartamos porque él quiere hablar en privado conmigo; espero que sea sobre el paradero de Oliver.

Subimos las escaleras y entramos a mi habitación. Me siento en una silla y él se lanza en mi cama, la cosa típica que hacen los amigos de la infancia. No recuerdo desde cuándo o por qué lo somos, solo sé que es una de las pocas personas que me ha acompañado desde que tengo memoria.

—¿Has podido averiguar algo sobre Oliver? —le pregunto —. Roberth no dijo nada al respecto.

—Nadie habla de Oliver. Es como si lo hubieran hecho desaparecer —me responde—. Realmente he venido para que hablemos de otra persona. —Hace un chasquido con su boca—. Me preocupa Lionel.

—¿Qué pasa con Lionel? Bueno, aparte de que es un traidor, claro.

—No me creo capaz de perdonarlo, al menos no pronto. Es que… tampoco entendemos la razón por la que lo hizo.

—Está más que claro que busca la aprobación de su tía

—le digo con molestia.

—Tú, al igual que yo, sabes lo difícil que es esa relación para él. No digo que esté bien que haya entregado a Oliver a esos sujetos, pero ¿qué estaba pasando por su mente que nosotros no sabíamos? —me pregunta.

—No lo sabemos. El caso es que debió decírnoslo si era tan importante, o si le estaba afectando —reprocho.

Tan pronto como lo digo, me doy cuenta de que soy el menos indicado para juzgar a otra persona por mantener secretos. Sé lo difícil que es compartir ciertas cosas, porque, en ocasiones, las personas las guardan por razones que ni ellas mismas entienden.

—¿Por qué te preocupa?

—Su tía tiene mucho trabajo ahora que es parte de los Hijos de la Redención, y él... —Se detiene.

—¿Qué pasa con él?

—Tiene prohibido salir.

—Todos tenemos prohibido salir después de las seis de la tarde ahora.

—No lo captas, Travis. Él no puede salir en ningún momento.

—Ráscal, no te estoy entendiendo. ¿Cómo que no puede salir ahora? Su relación con los Hijos debería darle derechos especiales. En realidad, debería tener la libertad de estar donde quisiera cuando le provocara.

—No, es todo lo contrario. Parece que está en una inducción para formar parte del grupo de élite de los Hijos de la Redención —me informa.

—¿Y eso qué quiere decir? ¿Ahora estará en un

internado?

—Quizá hasta peor. Mientras investigaba información de Oliver, un peregrino llamado Claudio, alguien que trabaja estrechamente con los cabecillas, me dijo que, como parte de su preparación, estaría aislado para hacerlo insensible al dolor físico y emocional. O algo como eso.

—¿Lo están torturando? —pregunto sin disimular la confusión.

Aunque mi relación con Lionel no está en su mejor momento, y posiblemente nunca pueda recuperarse, todavía tengo interés en su bienestar. Es cierto que no se ha comportado como un buen amigo; más bien, ha hecho todo lo contrario. Sin embargo, ¿Y nosotros? ¿Seremos buenos amigos a pesar de sus acciones, las cuales no entendemos del todo?

—Es probable. No lo sé, Travis. Puede que no lo torturen, pero sí le están negando la comida y el agua según lo que me dijeron.

—Tienes que estar bromeando. ¿Por qué rayos se metería en una situación como esa? Y más importante aún, ¿por qué estarían haciendo algo así?

—¿Y si él no se metió en eso? ¿Y si no tenía elección? —cuestiona Ráscal.

Nos quedamos sentados por un momento. Cada uno dándole vueltas al tema en su mente.

—No podemos quedarnos de brazos cruzados; tenemos que ayudar a Lio —señalo.

—¿Quieres que vayamos a liberarlo?

—Me gusta esa idea. Solo que sería demasiado radical,

¿no crees? Ni siquiera sabemos si quiere estar allí. Hagamos algo: vayamos hasta dónde está y tratemos de hablar con él —propongo.

—Estoy contigo. Vamos a hacerlo. Averiguaré por medio de Claudio en dónde lo tienen.

CAPÍTULO QUINCE

Los siguientes días pasan muy rápido. Kassy y yo comenzamos nuestras respectivas asignaciones. Ella no habla mucho de su trabajo en el laboratorio y, aunque en un principio estaba muy entusiasmada, cada vez parece menos animada. Por otro lado, mi trabajo básicamente consiste en un entrenamiento para estudiar los químicos que segrega el cerebro humano, lo que resulta un poco abrumador porque no soy experto en el tema. No obstante, Níger, el jefe del centro, siempre me habla como si esperara que yo lo fuera.

Lo más extraño es que sí me es familiar algo de esto. Eso se debe a que mi hermana acostumbraba hablar mucho de sus investigaciones sobre el cerebro en casa, pues esa era su área de trabajo y, cuando estaba especializándose, yo la oía practicar sus presentaciones durante horas. Yo solo lo hacía para que ella luego sacara tiempo para jugar conmigo.

Yo era un niño al que le gustaban mucho las aventuras, y ella era amante de la lectura. Así que solíamos jugar a que ella me dejaba notas o pistas de la ubicación de algún *tesoro* en la casa. Si yo lo encontraba antes del límite de tiempo, entonces ganaba. *«Esta vez será muy difícil que des con la pista —me decía para crear expectación—. El método que use para esconderla es infalible».*

A pesar de que en ocasiones me costaba un par de horas, siempre terminaba encontrando las notas, ya que con frecuencia consistían en hojas que contenían la ubicación del objetivo que yo debía encontrar. Siempre las dejaba adheridas a las superficies de los objetos en lugares que resultaban poco visibles, como debajo de una mesa o arriba del refrigerador.

La verdad es que la pasábamos muy bien, eran buenos tiempos. Por eso fue muy triste cuando ella nos dejó hace años. Pese a que en un principio parecía que mis padres no podrían reponerse, finalmente lo consiguieron. De hecho, hacer mención de ella en casa casi se convirtió en un tema prohibido. Nunca nadie dijo que lo fuera, pero yo lo entendía de esa manera.

Comienzo a sentir que la extraño, mas no me permito abrazar esos sentimientos ahora mismo por la misma razón por la que no me doy el lujo de sentir nostalgia por mis padres últimamente: no creo tener la capacidad de recuperarme de una recaída emocional.

Por lo que me enfoco en mis asignaciones para este día. Hoy estudiamos la función de hormonas como el cortisol en los impulsos de las personas. No puedo negar que el tema es interesante. Ahora bien, con la comunidad prácticamente cayéndose en pedazos, no me parece el momento apropiado para estos estudios.

Tal vez a las personas se les hace fácil ignorar las incongruencias de lo que está pasando porque están muy ocupadas en las asignaciones que tienen y en los horarios para las actividades de la comunidad. Cada vez que converso con la gente, me convenzo más de ello.

Es interesante que, después del Día del Juicio, sentí que cada vez me era más difícil socializar con los demás. A decir verdad, creo que a la mayoría de las personas en el pueblo le cuesta más establecer buenas relaciones actualmente. A veces pienso que los cabecillas tienen algo que ver.

No obstante, esta nueva rutina me ha permitido conocer a nuevas personas. En una conversación con Níger y Lance, mis compañeros de asignación, me entero de que el primero asistía muy poco al culto, a pesar de haberse convertido hacía muchos años, y el segundo es un nuevo converso. De no ser porque ya me han dicho que no lo son, pensaría que son hermanos, puesto que ambos tienen rasgos asiáticos.

—Mis padres me criaron dentro de Universal —dice Níger mientras estamos en la hora de descanso—. Sin embargo, al crecer me concentré en mi trabajo y casi no tenía tiempo para ir al culto ni a los demás eventos que promovía Universal. Me siento afortunado por estar vivo —agrega mientras se limpia con insistencia las manos con varias sustancias antibacterianas.

—Yo nunca había ido al culto —dice Lance—. Había oído mucho de él, pero había cosas que no me permitían sentirme cómodo asistiendo a las sesiones.

—¿Qué tipo de cosas? —pregunto antes de darle un mordisco al sándwich que traje para almorzar.

—No me sentía tranquilo porque —vacila, y se queda mirando el suelo—… tengo… tenía algunas costumbres algo malas.

—Lance, tranquilo —interviene Níger—. Ya no eres así. Si quieres compartir eso con Travis, hazlo. Si no, no lo hagas. Nadie está en posición de juzgarte. La divinidad no lo hizo; nosotros tampoco lo haremos.

—Por supuesto. Pues verás —agrega Lance—, me gustaba ver imágenes un tanto *específicas*. A veces podía durar horas haciéndolo —admite, muy avergonzado.

—¿Qué tipo de imágenes? —indago.

—Pies de personas —responde, y cierra los ojos debido a la pena que siente—. Tuve que buscar ayuda profesional cuando me enteré de que eso podía ser un grave problema.

—No tienes que sentirte mal por eso. A mí también me obsesionan los pies y las manos. No por los mismos motivos, evidentemente, sino por su higiene. No puedo evitar chequearlos siempre para asegurarme de que estén relucientes —dice Níger, y se revisa la mano derecha, dándole especial atención a las uñas.

Y tengo que darle la razón. Tengo pocos días compartiendo este ambiente con ellos y me he dado cuenta de que siempre está pendiente de la limpieza. Me atrevería a decir que hoy se ha lavado las manos cuarenta veces. Y es apenas mediodía. Me hace recordar mucho a Paulo. Por su parte, lo que acaba de decir Lance por fin explica por qué frecuentemente se queda viendo los pies de los demás. Cuando lo conocí, pensé que le habían gustado mis zapatos, idea que en sí ya me parecía bastante extraña. Ahora me doy cuenta de que es otra cosa. Tengo entendido de que a eso se le conocía como fetiche.

—¿Qué piensan ustedes de las restricciones que han impuesto? —les pregunto, cambiando el tema de conversación.

—Pues a mí me parecen bastante bien —reconoce Níger—. Pienso que son necesarias para conservar la igualdad dentro de la comunidad y la paz con la divinidad.

—Yo me siento muy agradecido por estar vivo, así que no me atrevo a cuestionar nada. Estoy de acuerdo con todo —contesta Lance.

De eso se trata: temor a morir. Por eso todos obedecen a quienes se han proclamado a sí mismos como representantes de la divinidad. Puede que eso explique el caso de los Nuevos Conversos como Lance. Ahora bien, ¿qué hay de los que ya formaban parte de Universal como Níger? ¿Por qué ha sido tan fácil hacerlos sumisos? El discurso de igualdad y paz lo han cautivado, pero sospecho que puede haber algo más.

Al continuar con los estudios y la práctica de la investigación, me doy cuenta de que estamos estudiando muestras reales de humanos y comienzo a preguntarme de dónde provienen. Nadie en el lugar es capaz de darme una respuesta, solamente afirman que provienen del almacén del laboratorio donde deben tener mucho tiempo guardadas. Eso no logra convencerme del todo.

El horario de mi asignación termina a las tres de la tarde. Cuando llega esa hora, regreso rápidamente a casa. Me toma pocos minutos llegar y, al abrir la puerta, me encuentro con Kassy, que está a punto de salir. Lleva una gabardina amarilla y una bufanda, porque hace bastante frío afuera.

—¿Vas a salir?

—Sí. He dejado algo en el laboratorio —me responde. Luce cansada.

—¿Estás bien? Te ves un poco pálida —le digo mientras la tomo por los hombros. Entonces se desmaya.

Actúo con rapidez y la sostengo para que no se haga daño al caer al suelo. La cargo y la acuesto en el sofá. Llamo a Sonia, y ella acude acompañada de Paulo, quien todavía lleva la camisa blanca y el pantalón beige que conforman el uniforme de la escuela. Es un conjunto de ropa bastante nuevo en comparación con los que he visto que otros jóvenes usan. Sonia atiende a Kassy y, en pocos minutos, ella recupera el conocimiento.

—¿Qué pasó? —pregunta Kassy, sobresaltándose.

—Te desmayaste de nuevo, pero esta vez Travis impidió que te golpearas el cráneo, al menos —le contesta Paulo.

—¿Otra vez? —preguntamos Sonia y yo al mismo tiempo.

En ese momento, Paulo oculta su mirada de la de su hermana, pues parece que la ha expuesto. Kassy toma un profundo respiro y nos dice:

—Es la segunda vez que me desmayo esta semana. La última vez, Paulo me encontró en la cocina. Estoy bien, creo que solo estoy cansada. —Trata de calmar a Sonia, que parece estar a punto de tener un ataque de nervios.

Kassy trabaja en un laboratorio que envía muestras al centro de investigaciones al cual estoy asignado. Sus desmayos me hacen pensar en que quizá está trabajando como sujeto de pruebas en lugar de ser quien toma las muestras, lo que me preocupa mucho más. Aunque de forma disimulada comienzo a revisar su cabeza, su cuello y sus brazos para ver si encuentro las marcas que producen las inyecciones, no consigo nada. Quizá lo que sea que estén haciendo, lo hacen de forma muy sigilosa.

Kassy se pone de pie y nos dice a todos que nos calmemos. Devuelve la gabardina al perchero, sube las escaleras y oigo la puerta de su habitación cerrarse. Por lo visto, abandona su plan de ir hasta el laboratorio.

Un par de horas después, mientras Sonia prepara con afán la cena, yo ayudo a Paulo con una tarea de la escuela que, a pesar de ser absurdamente fácil, es desmesuradamente larga. Parece tener como único objetivo robar tiempo. Kassy baja las escaleras y me pide que la acompañe al pasillo que está frente a la puerta principal. Se ve bastante mejor, como si no se hubiera descompensado hace menos de tres horas.

—No dejé nada en el laboratorio —me dice con mirada tensa—. Solo quería buscar algo que me sirviera para exponer lo que están haciendo allí. No te dije la verdad porque no quería hacer que te preocuparas.

—¿Qué pasa? ¿Te han estado haciendo algo allí? —la interrogo—. ¿Han estado experimentando contigo?

—A mí no —responde, arrugando su frente. Le han impresionado mis preguntas. Traga saliva antes de continuar—: Pero a otros sí. Lo que he estado viendo allá me hace sentir tan furiosa que no he podido comer ni dormir bien últimamente. La única razón por la que no me he retirado es porque no está permitido. Ellos alegan que allí me quiere la divinidad. Es como si manipularan mis sentimientos por el divino. No creo poder soportarlo más tiempo.

—Esa es la jugada de los cabecillas y de los Hijos: se aprovechan de la buena voluntad de las personas y su devoción. ¿Crees que puedas caer en depresión?

Hace años Kassy pasó por una temporada muy fuerte en sentido emocional. De hecho, necesitó ayuda profesional. No fue nada grave, solo tuvo que seguir estrictamente el tratamiento y se sintió mejor en poco tiempo.

—No me hace sentir triste; me hace sentir molesta —me contesta. Está indignada.

—No es para menos, pues están haciendo pruebas con las personas. Les están tomando muestras de tejido cerebral —señalo.

—No a las que están vivas, Travis. Les hacen pruebas a los muertos —revela.

CAPÍTULO DIECISÉIS

En ese momento, Ráscal llega a nuestra casa. No llama a la puerta, sino que entra sin previo aviso como acostumbra hacerlo. Está agitado; ha de haber corrido hasta aquí, porque está bañado en sudor y tiene que detenerse a respirar antes de poder decir algo. Es evidente que ha encontrado información importante y, como ya son casi las seis de la tarde, ha tenido que darse prisa.

—¡Oye! Alguien podría haber estado en paños menores —le reclama Kassy.

—Lo lamento, chicos —responde él, y se detiene de nuevo para tomar aire—. No podía perder tiempo esperando a que alguien abriera.

—Está bien, cálmate. ¿Qué sucede? —le pregunto.

—Encontré el lugar donde tienen a Lio. —Vuelve a hacer una pausa para respirar—. Deberíamos darnos prisa.

—A esta hora no pueden ir a ninguna parte —interviene Kassy—. En el peor de los casos, si los atrapan, podrían hacerlos desaparecer como a Oliver.

—Es cierto, pero no tenemos tiempo que perder tampoco —contesta Ráscal.

—Kassy tiene razón. Debemos escoger un momento en

que no llamemos la atención —propongo.

Ráscal se va a su casa después de que hacemos el plan. No podía permanecer con nosotros hasta la hora fijada ya que su ausencia podría levantar sospechas en su familia. Así que cenamos, ayudo a Kassy a limpiar la cocina y luego finjo que me voy a la cama. Paulo me pide que lo ayude a preparar algo para sus clases. Afortunadamente, Kassy se ofrece y no tengo que poner excusas; ella está para cubrirme hoy. Por otro lado, Sonia y Roberth salen de casa minutos después de comer. De modo que salir a escondidas podría ser más fácil de lo que pensaba.

A las diez de la noche, salgo por la ventana de mi habitación. Decidimos que era mejor hacerlo cuando la noche estuviera bastante avanzada puesto que así sería más difícil que nos descubrieran. Además, eso pondría la escasa iluminación de las calles a nuestro favor.

Camino por las calles mirando hacia todas las direcciones. Aprovecho la oscuridad y me oculto en los arbustos que encuentro a mi paso. Llego al parque que acordamos como el punto de encuentro. Comienzo a buscar a Ráscal entre los columpios, temiendo exponerme a la claridad de la única lámpara que aún funciona en toda el área. Finalmente, lo consigo sentado bajo un árbol. Viste una capucha negra que le cubre la cabeza completamente y un pantalón azul marino que muestra señales de desgaste.

—¿Planeas cometer algún delito? —le pregunto jocosamente.

—Nuestra presencia aquí ya lo es, compañero. Pensé que ya no vendrías —responde mientras mastica un chicle—. Llegué a creer que Roberth te había impedido salir.

—Después de comer, salió de casa. Me extraña que lo haga a pesar de los Hijos de la Redención...

—Trabajan juntos, Travis. No debe sentir temor por ellos.

—Cierto... Eso no importa —señalo al recordar el propósito de esta misión—. Lo importante es hablar con Lionel.

Nos ponemos en camino al lugar donde Ráscal cree que debe estar nuestro amigo. Espero que no se haya equivocado puesto que sería más arriesgado movilizarnos a una dirección incierta. Caminamos en línea recta a través de varias calles hasta que llegamos a una en la que la luz de un poste parpadea constantemente. No sería un problema seguir adelante o cruzar a la derecha para cortar camino atravesando algunas casas si no fuera porque en la esquina, que es una intersección de cuatro calles, hay cinco hombres que suponemos son Hijos de la Redención.

Nos tomamos unos momentos para examinar nuestras opciones. Podríamos rodear la calle. La cuestión es que esa ruta de igual manera termina conectando con la intersección. Además, por ese lado hay más iluminación. La otra opción es regresar dos calles abajo y seguir por la avenida principal. Sin embargo, sospecho que hay más vigilancia por allí por ser un lugar muy concurrido durante el día. Y, siendo una vía de acceso prioritario, debe tener mayor supervisión.

—Ya sé lo que debemos hacer —dice Ráscal.

—Lo mejor es bajar dos calles —digo, pensando que esa es su idea.

—No —me interrumpe—. El bombillo siempre se apaga durante siete segundos y se enciende veinticuatro o veinticinco segundos —explica, señalando al poste que está justamente frente a nosotros—. Si corremos justo cuando se apague la luz, tendremos suficiente tiempo para cruzar la calle sin que nos vean. Claro, si somos rápidos.

—Has estado prestándole bastante atención a todo lo que nos rodea —resalto.

—¿Qué te puedo decir? Soy un tipo observador —dice, fingiendo arrogancia.

—Es un plan interesante, pero es demasiado arriesgado.

—Es nuestra mejor opción. ¿No te parece?

Podría estar en lo correcto. Así que seguimos el patrón de la falla del alumbrado de la calle y, después de convencer a Ráscal, decidimos que yo soy el que cruzará primero. Es lo más justo ya que él tuvo la idea. Además, si me atrapan, al menos él podrá irse. Yo no podría hacerlo si sucediera al revés. Me quito los zapatos para evitar hacer ruido alguno al correr y comenzamos el conteo en descenso. Justo cuando se apaga la luz, corro en la penumbra, sintiendo las pequeñas piedras y ramas que hay sobre el asfalto bajo mis pies. Llego al otro lado de la calle, me oculto detrás de un arbusto y, en ese instante, la lámpara se enciende.

Ráscal espera un par de minutos y, cuando la luz se apaga, corre. Empieza a hacerlo a buen ritmo, pero, de repente, tropieza con algo y cae al suelo. Estoy seguro de que ya se va a encender de nuevo la luz y entonces lo descubrirán. Siento los nervios en mi estómago y actúo con rapidez. Miro hacia todas las direcciones, tomo una botella que está en el piso y la arrojo tan fuertemente como puedo para que caiga en la calle que intercepta con la esquina en la que están los patrulleros. En ese momento, se enciende la luz y Ráscal queda expuesto; sin embargo, los cinco hombres se han distraído con el ruido que causó la botella y se han alejado de la esquina hacia la calle que da a nuestra izquierda. Así que Ráscal se levanta y se une a mí en mi escondite.

—Eso estuvo cerca —me dice, luchando con su respiración. Creo que necesita hacer un poco de ejercicio.

—¡Estuviste a punto de matarme de un infarto! —exclamo en voz baja.

—Lo sé, amigo. Es que no estoy acostumbrado a caminar descalzo, mucho menos a correr así.

—Eres el peor compañero para una misión furtiva.

—Soy tu único compañero para una misión furtiva —me dice con una gran sonrisa.

Atravesamos varios patios traseros de viviendas hasta llegar a un complejo deportivo. No hay guardias a la vista, por lo que entramos sigilosamente. Comenzamos a asomarnos en todas las ventanas que podemos; no obstante, como las luces están apagadas, no vemos nada en el interior. Nos apoyamos en una pared mientras estamos agachados.

—No creo que este sea el lugar, Ráscal —susurro—. Este sitio está abandonado.

—Es este; estoy seguro. Aquí fue donde me dijo Claudio que iban a tenerlo.

—Aquí no hay nadie.

—Chicos —dice una voz que languidece…

Intercambiamos miradas y nos levantamos rápidamente para ver de donde proviene. En la parte superior de la pared en la que nos apoyábamos hay una pequeña ventana. Ráscal me hace un soporte con sus manos para que yo pueda alzarme para ver a través de ella. En la oscuridad, veo a Lionel; está arrodillado.

Con mi brazo izquierdo, me aferro a una de las tres barras que impiden el acceso a la habitación por la ventana. A la vez que, con mi mano derecha, saco la linterna que llevo en el bolsillo y la enciendo para asegurarme de que no hay nadie más en esa habitación. No solo me doy cuenta de que Lionel no tiene compañía, sino que no hay nada más allí. No hay sillas ni camas ni sábanas. Ni siquiera tiene una jarra con agua.

—Hombre, ¿qué te están haciendo? —le pregunta Ráscal, estupefacto. Ha alcanzado las otras dos barras de un salto y está a mi derecha.

No volveré a juzgar su condición física.

—¿Por qué están aquí? ¿Han venido a echarme en cara lo que hice? —pregunta Lionel con una voz apenas audible.

—Queremos entender por qué entregaste a Oliver. Sin embargo, también nos interesa saber qué te está pasando —le respondo con firmeza.

—No deberían preocuparse por mí, no lo valgo. Además, podrían tener problemas por estar aquí en este momento.

—No nos importa —le contesto—. ¿Qué es lo que está sucediendo?

—Me están entrenando.

—¿Para morir? —inquiere Ráscal.

—Luces pálido. ¿Ya comiste? ¿Has bebido algo? —indago.

—No puedo comer ni beber nada durante siete días. Tampoco puedo dormir. Este es apenas el cuarto día —responde.

—¿Quién te metió en esto? ¿Francesca? Esto es inhumano —señala Ráscal, visiblemente indignado.

—Muchachos, váyanse. Ellos siempre regresan a monitorear la zona. Voy a estar... estoy bien —dice, intentando cambiar el tono de su voz.

Oímos que alguien se acerca. Ráscal no puede decir nada más; está en shock. Yo quiero decir y preguntar muchas cosas. Sin embargo, el tiempo se agota, pues se acerca cada vez más a nosotros un posible hijo.

—No creo que estés bien —le digo, y me alejo.

Ráscal parece no haberlo notado, porque continúa apoyado en las barras un poco más. Sacude su cabeza, se suelta y se une a mí. Salimos del complejo deportivo y nos quedamos en las sombras de unos árboles. Observamos que, después de unos minutos, los Hijos de la Redención que patrullan el área salen del lugar y siguen hacia otra dirección.

—Tenemos que hacer algo —sugiero.

—No podemos hacer nada. Parece que él quiere estar

allí. Además, aunque quisiera escapar, la ventana es muy pequeña como para que salga por ella, y la puerta más cercana está cerrada con llave.

—Entonces, por lo menos, traigámosle algo de comer —digo.

—¿Qué?

—Ya lo dijiste. No podemos sacarlo, así que hagamos algo para mejorar sus condiciones. No quiero dejarlo pasando hambre.

—Simplemente no puedes dejarlo pasar —me dice mientras me lanza un suave golpe al hombro—. Está bien, vamos.

Tenemos que atravesar todo el camino de regreso a mi casa. El reloj apunta a las doce de la noche. Mientras caminamos, nos encontramos a unos hijos durmiendo en la calle. Después, en algún momento, oigo unos pasos detrás de nosotros. Chequeamos a nuestro alrededor y, como no vemos nada, concluimos que los nervios me hacen oír cosas.

Al llegar a la casa de Roberth, encontramos que todos están dormidos. No sé cómo prepararemos algo de comer sin despertar a nadie. Entramos por la ventana de mi habitación, tropiezo con la mesa de noche que está al lado de mi cama, y tres cuadernos caen sin hacer ruido, por suerte. Ráscal enciende la luz y me doy cuenta de que hay algo sobre mi cama: es un envase que contiene papas hervidas, carne con ajo y ensalada de lechuga. Además, tiene una nota adherida, escrita sin duda alguna por Kassy. Ella ama escribir notas y cartas. Esta dice: «*Supuse que llegarías con hambre y te preparé algo para comer después de que te fuiste*».

No podría estar más agradecido. Y la realidad es que sí tengo hambre, pero no más que Lio. Por lo que todo está resuelto. Tomo el envase, busco un termo, lo lleno de agua en la cocina, y salimos de casa.

A pesar de que Ráscal ya se siente cansado, mantiene el ritmo. A mí la adrenalina me mantiene despierto, así que estoy alerta en cada paso que damos. En ningún momento, nos encontramos a los Hijos de la Redención que deberían patrullar la zona. Son humanos; necesitan descansar también.

Me doy cuenta de algo: por lo general, todos en el pueblo nos conocemos. Ahora bien, no recuerdo haber visto a ninguno de los que portan el uniforme de los Hijos de la Redención antes del Día del Juicio. Quizá no estoy tan atento a las otras personas como pienso. Y por eso no los recuerdo.

Cuando llegamos al complejo deportivo, Ráscal parece haber recuperado la energía. Yo, en cambio, comienzo a sentir el agotamiento. Él se adelanta, de un salto se encarama a la ventana y comienza a llamar a Lio.

—Hola, hermano. Te trajimos algo —dice en voz baja.

—No debieron regresar —responde Lionel.

Me cuelgo en la ventana también, esta vez con la mano derecha y con la izquierda sostengo la linterna para ver a nuestro amigo. Me genera angustia ver las condiciones en las que se encuentra. Solo lleva puesta una pequeña franelilla blanca, un short marrón sucio y tiene el cabello despeinado.

—No nos interesa que nos atrapen. Tampoco nos interesa lo que tú creas merecer. Te trajimos algo de comer y un poco de agua —le digo.

—Toma, Travis —me dice Ráscal, que se ha descolgado de la baranda.

Le paso la linterna, y él, en cambio, me extiende un pequeño bolso que contiene la comida que preparó Kassy, además de agua y algunas frutas. Sin embargo, Lionel no reacciona. Un pequeño rayo de luz lunar entra por la diminuta ventana, que casi estoy tapando por completo, y me permite ver que no se mueve en lo más mínimo.

—Vamos, Lio. No lo pongas más difícil —le suplico.

—No lo entienden. Esto es parte del entrenamiento —dice con su cara metida entre sus rodillas.

—No necesitamos entenderlo. De hecho, no queremos hacerlo. Solo necesitamos que tú comas algo —le dice Ráscal.

—Si llegan a saberlo, los castigarán —advierte Lionel.

—Asumiremos las consecuencias. Pero ¿cómo podríamos estar tranquilos en nuestras camas sabiendo que tú estás aquí con el estómago vacío? Estamos aquí porque teníamos que hacer algo por nuestro amigo —le digo.

—¿Cómo pueden considerarme su amigo todavía? —pregunta con voz quebrada.

—Hemos pasado por mucho como para permitir que lo que sucedió nos separe, ¿no crees? —contesto.

Lionel guarda silencio. Entonces oigo un jadeo a través de la oscuridad; está llorando. Nunca antes lo había visto o escuchado hacerlo. Ráscal también ha comenzado a hacerlo en silencio; no obstante, sé que lo hace porque de vez en cuando se agita su respiración. Yo me hago el duro.

—Yo no quería hacerlo. No tuve opción —dice Lionel, recuperando su voz.

—Aunque siempre hay opción —dice Ráscal, disimulando las lágrimas—, te entenderemos si nos lo explicas.

—¡No pueden entenderme! —exclama Lionel—. Ustedes no saben lo que es estar como yo, solo.

—No estás solo —indica Ráscal.

—Claro que sí —dice con voz apagada nuevamente—. Ráscal, tú tienes a tu madre y a tu hermano. Travis tiene a Roberth y a su familia. Yo solo tengo a mi tía Francesca. Si la perdía a ella, iba a estar más solo…

—¿Entregaste a Oliver por ella? ¿Tu tía te lo pidió? —inquiero con tacto.

—Si no lo hacía, entonces mi tía ya no me iba a querer con ella.

—¿Haces esto, lo que sea que signifique, por ella? —pregunta Ráscal.

—Mucho de lo que hago y de lo que soy es solo para complacerla —contesta Lionel.

—No estás solo —dice Ráscal—. Así creas que la perderás a ella, nos tienes a nosotros. Después de todo, ¡venos! Estamos aquí, sin importar lo que hayas hecho.

—Ráscal tiene razón. Y mira que casi nunca la tiene —bromeo.

Me río, Ráscal también lo hace, y Lio experimenta una

combinación entre la risa y las lágrimas. Levanta la mirada y me observa a través de la oscuridad. Logro ver en sus ojos el dolor. Se mueve lentamente hasta que se pone de pie, se acerca a mí y extiende el brazo para tomar el bolso. Lo abre y saca las cosas. Entonces me bajo y lo dejo comer.

—No se vayan todavía —dice con la boca llena—. Esperen a que termine y llévense el bolso y los envases. Nadie puede saber que estuvieron aquí

Ráscal se queda callado. Yo también. Esperamos unos minutos agachados en la oscuridad mientras Lionel está comiendo del otro lado de la pared. Nadie dice nada. Al terminar, por fin Lio habla y su voz parece ser la misma de siempre.

—Ya terminé.

Saca la mochila por la ventana y la tomo; la siento mucho más ligera.

—Me quedé con las frutas para comerlas después. Las voy a ocultar. —Hace una pausa—. Gracias, chicos. Gracias por haber hecho esto por mí. Lo necesitaba —agrega, y su voz se corta.

—Gracias por aceptarlo —le contesta Ráscal.

—¿Crees que puedas decirnos dónde tienen a Oliver? —inquiero.

—No lo sé. Tampoco sé exactamente qué querían hacer con él —se lamenta—. Si les soy sincero, pienso que deberían encontrarlo rápido. No creo que tengan mucho tiempo. —Se sobresalta al escuchar un ruido—. Travis, es mejor que se vayan ahora, por favor. Ustedes se preocuparon por mí, y ahora yo lo estoy por ustedes. No quiero que tengan problemas por esto.

—Podríamos tener muchos problemas por ti, y eso no nos pesaría —respondo.

—Lo sé, ya lo entendí. Pero, si están más tiempo aquí y los atrapan, o si los atrapan en el camino, no solo estaré aquí encerrado; además, estaré preocupado por ustedes. Por favor, váyanse. En otro momento podremos hablar —nos suplica.

Entiendo su argumento. Hemos venido a ayudarlo, no a crearle otra inquietud. Asiento, y Ráscal también lo hace. Nos limitamos a despedirnos, y Lio vuelve a agradecernos. No hay muchas palabras que añadir; ya hemos dicho mucho esta noche.

Regresamos por el camino en que vinimos. Estamos tan agitados que no tenemos mucho ánimo de hablar. A mitad del camino, Ráscal y yo nos dividimos. No obstante, acordamos vernos mañana.

Aunque la ciudad donde vivimos siempre ha sido medianamente segura, a nuestros padres siempre les preocupaba que estuviéramos afuera hasta adentrada la noche por la delincuencia. Es increíble que aún ahora tema estar en la calle a estas horas, mas no por el vandalismo, sino por la policía. Ahora bien, se podría decir que los Hijos de la Redención son más parecidos a militares que a policías sin duda.

Continúo caminando en la oscuridad mientras mi mente se distrae en mis pensamientos y me desconecto de mi alrededor, lo que no resulta muy inteligente ya que me encuentro con dos hijos que me apuntan con sus armas al pecho.

—Hermano, quedas detenido por violar la Ley de Tránsito Nocturno —me dice uno de ellos.

Me han atrapado.

CAPÍTULO DIECISIETE

Quizá hubiera tenido oportunidad de escapar. Conozco muy bien la ciudad y podría haberme escabullido entre las casas. Pero habría sido inútil. Al final de todo, hubieran dado conmigo de igual manera.

Ambos hombres caminan detrás de mí. No me hacen preguntas ni intercambian palabras entre ellos en todo el trayecto. De hecho, no tengo que decirles cuál es mi casa, al parecer lo saben.

Al llegar, tocan el timbre insistentemente. Aunque al principio la casa está a oscuras, comienzan a encender las luces de las habitaciones una por una. Finalmente, Roberth abre la puerta seguido por Sonia, visiblemente sobresaltada. Ambos llevan sus pijamas.

—Buenas noches —dice Roberth—. ¿Qué está pasando aquí?

—Su hijo fue atrapado merodeando por los alrededores durante el toque de queda —responde cuál máquina uno de los hombres.

Roberth me dirige una mirada de incredulidad. Mueve la palma de su mano en una seña para que yo entre a la casa, le obedezco sin decir una palabra y me quedo de pie detrás de él. Espero a que comience a tener un diálogo con ellos, pero, en su lugar, solo me dice:

—Ve a tu habitación, Travis.

—¿No voy a oír cuál será mi castigo? —inquiero.

—Es mejor que vayas a tu habitación —me responde con su tono de voz pasivo-agresivo.

A pesar de que me parece molesta la situación, hago lo que me dice. Roberth ya no es el principal cabeza de la comunidad porque ahora está al mismo nivel que el resto de los cabecillas de la Orden. No obstante, su influencia aún se percibe. Probablemente esa sea la razón por la que los Hijos de la Redención no fueron tan severos conmigo y me trajeron directo a casa en lugar de llevarme a un calabozo.

Entro en mi habitación, enciendo la luz y me cambio de ropa. Espero un rato a que Roberth y Sonia entren para que hablemos del tema; sin embargo, eso no ocurre. Después de casi una hora, escucho la puerta de su cuarto cerrase y doy por sentado que el asunto quedará pospuesto para mañana.

A las 5:57 de la mañana, me levanto de la cama y comienzo a alistarme para cumplir con mi puesto de asignación en el centro de estudios científicos. Bajo las escaleras y en la cocina me encuentro a Kassy preparando el desayuno y a Roberth leyendo un libro.

—Buenos días —digo.

—Buenos días —responde Kassy. Percibo nerviosismo en su mirada.

Roberth me saluda con un movimiento de cabeza, cierra el libro, lo pone en la mesa y me pide que lo siga hacia la sala. Tendremos una conversación.

—Deberíamos hablar de lo que pasó anoche, hijo —me dice una vez que estamos solos.

—Discúlpame, Roberth. De verdad lamento la situación de anoche. Pero ¿por qué tenemos a esa policía de la inquisición respirándonos sobre el cuello? —le pregunto.

—Ellos solamente están haciendo su trabajo, Travis.

—Eso es lo que siempre dicen las personas que tienen trabajos o responsabilidades horribles.

—Pues todos aquí hacemos lo que nos toca —enfatiza.

—Siempre dices eso. Tal vez sea una pérdida de tiempo preguntarlo de nuevo, pero ¿qué es lo que de verdad está pasando?

—¡La divinidad ha expresado su voluntad! ¡Si no la obedeces, puedes terminar perdiendo la vida! —me grita—. Lo lamento, ya te lo dije: solo me preocupa tu bienestar.

—¿Y de Oliver y de Lio quién se preocupa? Lo que le hacen a Lio es descabellado.

—¿A eso saliste anoche? ¿Querías buscarlo?

—Afortunadamente, lo conseguí. Aunque en condiciones bastante precarias e ilógicas. No puedo decir lo mismo de Oliver. Parece que la tierra se lo tragó. ¿Lo han ejecutado? —inquiero.

—No digas tonterías; no hacemos eso aquí. La divinidad busca preservar la vida.

—Si es así, ¿por qué los Hijos de la Redención usan armas? —pregunto irónicamente.

—No son armas de fuego, solo disparan un calmante.

—Claro, eso lo hace parecer mejor. ¿La exhumación también es un plan divino para dirigirnos?

—Entiendo que te sientas desconcertado y confundido. No obstante, que seas mi hijo no te da inmunidad para hacer lo que quieras, Travis. Ya no soy el cabeza; ahora también estoy sometido a la autoridad divina de los Redimidos.

—Mi intención no es causarte dificultades, Roberth. Es probable que lo mejor sea que me vaya a vivir solo en un par de meses, cuando cumpla veintiún años y no tenga que ser su hijo protegido —propongo.

—Espero que solo lo estés diciendo porque estás molesto. No creo que sea necesario, Travis. No me causas dificultades. Solo te pido que seas más prudente en el futuro —me solicita.

—No estoy tan seguro de eso.

—No hicieron muchas preguntas ayer —agrega, cambiando de tema—. Pero puedo asegurar que las harán pronto. Además, hoy no irás al trabajo que tienes asignado. Tu penitencia es trabajar en el servicio comunitario por dos semanas.

—Estoy de acuerdo. ¿Qué pasará con mi asignación?

—Yo les haré saber que te ausentarás por un tiempo.

Ahora hay penitencias, vigilancia, castigos, arrestos y entrenamientos extraños como el que está recibiendo Lionel. Dentro de poco, comenzarán todos los vicios que debieron acabar con el Día del Juicio si no tenemos cuidado.

—El servicio comunitario comienza a las ocho de la mañana —señala Roberth—. Será mejor que te apures.

Después de desayunar y leer textos sagrados, todos nos

dirigimos a los lugares en los que debemos estar: Kassy, al laboratorio; Paulo, a la escuela; Roberth y Sonia, a sus trabajos, y yo, al centro de trabajos comunitarios.

El trabajo comunitario no me parece particularmente desagradable. En realidad, es más cercano a lo que debería estar enfocada esta nueva sociedad. No obstante, percibo que, poco a poco, los trabajos prestigiosos están cobrando más importancia entre las personas.

Me asignan a un grupo que tiene como tarea cortar la hierba que está creciendo en el pavimento de las carreteras principales. Mi grupo está compuesto por seis chicos y dos chicas. Además, nos vigila uno de los *Redimidos*, como los llamó Roberth esta mañana, quien nos pide que lo llamemos Veintisiete. Afortunadamente, también está aquí Lea, una agradable mujer adulta de alta estatura y pelirroja cabellera. Ella es la encargada de dirigir el grupo.

El calor se va haciendo más fuerte conforme pasan las horas y, al mediodía, se vuelve insoportable. Una de las chicas, Tamara, comienza a sentirse mal, y otro chico, Jean, empieza a ventilarla mientras alguien más le trae agua.

—¿Qué se supone que están haciendo? —pregunta efusivamente Veintisiete.

—Tamara ha comenzado a sentirse mal, solo estamos ayudándola —le responde Jean.

—Tienen que pedir permiso para realizar cualquier actividad que altere el desarrollo de la labor —demanda Veintisiete.

—Lo sentimos, ella estaba a punto de desmayarse —replica Jean—. No creo que sea más importante seguir un protocolo que preocuparse por el bienestar de alguien del equipo.

—No creo que esté entendiendo, joven —le dice, pese a que solo es un par de años mayor que él—. El orden debe ser seguido para mantener la paz con la divinidad. Tú no eres quién determina qué es lo más importante.

—El chico solo estaba auxiliado a una amiga. Tampoco le tomó demasiado tiempo, pero era prioritario —señala Lea, acercándose al foco de discusión, pues estaba repitiéndoles las instrucciones a otros chicos mientras se desarrollaba el drama.

—Lamento haber hecho que perdiéramos tiempo; ya me siento mejor —intervine Tamara, cortando la tensión.

Jean y Veintisiete intercambian miradas de desafío. Todos comienzan a volver a sus labores, y el Redimido atiende a un llamado que le hacen desde un grupo cercano que está trabajando en un desagüe. Me alegra que ese no fuera nuestro trabajo para hoy. Comienzo a arrancar algunas malas hierbas que están a mi paso con una guadaña. Poco a poco, y sin darme cuenta, comienzo a alejarme del grupo.

—Aunque dicen que la esclavitud fue abolida hace mucho tiempo, parece que, en realidad, nunca dejamos de vivir bajo ella —me dice Lorana.

No me percaté del momento en que se me acercó, y me sorprende que ningún otro miembro del grupo esté cerca justo en este instante. Me hace pensar que ella es una especie de ninja o espía.

—Yo también lo dudo a veces —respondo sin parar mi

labor.

—No pareces tan alegre como de costumbre.

—¿Cuál es tu equipo de trabajo Lorana? —indago de repente. Ahora sí me detengo—. ¿Cómo es que nadie ha notado que eres una menor que vive sola en una casa? No comprendo por qué nadie te hace preguntas.

—En primer lugar, no soy menor; tengo veintiún años. Y, por otra parte, sé cómo pasar desapercibida. —Aprieta sus labios en una sonrisa de satisfacción y levanta una ceja.

—Supongo que eso explica algunas cosas. Espera un momento, tampoco te he visto mucho últimamente. De verdad me gustaría saber en qué pasas tus días.

—Observo.

—¿Qué observas?

—Personas, cosas, comportamientos...

—¿Hay algo que quieras compartir?

—Sí, hay algo —me responde—. Llevas toda tu vida viviendo en esta ciudad, así que conoces a mucha gente, ¿no es así?

—Podría decir que sí.

—Después del Día —prosigue ella—, la comunidad se ha reducido y todos están involucrados en más actividades dentro de ella. Sin embargo, ¿a cuántos de los Hijos de la Redención conoces?

Su pregunta reafirma otro pensamiento. Por lo general, las caras de las personas me resultan conocidas, ya sea porque nos veíamos antes en la iglesia o porque me las encuentro ahora que todos acudimos al mismo sitio. No obstante, ninguno de los Hijos de la Redención me resulta familiar.

—A ninguno. Pero hay muchas personas por aquí; es imposible conocerlas a todas.

No sé por qué busco convencerla de algo que ni yo mismo creo. Supongo que es por el impulso de contribuir a que los demás se sientan seguros y estables. Sin embargo, Lorana no parece en lo absoluto disuadida.

—Por favor, Travis, tú y yo bien sabemos que también dudas de la supuesta naturaleza divina de esos charlatanes.

—Lorana, baja la voz —le recomiendo.

—Entiendo que esto sea lo único que conoces, pero esto no es todo lo que existe.

—¿A qué te refieres?

—Pues a que...

—Hola —dice Lea, dirigiéndose a Lorana—. No eres de este grupo, ¿o sí?

—No, yo solo quería saludar a Travis. Mi grupo está por ahí, así que me acerqué solo para eso. Ya me voy. Hasta luego —le responde Lorana, y se retira.

—Nunca había visto a esa chica por aquí —me dice Lea.

Y, en ese momento, me doy cuenta de que, al igual que Lorana, han aparecido muchas otras caras nuevas en la comunidad, sobre todo, en los últimos meses. Aparte de todas las ocupaciones que tenemos actualmente, ¿he estado tan disperso por la muerte de mis padres que dejé de notar a las personas que quedaban a mi alrededor o simplemente hay personas llegando al pueblo?

CAPÍTULO DIECIOCHO

—Están extrayendo muestras de tejido cerebral para determinar si tienen rastros de serotonina —me dice Kassy—. Eso es lo que están haciendo con los cadáveres.

Después del exhaustivo quinto día de servicio comunitario que he tenido, Kassy me comunica lo que ha descubierto apenas regreso a casa. En todos estos días, no habíamos tenido oportunidad de hablar, pese a que tenemos muchas actividades en común.

En todo este tiempo, tampoco me he encontrado con Ráscal. Supongo que ha corrido con mejor suerte que yo, puesto que no lo he visto formando parte de ninguno de los grupos al servicio con los que me he topado durante esta semana y creo haberlos visto a todos.

Kassy me ha interceptado en la entrada de la casa y me ha llevado con ella al patio para hablar sin que nadie nos interrumpa. Se encuentra inquieta. Este trabajo la está afectando más de lo que pensábamos. Aunque lo más probable es que ella solo pensara en lo feliz que se sentiría con su asignación, seguramente nunca imaginó cuánto estrés le causaría lo que allí iba a encontrar.

Yo, por mi parte, no dejo de pensar en lo extraño que

esto resulta, en la razón por la que estudian a los muertos y en el hecho de que me sigue pareciendo extrañamente familiar el tema de los estudios.

—¿De dónde sacan los cuerpos que estudian? —le pregunto.

—Del cementerio. En otros tiempos, eso se habría considerado religiosamente incorrecto, pero parece que ya ni un poco del respeto que había hacia eso nos queda del mundo anterior —me responde, indignada.

—¿Extraen esas muestras y nadie hace preguntas?

—Travis, ya por estos lados nadie las hace. Temen hacerlo porque tienen miedo de que eso se considere un ataque contra la Fe. Las personas solo obedecen órdenes.

—¿Y tú?

—Les hice un par de preguntas a Ronan y Camila. Sin embargo, rápidamente cambiaron de tema. Dudo que hasta ellos sepan cuál es el objetivo de todo esto. Según lo que escuché, pronto comenzarán a extraer muestras de sujetos con vida.

—Serotonina —musito para mí.

—Es una sustancia responsable de…

—¡Así es! —la interrumpo—. Mi hermana estudiaba eso. Gran parte de su tesis doctoral se enfocó en ese estudio.

—Quizás lo que ella investigó nos podría resultar útil. Lástima que no podamos consultar sus apuntes.

—Creo que sí podemos —comento—. En su habitación, todavía deben estar sus informes.

Abandonamos la casa antes de que alguien nos impida

hacerlo y, aprovechando que son las cuatro de la tarde, nos apresuramos a llegar a mi antiguo hogar. Tomamos una ruta alternativa en el bosque para evitar que las personas nos detengan para conversar, quitándonos tiempo. Es algo que no me preocuparía si yo estuviera solo, pero Kassy es diferente a mí. Y sé que se detendría a darle atención a cada persona con la que nos encontrásemos.

Llegamos a mi casa, y llamo a la puerta por educación tres veces. Como Lorana tarda en abrir, Kassy abre la puerta y pasa adelante. A pesar de que siento que estoy invadiendo el espacio de alguien más y dudo en entrar por un momento, finalmente lo hago caminando muy despacio.

—¡Travis! —grita Kassidy. Quizá Lorana la esté apuntando con un cuchillo.

Ingreso a la sala y me encuentro a Kassy tratando de reanimar a Lorana, que yace en el suelo. Kassy la llama por su nombre y la mueve con insistencia. Con rapidez, me acerco a ella y le tomo el pulso por la muñeca; está viva.

Descubro que hay muchas cosas tiradas por todas partes. La ventana deja entrar la brisa, puesto que está abierta de par en par y hay vidrios en el piso. Aquí ha ocurrido algo.

—Lorana, despierta; Lorana, despierta —le dice Kassy con insistencia.

Lorana hace una mueca en su rostro, pestañea lentamente múltiples veces y luego abre los ojos de forma brusca en su totalidad. En un parpadeo, se pone de pie, me empuja, caigo al suelo, ella recoge un vidrio, arrincona a Kassy a la pared y le acerca el filoso objeto al cuello con la mano derecha mientras le oprime el pecho con el brazo izquierdo.

—¿Qué me hiciste? —le ladra a Kassy.

—Acabamos de llegar y te hemos encontrado tirada en el suelo —le contesta Kassy con un tono de voz muy calmado, sin mover un solo músculo.

—¿Dónde está el otro sujeto? —le pregunta, oprimiendo aún más su cuerpo contra la pared.

—Aquí no había nadie cuando llegamos —le digo, acercándome a ella—. Por favor, suéltala, Lorana.

Me mira a los ojos sin soltar a Kassy, le devuelve la mirada a ella y la suelta, sacudiéndose. Está realmente furiosa. Kassy comienza a toser mucho, y me acerco a ella para que se apoye en mí. Lorana se encorva, tira el vidrio a un lado con rabia y apoya sus manos en sus rodillas. Comienza a murmurarse cosas a sí misma.

—¿Qué sucedió aquí? —le pregunto sin soltar a Kassy, que ya ha dejado de toser.

—Unos sujetos entraron violentamente a la casa, me sorprendieron y no pude defenderme. No sé qué me hicieron, pero perdí el conocimiento —me contesta, hecha una fiera.

—¿Hijos de la Redención? —inquiero.

—No lo sé; no llevaban esos ridículos uniformes. Podrían haber sido ellos u otras personas.

—¿Qué querían? —pregunta Kassy con voz ronca.

—Tampoco lo sé. Se supone que la gente no roba cosas ahora. En cualquier caso, ¿hay objetos de valor aquí? —pregunta Lorana, dirigiéndose a mí.

—No que yo…

Kassy y yo nos miramos mutuamente y subimos las escaleras para ir a la habitación de mi hermana. Está vuelta un desastre. Busco en el librero y no hallo nada referente a lo que nos atrajo hasta acá. Lo que sea que buscaban nunca estuvo aquí o ya se lo han llevado. Decidimos revisar las otras habitaciones. También están desordenadas. Incluso el estudio lo está. Así que bajamos las escaleras y vemos a Lorana sentada en el mueble, luchando con la pesadez que siente en su cuerpo.

—No es seguro que permanezcas en esta casa tú sola. Deberías acompañarnos —le sugiere Kassy.

—Estoy bien. Solo necesito unos minutos para recuperarme —le contesta.

—Si esos sujetos regresan, podrían hacerte daño. No podemos quedarnos contigo, pero tampoco podemos dejarte. Por favor, ven con nosotros —le pido.

Asiente y se levanta. Kassy tiene que ayudarla a ponerse de pie al principio; sin embargo, Lorana insiste en caminar sin apoyo. Salimos de casa a toda velocidad y rápidamente nos damos cuenta de que no podemos mantener el ritmo que quisiéramos. Debo hacer un gran esfuerzo para disimular mi agitación, pues no quiero que Lorana note que nos está retrasando. Nos ha costado convencerla para acompañarnos, y no quiero que se sienta incómoda ahora.

Llegamos a casa catorce minutos después del inicio del toque de queda. Como Lorana está pálida, la conducimos directamente a la sala, donde Roberth y Sonia están conversando de pie. Sonia está de espalda con los brazos cruzados y Roberth tiene cara de pocos amigos.

Acuesto a Lorana en el sofá, Sonia se acerca a ver qué le pasa y llama a Paulo para que le traiga unos medicamentos del botiquín. Roberth toma a Kassy del brazo y a mí por el hombro para conducirnos a la cocina.

—¿Qué creen que están haciendo? —nos pregunta con voz baja pero imponente.

—Ayudamos al prójimo; hablan mucho de eso en el culto —replica Kassy.

—Han llegado después del toque de queda. He venido como loco a la casa para conversar con ustedes y no solo no los he encontrado, sino que llegan a esta hora con una chica drogada —nos reclama.

—No está drogada. La atacaron en mi casa y le hicieron algo. ¿Qué se suponía que debíamos hacer? ¿Dejarla sola? ¿Y si volvían por ella? —cuestiono, levantando la voz.

—Aunque he tratado de protegerlos todo este tiempo, ustedes siguen exponiéndose, haciendo preguntas, dudando. ¡No me están ayudando para nada! —exclama él.

—No necesitamos que nos protejas; no somos niños, papá —interviene Kassy—. Tú tampoco nos ayudas con tus secretos.

—Saber algunas cosas es peligroso —puntualiza él—. El ataque a esa chica podría ser una indicación de que ella sabe algo.

—¿De qué estás hablando? —inquiero.

Llaman a la puerta con insistencia. Roberth nos deja en la cocina, y lo seguimos. Abre la puerta, y encontramos a Francesca, siendo acompañada de dos hijos de la redención. Ella transmite pura satisfacción con su presencia, mientras que los sujetos transmiten frialdad.

—Hermano Roberth —saluda Francesca—, su presencia es requerida por la comunidad.

—Denme unos momentos para tratar un asunto con mi familia y los acompañaré —le responde él.

—Me temo que la asistencia de toda la familia es requerida. Todos deben ir con nosotros —le informa ella.

—¿Perdón? —pregunta Roberth, arrugando la frente.

—Es el juicio contra el criminal confeso Oliver, y toda la comunidad debe asistir al estadio. Asistencia obligatoria —anuncia Francesca.

CAPÍTULO DIECINUEVE

Somos escoltados hacia el estadio. Camino junto a Sonia. Roberth y Francesca van delante de nosotros y discuten en un tono de voz tan bajo que no importa cuánto me esfuerce, no logro oír nada. Detrás de nosotros están Kassy y Paulo, quienes son seguidos por los dos hijos de la redención que nos buscaron. Como ni Francesca ni sus acompañantes entraron a la casa, no se enteraron de la presencia de Lorana; por lo que la dejamos acostada en el mueble para que pudiera recuperarse.

Mientras vamos en camino, observamos a muchas familias agrupadas siendo escoltadas por algún hijo de la redención. Parece que hoy el toque de queda no será respetado por nadie, pues los encargados de regular esa ley han preferido omitirla. Poco a poco, nos damos cuenta de que todo el mundo está en la calle. La mayoría de las personas permanecen impasibles en una extraña procesión. No obstante, otros no pueden ocultar su confusión y nerviosismo.

Estamos por llegar a nuestro destino y nos encontramos con Ráscal y su madre, Raquel. Están formando parte de un grupo que camina al otro lado de la calle. Ráscal trata de preguntarme algo mediante unas muecas, pero no logro entenderlo. Los buenos amigos no siempre saben lo que piensa el otro. Tendremos que esperar hasta estar frente a frente, supongo.

Tan pronto como ingresamos al lugar del culto, somos guiados a nuestros asientos habituales. Como de costumbre, Roberth no se sienta con nosotros, sino que va a otro lugar. He perdido de vista a Ráscal y lo busco con la mirada, al igual que a Oliver; no obstante, no los ubico.

En un principio, no hay muchas personas presentes. Esperamos aproximadamente treinta minutos, tiempo suficiente para que cada vez más gente vaya ocupando los asientos. Todos están aquí finalmente. ¿Qué pretenden los cabecillas? ¿Quemar el lugar con todos aquí? Ya nada me parecería una locura. Hay muchos susurros en todas partes y la tensión comienza a sentirse. De hecho, Paulo ha comenzado a tener un ataque de ansiedad, obligando a Kassy y a su madre a centrar toda su atención en él.

En ese momento, Francesca sube al podio. Levanta la mano derecha, y entonces todo el mundo calla. Solo un bebé continúa llorando por un momento hasta que alguien logra calmarlo. Mientras tanto, Francesca parece más severa que de costumbre.

—La paz con la divinidad y la unidad en la comunidad son los objetivos primordiales de la Orden —pregona ella—. Quiénes la alteren no pueden estar entre nosotros. Nuestra meta es conseguir que seamos refinados. Esa visión nos impulsa a cuidar de toda la comunidad, puesto que deseamos que puedan estar presentes delante del divino con plena confianza.

Es curioso que hablen tanto de la paz cuando ellos mismos son los que la han alterado con su presencia y medidas autoritarias. Generan disturbios, usan armas y obligan a las personas a hacer lo que a ellos se les antoja. Es triste ver que estos discursos de adoctrinamiento han logrado moldear las opiniones y el pensamiento de las personas.

—Semanas atrás hubo un altercado social en el parque. Me refiero al evento ocurrido durante el día de la Siega de Nuevos Conversos —continúa Francesca—. Dicho desorden fue promovido por un miembro de esta comunidad que solía ser útil dentro de ella pero que ahora representa una amenaza. Si no hubiera sido por la intervención de los Hijos de la Redención, la situación se habría salido de control.

—De verdad van a culpar a Oliver —le susurro a Kassy al oído.

—Eso ya estaba más que claro. Yo diría que el problema realmente es lo que planeen hacerle —me responde en voz baja, aprovechando que Sonia sigue concentrada en Paulo.

—Este radical, conocido como Oliver, causó el estallido de productos explosivos en aquel evento con la finalidad de alterar al público. Además, confrontó a la autoridad que la divinidad les ha conferido a nuestros protectores —prosigue Francesca—. Estamos aquí para demostrar que la Orden y los Hijos de la Redención no vamos a permitir que nos quiten la paz que tanto necesitamos para estar cerca de la divinidad. De ahora en adelante, nuestros protectores, los

Hijos de la Redención, portarán estas armas con carga somnífera para paralizar a quienes desobedezcan las leyes de la Fe Universal. —El armamento es proyectado en las pantallas—. Y también portarán armas de fuego para proteger de cualquier mal a los miembros de nuestra valiosa comunidad.

Esto me hace recordar lo que líderes mundiales solían hacer. Hablaban de paz y protección cuando presentaban armamento. Prometían seguridad cuando fabricaban arsenales de destrucción masiva. Era como si no se dieran cuenta de la hipocresía presente en sus discursos. O tal vez solo decidieron ignorarla. El caso es que a las masas parecían convencerles sus argumentos, puesto que, por alguna razón, aplaudían a las armas que finalmente terminarían apuntando hacia ellas mismas, exponiéndolas al peligro y siendo usadas en su contra. Eso es lo que acaba de pasar, puesto que en todo el estadio se escucha un estruendoso aplauso.

—Traigan al radical —solicita Francesca.

Un hombre y una mujer que visten las túnicas de los Redimidos suben al podio. El hombre empuja una silla de ruedas sobre la que va sentado Oliver. Su cabello está corto y su tez luce pálida, tan pálida que parece que está por irse en vómito. Estoy a punto de levantarme del asiento, pero Kassy aprieta mi mano deteniendo mi impulso. ¿Qué le habrán estado haciendo todo este tiempo a nuestro amigo?

Otras dos personas suben al podio con unos aparatos que parecen sacados de una habitación de terapia intensiva del hospital local y comienzan a conectárselos a Oliver, a quien han ubicado al lado de Francesca. Los aparatos comienzan a mostrar sus signos vitales. Todos se retiran dejando solo a Francesca y a Oliver en el podio.

—Hermano Oliver, ¿admites haber causado las detonaciones que pusieron en peligro a la comunidad durante la Siega de Nuevos Conversos? —le pregunta Francesca, acercándole el micrófono.

Oliver no parece estar ahí. Sus ojos ven al vacío, me atrevería a decir que ni siquiera parpadea. Francesca chasquea sus dedos, haciendo que él centre su mirada en ella por primera vez desde que está allí.

—Hermano Oliver —repite ella—, ¿admites haber causado las detonaciones que pusieron en peligro a la comunidad?

—S-Sí, sí —tartamudea él. Está sudando y temblando.

Voces comienzan a oírse en todas las direcciones. Las palabras terrorista y traidor salen de muchas bocas. Ahora yo siento el impulso de vomitar, pues es obvio que no es cierto lo que ha dicho; lo han obligado a confesar una mentira. Francesca deja ver la satisfacción en su rostro y entonces dicta la sentencia:

—Como miembro de la Orden y principal representante de los Hijos de la Redención, te sentencio a la pena capital, hermano Oliver.

No puedo soportar más esto. Me levanto de mi asiento y Kassy me sigue. Salimos de la fila en la que estábamos sentados y nos dirigimos a un pasillo que está despejado y desde el cual podemos ver más de cerca hacia el podio. En realidad, nosotros dos no podemos hacer mucho. Sin embargo, todo lo que están haciendo la Orden y los Hijos de la Redención es solo para reforzar su posición, y eso demuestra que el verdadero poder no lo tienen ellos, lo tiene la gente. Tengo que motivar a las personas a que actúen.

—¡Alto! —grito—. ¡Ya basta, Francesca!

Todo el mundo guarda silencio y me observa. Estoy a muchos metros de distancia de Francesca todavía; no obstante, sé que ella me ha oído. El bebé comienza a llorar de nuevo, pero logran hacer que se calme.

—Toques de queda, patrulleros, armas, y ahora, ¿ejecuciones? —denuncio. Pese a que no uso un equipo que potencie mi voz, el silencio existente me permite proyectarla de una manera que jamás imaginé—. ¿A dónde quieres llegar con todo esto, Francesca?

—Nuestra intención es promover la unidad —responde ella a través del micrófono, manteniendo la apacibilidad.

—¿La unidad o el control? —replico—. ¡No podemos permitir que asesinen a quienes ellos consideren una amenaza contra su forma de gobernar! —exclamo, dirigiéndome al público.

—¡Eres la clase de joven rebelde que no podemos permitirnos en esta comunidad! —contesta ella—. ¡Tus acusaciones son falsas!

—¿Segura? Entonces, ¿por qué nos quieren mantener tan ocupados? ¿Por qué nadie puede expresar sus opiniones? ¡Miren lo que le han hecho a Oliver! —continúo diciéndole a la multitud.

Algunos empiezan a ponerse de pie y abuchean hacia el

podio. Otros permanecen en sus asientos, inquietos. De repente, un hijo de la redención comienza a disparar hacia el aire. Hay gritos, las personas se agachan para resguardarse o para proteger a sus seres queridos. Quienes parecían dispuestos a apoyarme ya no parecen tan animados.

Cinco hijos se dirigen hacia nosotros y nos esposan. No me preocupa lo que puedan hacerme, pero sí lo que pueda pasarle a Kassy; ella debió quedarse en su asiento. Si a Oliver lo han condenado a muerte por dialogar con estos individuos, es probable que yo sea el siguiente en la lista. Al menos moriré sabiendo que confronté en público a Francesca. Espero que la gente abra los ojos.

Somos dirigidos a la única entrada que nos permitiría acceder al podio. Atravesamos toda el área de las butacas, bajamos las escaleras y luego somos introducidos por la entrada de los vestuarios del equipo local.

Han acondicionado una pequeña habitación para que simule a una estación de policía. Contiene dos puertas, una mesa y cuatro sillas. Además, hay una pantalla sobre en una de las paredes, y un gran espejo, en otra de ellas. Supongo que del otro lado alguien puede vernos.

Nos piden que nos sentemos. Kassy obedece, pero yo no lo hago. Los hijos salen de la habitación y cierran la puerta con llave desde afuera. Espero unos momentos y comienzo a forcejear con la manilla de espalda puesto que aún tengo las manos atadas. Como no logro nada, voy a la otra puerta para tratar de abrirla. Cuando empiezo a intentarlo, esta se abre debido a que alguien ha quitado el seguro desde afuera: es Roberth.

Él entra a la habitación y nos dice:

—Tenemos que irnos de aquí. ¿Acaso creen que dos jóvenes pueden impedir lo que va a pasar?

—¡No podemos dejar que maten a Oliver, papá! —le grita Kassy—. ¡Tienes que hacer algo!

—No puedo hacer nada —le contesta, y usa unas llaves para quitarnos las esposas.

—¿Vas a permitir esto? ¿Tú lo aprobaste? —inquiero. Lágrimas de ira comienzan a asomarse por mi rostro.

—Yo no he tenido nada que ver con esto, al menos no con lo que está pasando allá arriba.

—¡Eres un mentiroso! —le lanza Kassy.

La pantalla que está en la habitación proyecta lo que está ocurriendo en el podio. Vemos a Lio subir allí con un maletín en la mano, lo abre para su tía y ella saca una ampolla. Francesca rompe la parte de arriba y succiona el contenido a través de una jeringa.

—Puesto que la piedad es una virtud de la divinidad, al hermano Oliver se le dará una muerte rápida e indolora. —Oímos que dice Francesca a través de los altavoces. Al parecer, han ignorado nuestra pequeña protesta y planean proseguir con el objetivo de esta reunión.

Ella le pasa la inyectadora a Lio, y él la toma. No parece ser el mismo chico que solía ser mi amigo, pero tampoco el muchacho machacado que vi hace días. Ahora él también parece una persona fría. Pensé que había una manera de salvarlo de aquello en lo que querían convertirlo, y Ráscal también lo creyó. ¿Nos equivocamos?

Francesca lo mira, asiente y él da un paso hacia adelante. Permanece de pie por un momento, ¿acaso duda? Entonces, en un movimiento rápido, clava la aguja en el cuello de Oliver y vierte el contenido dentro de él. Siento que mi estómago se revuelve y que mi cabeza podría estallar.

Muchos de los presentes en el auditorio sueltan expresiones de sorpresa; sin embargo, nadie protesta. Oliver comienza a convulsionar, y los aparatos utilizados para mostrar sus signos vitales pitan, indicando que está muerto. Roberth debe usar toda su fuerza para evitar que yo salga de la habitación, mientas Kassy cae de rodillas al piso, sumergida en llanto.

Continúo forcejeando con Roberth, y él me envuelve en un abrazo. Yo grito improperios y amenazas. Entonces me doy cuenta de que trata de hablarme el oído, por lo que me detengo un momento para oírlo.

—Si no nos vamos de aquí ahora mismo, sufriremos el mismo destino —susurra.

SEGUNDA PARTE
REALIDADES

CAPÍTULO VEINTE

Roberth nos saca del estadio por una puerta que yo nunca había visto. Esta nos conduce a la parte del estacionamiento que está techada y en la que aún se encuentran los autos de quienes estaban disfrutando de un partido de béisbol durante la noche del Juicio. Recuerdo que tuvimos que sacar los cuerpos cuando hacíamos la limpieza de los cadáveres en el pueblo. No obstante, sus vehículos han permanecido aquí desde entonces. Vemos filas y filas de autos cubiertos de polvo y rodeados de suciedad.

Kassy está inconsolable. Después de caminar un poco, se detiene a sollozar. Yo, por mi parte, siento más ira que dolor; por lo que no soy la persona más indicada para consolarla. Además, el ambiente de total abandono y el aire viciado del lugar donde nos ha metido Roberth acelera la tensión causada por lo que acaba de suceder, ya que Lio, uno de mis mejores amigos, acaba de asesinar a sangre fría a otro de mis mejores amigos.

Nunca antes me había atrevido a catalogar a Oliver de esa manera. Sin embargo, ahora que no está es mucho más fácil saber qué significaba él en mi vida y valorar todo lo que hizo por mí.

Pensé que había entendido lo primordial que es tener claro quiénes son las personas importantes para mí después de lo que había pasado con la muerte de muchos de mis seres queridos. Me doy cuenta de que, sin importar la cantidad de pérdidas que tengamos, puede ser difícil saber apreciar lo que se encuentra a nuestro alrededor.

Una rata se acerca a mí y la pateo. No puedo evitar pensar en Lionel al hacerlo.

Roberth trata de hacer que Kassy se levante, puesto que ahora se ha sentado sobre el asfalto, doblando las piernas. Ella apoya su espalda en un Mustang y se cubre el rostro con las manos. Solo espero que no comience a sufrir de estrés postraumático después de esto.

—Kassidy, cariño, vamos. No tenemos tiempo que perder. Si sigues llorando así, alguien nos encontrará —insiste él, y se agacha a su lado para hablarle.

—¿Cómo pudieron hacer eso sin tu consentimiento? —le pregunto a Roberth, furioso.

—Recuerda que ahora no tomo las decisiones por mi cuenta. Pese a todos mis esfuerzos, esta situación se ha salido de mis manos —me contesta mientras frota el hombro de su hija.

—Siempre se ha tratado de eso, ¿no es verdad? —le suelto con indignación—. Tu único interés es dominar a los demás; lo has demostrado en casa y en la comunidad.

—Lamento que eso sea lo que pienses de mí, hijo. Pero no te preocupes, ya no estoy al mando —me responde con su tono pasivo-agresivo.

—Desde hace semanas eso ha quedado más que claro.

¿Qué ha pasado? —le pregunta Kassy, deteniendo su llanto y restregándose la cara.

—Francesca prácticamente ha dado un golpe de estado; en cualquier momento lo anunciará —nos informa—. El plan era que los Hijos de la Redención gobernaran esta comunidad junto con la Orden; no obstante, ella planea quitarla de en medio esta noche.

—¿Ella puede hacer eso? —lo interrumpe Kassy—. Te estás manteniendo al margen de todo, ¿acaso has renunciado?

—Francesca me ha obligado a hacerlo —contesta.

—Ella te convenció de que tomaras el liderazgo de la comunidad en un principio. ¿Por qué querría que dimitieras? —indago.

Roberth permanece en silencio por unos instantes. Kassy y yo ponemos toda nuestra atención en él. ¿Ha llegado el momento de que se sincere con nosotros?

—Les he ocultado cosas —revela Roberth, se detiene un momento y traga saliva—, y también les he mentido.

Debo admitir que esa confesión me llena de gran satisfacción por sí sola. Nunca creí que Roberth tuviera la humildad de aceptar sus errores. De hecho, podría sentirme plenamente satisfecho por hoy, sin importar que decidiera no decirnos finalmente nada. Pero la preocupación que él transpira me roba ese sentimiento por completo.

—¿A qué te refieres, papá? —le pregunta Kassy.

—Estoy seguro de que Francesca me manipuló para que yo aceptara dirigir a la comunidad con la finalidad de que luego fuera más fácil para ella someterla. Ahora que tiene a todos en donde los necesita, puede prescindir de mí.

—No entiendo toda esta conspiración. Nos sería muy útil que fueras un poco más específico —señala Kassy.

—Después del Día del Juicio, había mucha confusión —expone Roberth—. Francesca tenía las intenciones de proclamarse cabeza absoluta de la comunidad, porque le gusta el poder. Como ella no contaba con el apoyo suficiente para asirse con el puesto, me convenció para hacerlo. Yo gozaba de buena reputación entre los sobrevivientes, así que no fue difícil que me eligieran; no obstante, sospecho que ella siempre quiso que yo fuera su marioneta.

—Siempre pensé que esa mujer sería capaz de muchas cosas, pero ¿de verdad es tan taimada? —cuestiono—. Aunque después de lo que le ha hecho a su propio sobrino…

—En todo momento, los cabecillas de la Orden hemos tenido muchas discrepancias y, en las últimas semanas, estas realmente se han acentuado —prosigue Roberth, interrumpiéndome—. Ella aprovechó la sensación de estabilidad social en la comunidad y la división dentro de la Orden para tiranizar la situación. Bajo mi guía, la comunidad había encontrado estabilidad. Pienso que ella concluyó que había llegado el momento de tomar lo que siempre había querido.

—La divinidad arrojó su ira sobre los culpables una vez. ¿Cómo es posible que esto esté sucediendo? Ya estas cosas no deberían ocurrir —comento.

—Ese es el problema —responde él.

—¿Qué quieres decir, Roberth?

—La fotografía que me tomaron en el centro comercial de Verde Esmeralda —señala, y duda antes de confesar—: Es verdad, no estuve en este pueblo durante la noche del Juicio.

—¿Qué? —pregunta Kassy, estupefacta.

—¿Qué hacías allá? —inquiero.

—Meses antes de ese día, un grupo que se hace llamar la Octava Estrella contactó con Tristán, tu padre —dice, dirigiéndose a mí—, y conmigo. Querían hacernos partícipes de un proyecto para crear un nuevo sistema social en el mundo entero. Tristán no mostró interés en ese plan, ya que notó ciertas similitudes con los estudios que su hija realizaba.

—Me estoy perdiendo, papá. ¿Cuál es la conexión? —interrumpe Kassy.

—Ya la verás —responde él—. Yo no pude quedarme con la curiosidad. Necesitaba saber qué era lo que planeaba ese grupo, por lo que concordé una reunión con uno de sus miembros a las afueras de ese centro comercial exactamente para el 20 del mes cuarto. —Observa con atención a nuestro alrededor, asegurándose de que no estemos en peligro, y prosigue—: Asistió una mujer quien me informó que no quedaba mucho tiempo y que tenía que regresar a la ciudad e inocular a mi familia. En ese momento, me dio cuatro jeringas que contenían un líquido rojo. También me dijo que debía apresurarme, puesto que el plan se iba a ejecutar esa misma noche. Si yo quería asegurarme de que mi esposa y mis hijos sobrevivieran, debía inyectarles el líquido directamente en la vena yugular.

—¿Metiste en nuestros cuerpos un líquido del que no sabías nada? —le reclama Kassy, horrorizada.

—No. Cuando regresé a la ciudad fui descubriendo que algo había pasado. Había gente llorando en las calles, varios accidentes de tránsito en la carretera y, además, muchas personas yacían por el camino. Supe que lo que esas personas planeaban hacer ya había sucedido. Al llegar a casa, me di cuenta de que todos estaban bien y decidí no usar las jeringas.

—¿Qué hiciste con ellas? —le pregunto.

—Destruí tres inmediatamente y conservé solo una —responde, sacándosela del bolsillo—. No creí que fuera conveniente que alguien más las encontrara. Ni siquiera sé qué es —agrega, y me la da.

—¿Y el Día del Juicio? —pregunta Kassy.

—No hubo un Día del Juicio, hijos —confiesa Roberth con evidente culpabilidad—. Al menos no uno que proviniera de la voluntad del divino.

—Si todo esto ha sido producto de lo que planearon los de la Octava Estrella, ¿por qué estamos vivos nosotros? No inoculaste a tu familia. Y, evidentemente, mi padre tampoco lo hizo conmigo —razono.

—No sé qué fue lo que hicieron esas personas. Tampoco sé por qué muchos murieron y otros sobrevivimos.

—¿Por qué le están mintiendo a la gente entonces? —interrumpe Kassy, iracunda.

—Mucha gente murió. ¡Teníamos que hacer algo para

conservar una buena estructura social! —puntualiza Roberth.

—Y qué mejor que explicar un suceso inexplicable con algo de naturaleza más inexplicable como lo es la divinidad —reprocha ella.

—Fue la mejor manera de hacer que todo funcionara bien —se justifica él.

—¿Y si eso sucede de nuevo? —le pregunto de forma desafiante a Roberth—. ¡Existe una amenaza real! —le reclamo—. La gente tiene derecho a saber por qué murieron sus familiares, o al menos a descartar una razón.

—¡Las personas no saben qué es lo mejor! ¡Solo reinaría la confusión! —exclama él.

—Tú eres quien sabe qué es lo mejor para todos. Eres el único que conoce cuál es la mejor manera de hacer las cosas, ¿no es así? —le pregunta Kassy con resentimiento.

—Todo estaba funcionando bien hasta que las cosas se salieron de control —responde él.

—¿Salir bien? Desde tu posición todo se ve bien. ¿Qué hay de las personas comunes? —le reprocho.

—Aquí todos somos iguales —contesta.

No hay manera de hacer que Roberth ceda. Cree que siempre tiene la razón y que nadie es tan capaz como él de hacer las cosas. Esa forma de pensar lo ha hecho meterse en una situación que lo supera en exceso. Que estemos aquí demuestra que al menos de eso se ha dado cuenta. Aunque se niegue a reconocerlo.

—¿Qué tienen que ver los Hijos de la Redención con todo esto? —inquiero.

—Esas personas vienen del exterior del pueblo —responde Roberth.

—¿Por qué ellos están a cargo ahora? —le pregunta Kassy.

—Llegaron hace un par de meses —explica él—. Afirman que en las ciudades vecinas hay anarquía. También empezaron a amenazarnos con revelar que no había ocurrido ningún juicio proveniente de la divinidad para hacer que esta comunidad cayera en el caos si no les dábamos poder dentro de ella. De modo que Francesca ideó un plan que nos permitiría contenerlos a ellos y sostener este sistema. Ella los adoctrinó y planificó su aparición durante aquel evento para generar confusión.

—¿Por qué se presentaron delante de la comunidad en medio de los disturbios? —le pregunto.

—Los disturbios no fueron planificados —explica—. No sabemos mucho de las personas que se han convertido en los Hijos de la Redención, pero lo que hicieron ese día demuestra lo peligrosos que son. No obstante, Francesca ha sabido manejar a su conveniencia aquellos sucesos después de todo.

—Ustedes siempre dijeron que no había evidencias de que hubiera sobrevivientes lejos de aquí —indico—. No sé cómo fue que les creímos.

Pienso en Lorana y en lo que me dijo. Ella tiene que venir de afuera. ¿Sabrá algo de esa situación? Por eso siempre insistía en que todo lo que ocurría aquí era demasiado extraño. ¿Tendrá alguna conexión con los Hijos de la Redención? Ahora me vienen a la mente un par de cosas que no había relacionado. Por ejemplo, la conocí el día después que dejaron el sobre en casa de Roberth. Cuando conseguí el celular con las fotos de él, ella estaba en el culto, cosa que no acostumbraba hacer.

—El sobre y las fotos —comento.

—No sé quién es el responsable —dice Roberth—. Cuando el sobre apareció en nuestra puerta, pensé que era un mensaje de parte de Francesca sobre el tema.

—¿Por qué dejaste que ella levantara su propio ejército? —le pregunta Kassy.

—Yo nunca la apoyé, más bien, yo quería enterrar sus planes.

—¿Con qué fin te mandaría un sobre vacío? —indago.

—Ella siempre ha negado tener algo que ver con eso y con la aparición del teléfono. Después me di cuenta de que ambos recursos fueron plantados para que tú los encontraras —dice, dirigiéndose a mí.

—¿Yo? —pregunto, confundido.

—Los estudios de tu hermana juegan un papel importante en lo que hizo la Octava Estrella; alguien quería que empezaras a indagar. Y es que yo —dice, y vuelve a detenerse—… Tengo que admitir que te he utilizado.

—¿De qué manera, papá? —inquiere Kassy.

—Yo tenía la esperanza de que, ya que tu padre fue contactado por esa misma organización y, además, existe un vínculo entre las investigaciones de tu hermana con sus planes, alguien buscaría contactarte. Por eso te mandaba a buscar las verduras. La realidad es que lo hacías terriblemente; sin embargo, pensé que, si alguien buscaba ponerse en contacto contigo, lo haría cuando estuvieras solo, y esa era una buena oportunidad. Siempre estuviste siendo vigilado —me dice.

¿Por eso fue que Roberth me acogió en su hogar como su hijo protegido? Antes solo creía que quería subyugarme, ahora sé que también fui su carnada para atraer a quién sabe quién. Ya entiendo por qué en muchas ocasiones había personas que no me dirigían la palabra al salir de casa, pero que me observaban con atención.

—Así que la Ley de Independencia a los veintiún años fue solo una artimaña para obligarme a vivir con ustedes y poder vigilarme —concluyo.

—Te acogimos porque nos preocupamos por ti; sin embargo, también era conveniente mantenerte cerca. Yo percibía que quizá no estabas del todo cómodo en nuestra casa y tenía que hacer algo para garantizar que seguirías viviendo con nosotros. Por eso propuse esa ley.

—¿Me usaste de alguna otra manera?

—Sí —responde. Suena avergonzado—. El día que te mandé a tu casa, el objetivo era observar si alguien se acercaba a ti de forma sospechosa. La amenaza de los Hijos de la Redención a manos de Francesca cada vez se hacía más palpable, y necesitaba entender qué había pasado. Necesitaba saber si los de la Octava Estrella planeaban hacer algo más, porque no volví a saber de ellos.

—¿Por qué piensas que alguien quería comunicarse conmigo? ¿Por mis conexiones familiares? —lo interrogo.

—Correcto. Lamento hacerte saber todo esto en estas circunstancias; pero, estoy seguro de que alguien ha tratado de hacerlo. Después de todo, ha logrado que comiences a indagar y a hacer preguntas —me contesta.

—En primer lugar, ¿qué razones tenía esa organización para contactarte a ti y a Tristán? Es extraño que los hayan incluido en sus planes —comenta Kassy.

—Nosotros tampoco lo entendimos —se limita a decir Roberth—. Solo nos dijeron que podíamos ser útiles una vez que su proyecto estuviera en marcha.

—¿Compartiste parte de esta información con Francesca? Me refiero al asunto de la Octava Estrella. ¿O ella forma parte de esa organización? —le pregunta Kassy.

—Francesca nunca había oído nada acerca de ese grupo, y yo solo compartí con ella parte de lo que sabía —contesta él—. Sospecho que debido a eso es que ha comenzado con todas esas investigaciones científicas; quiere asegurarse de entender qué es lo que ha pasado y usar esa información en la consolidación de su posición.

—¿Por qué nos dices todo esto ahora? —le pregunto—. Llevas meses mintiéndonos. Cada vez que te hacíamos preguntas, te negabas a decirnos la verdad.

—Porque tenemos que huir de este pueblo —admite de forma sombría—. Lo que le acaba de suceder a Oliver es una demostración de lo que le harán a cualquiera que se oponga a la nueva autoridad que hay aquí. Estoy seguro de que se encargarán de eliminar a los demás cabecillas de la Orden lo más pronto posible bajo el pretexto de que son traidores.

—Te sientes acorralado y no te queda más remedio que compartir información, ¿verdad? —lo interrumpe Kassy.

—¿No lo entiendes? ¡No tenía otra opción! ¡Yo no quería engañar a nadie! ¡Era lo único que podía hacer para garantizar que pudieran seguir viviendo en una comunidad segura! —exclama él.

—Por supuesto que pudiste haber hecho otra cosa, cualquier cosa que no fuera esclavizar las mentes de las personas a través del miedo y llamarlo devoción —le reclama Kassy.

—Hija, lo lamento de verdad. Quisiera que esto no hubiera pasado. Ahora solo me interesa que ustedes dos, su madre y su hermano estén a salvo —agrega—. Travis, no podemos volver a nuestra casa por ningún motivo, así que vayan a casa de tus padres directamente. Desde allí escaparemos de este pueblo juntos. Un amigo sacará a Sonia y a Paulo del estadio, de modo que me encontraré con ellos, y luego nos reuniremos con ustedes.

Roberth se pone de pie, le da un beso en la frente a Kassy, quien no puede evitar expresar desagrado por el gesto. Él nota lo que siente su hija, y creo ver que sus ojos se empañan.

—Sigan hasta el final de este pasillo y crucen a la derecha —me dice—. Allí encontrarán una puerta que los conducirá a la zona abandonada que está en el lado noroeste del estadio. Continúen el camino por el canal y eviten las vías principales.

—Deberíamos ir contigo también —le digo.

—No. Decidí sacarlos por separado para evitar que llamemos la atención. Esta sesión extraordinaria no ha terminado. Si somos un grupo de cinco personas caminando por ahí, será más probable que nos detengan.

—¿Por qué huimos como unos criminales? —inquiere Kassy.

—Quienes sabemos demasiado siempre lo somos, hija —responde, y comienza a alejarse de nosotros.

—Le temes a Francesca, ¿verdad? —le pregunto—. Tú compartes sus ideales, solo que ella es más extremista y sabes de lo que es capaz.

Él se detiene por un momento; sin embargo, no responde, solo reanuda su paso.

CAPÍTULO VEINTIUNO

Seguimos caminando por el canal una buena parte del trayecto. Gracias a la sequía, no hay barro sobre el cual caminar o patinar. Tampoco hay animales a la vista. Ahora bien, al irse oscureciendo, comienza a preocuparme que las serpientes u otros animales salvajes salgan de sus madrigueras y nos ataquen. De hecho, ya los grillos han comenzado su canto nocturno; por lo que comienzo a acelerar el paso. Kassy, en cambio, se detiene.

—¿Qué te pasa, Kassy?

—¿De verdad vamos a ir directamente a tu casa? ¿Qué hay de Lorana? —me pregunta.

—Iremos a buscarla —le respondo—. Pero deberíamos ir a mi casa primero, quiero decir, antes de encontrarnos con Roberth y los demás.

—¿Con qué objetivo haríamos el viaje dos veces?

—La realidad es que creo que debe haber algo importante allí y me gustaría encontrarlo sin que él se entere.

—¿A qué te refieres?

—Desde que estoy en mi asignación, he relacionado lo que se está investigando con el área de estudio de mi hermana, aparte de que todo lo que dijo Roberth apunta hacia ella. Además, que atacaran a Lorana en nuestra casa y dejaran todo desordenado prueba que había algo allí. Quizá aún lo esté. Tengo que llegar antes que Roberth y encontrarlo.

—¿Por qué quieres ocultarle esto?

—Que nos relevara parte de la verdad no quiere decir que la dijera toda —sugiero.

—Comprendo —asiente—. ¿Tenemos suficiente tiempo?

—Estoy seguro de que tu padre tardará en sacar a Sonia y a Paulo del estadio. Con mis atajos, haremos todo más rápido.

Avanzamos entre el follaje en medio de la oscuridad y salimos a una calle desértica. Cruzamos algunas viviendas por sus patios traseros y logramos llegar a mi casa a través del solar trasero. Afortunadamente, mi padre nunca cercó la casa y no es necesario que escalemos una valla, como si ha ocurrido en varios de los hogares que acabamos de atravesar. Abro la puerta trasera y me dirijo directamente a la que fue la habitación de mi hermana.

—¿Cómo planeas encontrar algo en medio de este desorden? —Kassy señala al basurero que han dejado en el dormitorio quienes atacaron a Lorana.

—Cuando era niño, solíamos jugar un juego en el cual ella me dejaba pistas en la casa —comento—. Yo a veces tardaba horas, incluso hasta días, en conseguir algo. Con el tiempo, me di cuenta de que el lugar donde me dejaba más pistas era el escritorio; siempre pegaba las notas por debajo con cinta plástica.

Palpo debajo del escritorio metálico y no siento nada. Así que me agacho para ver si hay algo adherido, pero no encuentro ninguna pista. ¿Se la llevaron ya? ¿Dejó ella siquiera algo para mí? Me quedo en cuclillas, tratando de pensar en dónde podría seguir buscando.

—¿Por qué crees que te dejó algo? —me pregunta Kassy, sentándose a mi lado.

—Cuando se fue, no pudimos despedirnos. Fue muy difícil para mí superar su ausencia —contesto con voz apagada, suspiro y continúo hablando—: Creo que, en medio de todo lo que está ocurriendo, surgió la esperanza de que mi hermana pudiera haber dejado alguna nota para mí sin que yo la hubiera descubierto hasta ahora. Obviamente, ella tuvo alguna relación con lo que pasó y mi papá lo sabía; por eso aquellas personas allanaron la casa. Están en busca de algo.

—Si ella dejó una carta de despedida para ti, ¿por qué la buscas en su habitación?

Su pregunta me hace volver en mí y me pongo rumbo a mi cuarto, el cual también está hecho un desastre, aunque no a tan gran escala. Palpo debajo del escritorio de madera que está frente a la que solía ser mi cama e inmediatamente siento un relieve. Intento despegarlo con las yemas de mis dedos, pero termino haciéndolo con las uñas. Finalmente, logro despegar la cinta plástica por uno de sus extremos.

Me encuentro con una hoja blanca doblada por la mitad. Al abrirla, veo que tiene algo escrito a mano. Es una carta; en ella dice:

Querido Travis:

Siento mucho pesar por no poder despedirme de ti, mi hermanito. He cometido un grave error y, por razones que no lograrás entender debido a tu corta edad, debo irme. Estoy segura de que vas a estar bien; me aseguraré de ello. Sin embargo, si algo malo llega a suceder y nuestros padres no están para ti, debes ir al instituto MenTech que se encuentra en la frontera del estado Verde y el estado Azul. Allí conseguirás las respuestas y el apoyo que necesites.

SERYNA

—Nunca he salido de este estado. ¿Cómo llegaré hasta allá? —me pregunto a mí mismo en voz alta, pensando en si es posible que Seryna esté detrás del sobre y del teléfono. No puedo asegurarlo.

—Ella sabía que esto iba a pasar —señala Kassy.

—Así parece…

—¿Hasta qué grado habrá estado implicada?

—No tengo idea —respondo, abstraído de nuevo—. ¡Tenemos que buscar a Lorana! —agrego, doblo la carta y la meto en mi bolsillo—. Estamos contra el reloj.

Salimos de mi casa y nos encaminamos a la de Kassy a toda prisa y de forma sigilosa. Decidimos ir a través del camino de la montaña para llegar sin ser detectados. Al salir a la carretera principal, nos damos cuenta de que aún no hay personas en sus hogares ni gente transitando por las calles. La reunión en el estadio se ha prolongado para nuestro beneficio; no obstante, eso resulta ser más preocupante aún.

Entramos a la casa por la puerta principal y nos sobresaltamos con lo que encontramos: Ráscal está amordazado y amarrado a las barandas de la escalera con un mecate. Además, tiene un ojo rojo, así que ha recibido un golpe recientemente. Al ver que la puerta se abre, comienza a forcejear. Frente a él está Lorana. Ya imagino qué fue lo que pasó.

—¿Qué le has hecho a nuestro amigo? —le pregunto a Lorana.

—Ah, ¿lo conocen? Entró en la casa sin siquiera llamar —responde.

—Él tiene esa costumbre —dice Kassy, acercándose a Ráscal para ayudarlo a quitarse las ataduras—. Siempre te he dicho que debes llamar a la puerta antes de abrir —le reitera.

—Nos alivia que te sientas mejor, Lorana —le digo, pero ella me ignora.

—¡Esa chica está loca! —exclama Ráscal apenas queda libre de la mordaza—. ¿Quién es ella? ¿Dónde estaban ustedes dos?

—Es una historia complicada —le respondo, y comienzo a ayudarlo también—. ¿Qué haces aquí?

—Cuando presentaron a Oliver a vista de todos, fui tras ustedes y les perdí el rastro —contesta una vez ha quedado libre—. Por lo que me fugué del estadio junto a mi mamá y mi hermano mayor antes de que empezaran a ejecutar a más personas. Los dejé en casa y vine hasta aquí para ver si habían llegado bien. Pero me encontré con ella y, antes de que pudiera decir algo, me atacó. —Mira de reojo a Lorana.

—Lorana, él es Ráscal. Ráscal, ella es Lorana —les digo a ambos, tratando de presentarlos. Ninguno se mira a la cara—. Hemos venido por ti, Lorana. Y también nos alegra que estés aquí, Ráscal.

—¿Por mí? —pregunta Lorana con un gesto de desdén.

—Tenemos que salir del pueblo —les digo.

—Ráscal —dice Kassy, interrumpiéndome—, ¿por qué dices que saliste antes de que empezaran a ejecutar a más personas?

—Subieron a los otros tres cabecillas de la Orden al podio; los estaban acusando de traición —responde él.

—¿Mi papá estaba ahí? —inquiere Kassy, tensa.

—No lo vi en ese momento —responde—. ¿A qué se debe esa idea de salir del pueblo?

—Pensé que nunca se darían cuenta de que tenían que salir de aquí —interviene Lorana.

—Empezarán a aplicar medidas más fuertes —respondo.

—Travis, ¿y las demás personas qué? ¿Las dejaremos bajo el peligro de morir si se atreven a contradecir a Francesca? —cuestiona Kassy.

Ella tiene un buen punto. Podríamos salir de la ciudad y resguardarnos a nosotros mismos. No obstante, estaríamos dejando a toda una comunidad bajo un control tiránico. Por otra parte, informarles a todos de esto ciertamente expondría la falsedad de lo que ha hecho la Orden, pero también haría que el pueblo entero colapsara.

Pero ¿qué estoy pensando? Si no hago nada, sería

cómplice de lo que ha hecho Roberth todo este tiempo. Es como si yo creyera que lo mejor es que las personas siguieran viviendo una mentira bajo esta pantomima porque eso es mejor que afrontar la verdad junto con las consecuencias que esta traiga consigo.

—Antes de abandonar Verde Oliva, debemos hacer algo —les digo a todos.

Tengo que explicarles tanto a Lorana como a Ráscal todo lo que sabemos. Lorana no se muestra para nada sorprendida, mientras que Ráscal estalla de ira en ciertos momentos y en otros me escucha con mucha atención.

Ahora mi plan es dirigirnos al Centro Comunitario en el centro del pueblo, encender las alarmas antidesastres y usar el sistema de sonido para decir la verdad. Solo espero que no explote la anarquía.

—Primero tenemos que encontrarnos con Roberth y los demás en mi antigua casa —les digo.

—¿Vamos a encontrarnos con ese farsante? —pregunta Lorana.

Ráscal y yo miramos a Kassy, que no deja que el comentario la saque de sus casillas. Supongo que ya está consciente de que por una larga temporada su padre será la persona menos favorita de muchos.

—Está con mi hermano y mi madre; no podemos abandonarlos —responde ella—. Además, no hay nadie que desee menos que yo estar cerca de él.

Antes de ir a la cocina por provisiones, buscamos una mochila para cada uno en el almacén. Metemos todo lo que podemos en ellas: carne deshidratada, comida enlatada, galletas, panes, latas de jugo y agua. También recogemos un kit de primeros auxilios y siete linternas. Al estar a punto de salir de casa, Kassy recuerda que no llevamos cepillos ni cremas dentales, por lo que sube al piso de arriba a buscarlos en el baño de sus padres, donde se guardan los artículos de higiene personal.

Los demás la esperamos afuera de la casa. Empiezo a sentir que ha tardado demasiado tiempo, de modo que entro de nuevo y subo las escaleras para buscarla. La consigo en el baño del cuarto de sus padres con las manos en el lavamanos. Me acerco a ella y veo que está separando unos cristales rotos que parecían formar parte de jeringas. Ella voltea a verme.

—Hay cuatro jeringas aquí —señala con irritación—. Mi papá dijo que solo le habían dado cuatro y que había destrozado tres mucho tiempo atrás; por lo que únicamente conservaba una, la que te dio. Sin embargo, aquí hay cuatro y, además, las destruyó hoy, porque todavía hay líquido rojo sobre el lavamanos.

—Entonces él tenía cinco jeringas originalmente. O quizás más —concluyo

—Significa que nos volvió a mentir.

—¡Travis! ¡Kassy! —grita Ráscal desde el piso de abajo.

—Ya vamos —le responde ella.

—¡Alguien se acerca! —grita él de nuevo.

CAPÍTULO VEINTIDÓS

Salimos por la puerta principal para reunirnos con Lorana y Ráscal; no obstante, no los vemos a simple vista. Él tiene que llamarnos desde unos arbustos que están a cinco metros a la derecha de la entrada de la casa, pues se han ocultado allí. Nos hacen un espacio para que nos ubiquemos junto a ellos. Protesto al principio, debido a que no entiendo lo que están haciendo, pero acepto.

Entonces, un sonido que tenía meses sin escuchar se hace cada vez más fuerte.

—Es un automóvil —señala Ráscal.

—Pensaba que nadie los manejaba ahora —dice Kassy.

Nos quedamos escondidos, ya que no sabemos a ciencia cierta cuál es la dirección por la que se acerca el vehículo, hasta que pasa frente a la casa y se detiene bruscamente. Es una grande y moderna camioneta negra. Apenas llega, todas las puertas del auto se abren de golpe y sale una persona de cada una. La camioneta era conducida por uno de los Hijos de la Redención. Francesca iba de copiloto. Desde una puerta trasera, sale otro hijo y este saca a la fuerza a Roberth, que estaba sentado en el medio. De la última Puerta, sale Lionel.

Lorana tiene que taparle la boca a Kassy para evitar que haga ruido y Ráscal tiene que abrazarla con fuerza para que no se exponga tratando de hacer algo por su padre. Es increíble que hace solo unos momentos estuviera tan enojada con él que no soportaba tenerlo cerca; ahora le preocupa verlo en peligro. Supongo que así funcionan las relaciones de familia cuando nos molestamos con nuestros seres queridos. No importa lo que hayan hecho, cuando sentimos que alguien atenta contra ellos, no podemos quedarnos de brazos cruzados. Aunque se lo hayan buscado.

Y la verdad es que Roberth realmente está en serios problemas. Es evidente que lo han estado torturando, pues tiene un ojo hinchado y una herida que chorrea sangre sobre su ceja. Además, camina con una pequeña cojera. Presto atención a la camioneta para ver si queda alguien más adentro; no obstante, lo poco que me permiten divisar las luces internas de la misma en medio de la noche no muestra señales de la presencia de Sonia o de Paulo. ¿Roberth lograría sacarlos del estadio?

—Nuestra mejor oportunidad es ocultarnos y que nadie nos vea —le susurro a Kassy—. Si nos atrapan, estamos condenados; ellos portan armas.

Al escucharme, Kassy deja de resistirse y cierra los ojos, en tanto que las lágrimas comienzan a bajar de ellos. Lorana la suelta, y Ráscal hace lo mismo. A decir verdad, a mí también me cuesta mucho quedarme aquí sin hacer nada mientras están maltratando a Roberth. Sin embargo, si intentara hacer algo y saliera mal, pondría en peligro a quiénes están conmigo; por lo que decido quedarme callado para tratar de prestar atención a lo que digan.

Lanzan a Roberth al frente de su casa, y él cae de rodillas. Tiene las manos atadas a la espalda con una cadena. Francesca comienza a interrogarlo:

—¿Dónde está el chico? ¿Le has dicho que se oculte aquí con tu hija?

—¡La Líder Suprema te ha hecho una pregunta! —le grita uno de los hijos, inclinándose hacia él.

—Tenemos a tu esposa y a tu hijo. Sabes que estoy dispuesta a hacer lo que sea con tal de conseguir lo que quiero —le dice Francesca.

—Ya lo conseguiste —le responde Roberth—. Deja que nos vayamos de este pueblo, y no seremos un problema para ti.

—Mientras todos ustedes estén con vida, seguirán siendo un problema para mí, viejo amigo —le contesta ella, y luego les ordena a sus acompañantes—: Entren a la casa y busquen en todas partes. Si se ocultan en algún otro lugar que no sea la casa de Tristán, debe ser este.

Ellos la obedecen y entran a la casa. Pasan aproximadamente veinte minutos revisando cada rincón. Oímos cómo destrozan el interior, buscando alguna señal de nuestra presencia. En todo momento, Francesca se mantiene frente a la puerta, al lado de Roberth, quien permanece en la misma posición a algunos metros de nosotros. Es un alivio que sea de noche; de otra manera, ya nos habrían visto.

Por otra parte, fue bastante conveniente que nos

hayamos ido de mi casa. Si hubiéramos permanecido allí todo este tiempo, nos habrían capturado también.

Finalmente, los dos sujetos, acompañados de Lio, salen de la casa. El que estaba conduciendo la camioneta se acerca a Francesca y le dice algo al oído. Ella no le responde nada, sino que se acerca a Roberth.

—Por las condiciones de la cocina, parece que se han llevado provisiones, así que han estado aquí. Seguramente buscan salir del pueblo —le informa.

—No sé qué es lo que planean hacer —responde él.

—Y tampoco lo sabrás. Tú, Sonia y el niño irán a una instalación nueva. Tenemos algo especial preparado para ustedes. Solo pídele a la divinidad que no encontremos ni a Travis ni a tu hija, porque no seré tan amable con ellos —lo amenaza, y le da una cachetada.

Kassy ha entrado nuevamente en histeria y, al moverse, hace que una rama se rompa, ocasionando un crujido. Los cuatro nos quedamos petrificados. Francesca y Roberth dirigen la mirada en un rápido reflejo hacia los arbustos en los que nos ocultamos.

—Revisa qué hay ahí —le ordena Francesca a su sobrino—. Ustedes dos metan a este al auto —les manda a los otros hijos.

Lionel se acerca a nuestro escondite y mueve una rama, exponiéndonos a Ráscal y a mí. No puede ocultar su sorpresa. Estamos frente a frente; nosotros, en cuclillas, y él, de pie. Pasa su mirada sobre cada uno de nosotros y no dice una palabra. Abre la boca, y me preparo para levantarme y darle un puñetazo.

—¡No es nada! —le avisa a su tía—. Es solo una ardilla que tiene su madriguera en estos arbustos.

Se saca algo pequeño del bolsillo y lo tira sobre nosotros justo antes de dejar que la rama vuelva a ocultarnos. Se reúne con los demás en el auto y, entonces, este arranca a toda velocidad. Después de un par de minutos, el sonido del motor se pierde en la distancia y salimos de nuestro escondite.

—¿Por qué ese chico no nos delató? —pregunta Lorana, confundida.

—Es… era nuestro amigo —respondo, más confundido aún—. ¿Qué dejó antes de irse? —le pregunto a Ráscal, quien sostiene con sus manos el objeto que Lionel nos lanzó.

—Es un cubo holográfico —me responde, levantando una ceja antes de dármelo.

Presiono el botón rojo que lo pone a funcionar y el cubo proyecta un holograma miniatura de la geografía e infraestructura del pueblo. No puedo creer lo que veo.

—Es un mapa de Verde Oliva que indica donde hay barricadas. Además, parece que estos puntos rojos indican las vigilias de los Hijos de la Redención en diferentes zonas, además de sus horarios —les explico, señalando los puntos en la proyección.

—No entiendo por qué nos lo ha dejado —admite Kassy.

—Creo que lo ha hecho por Ráscal y por mí —digo.

—Sea como sea, ese chico ha hecho algo muy bueno por todos nosotros. ¿Qué hace con esa gente si es tan buena persona? —pregunta Lorana.

—Que haya hecho una sola cosa buena no quiere decir que sea una buena persona —dice Ráscal, dándonos la espalda—. No es como si una buena acción pudiera anular el efecto de las cosas terribles que hemos hecho —añade.

No sé dónde poner a Lionel en este momento. Sinceramente, no creo tener la capacidad de analizar de forma sensata nuestra amistad después de sus recientes acciones. Sin embargo, no puedo decir lo mismo de Ráscal. Pese a que la traición de Lio fracturó su amistad en un principio, luego Ráscal estuvo dispuesto a ayudarlo cuando supo que nos necesitaba. Pero ahora es diferente. Lo que hizo en el estadio posiblemente la ha puesto en un sitio del cual será difícil conseguir un retorno en su caso.

—Está bien, no opinaré sobre eso —interviene Lorana, levantando sus manos—. No creo que tengamos el tiempo necesario para quedarnos aquí a que alguien finalmente nos encuentre.

—Lorana tiene razón. ¿Crees que podamos continuar? —le pregunto a Kassy.

—Sí, vámonos —me responde con la mirada perdida.

Al ver la reacción de Kassy, comienzo a preguntarme si debí hacer algo por Roberth hace poco. Me preocupan mucho él y los demás; pero, en este momento, me preocupa más Kassy. Pienso en su reacción frente a la asignación que cumplía, en su llanto cuando murió Oliver y en lo que está ocurriendo con su familia ahora mismo. Tengo que hacer algo para que no se derrumbe.

—¿Cómo entraremos en el Centro Comunitario? —

inquiere Ráscal—. Es el centro de operaciones de gran parte de lo que se hace aquí; no debe ser fácil acceder a él.

—Conocemos a alguien que puede entrar. Tal vez podamos convencerla de que nos dé acceso —le contesto.

Buscamos en el mapa todas las rutas que existen y los turnos marcados para los patrullajes. Nuestro objetivo es llegar a casa de Lena, convencerla de que nos ayude y luego dirigirnos al Centro Comunitario. Así que nos ponemos en marcha tratando de ser lo más cautelosos posible.

El reloj marca las diez de la noche. Comenzamos a divisar a algunas personas retornando a sus hogares desde el estadio. Estamos muy nerviosos y debemos ocultarnos constantemente para pasar desapercibidos. Aprovechamos la oscuridad que nos ofrece la noche y la falta de iluminación de la mayoría de las calles. De vez en cuando, algún perro nos ladra y tenemos que lanzarle un trozo de comida para distraerlo; no queremos que llame la atención sobre nosotros.

La casa de Lena queda a quince calles de la casa de Roberth. Afortunadamente, un parque que contiene una laguna ocupa gran parte de esa extension, y nos adentramos en sus senderos para no tener que ocultarnos tanto. No obstante, cuando estamos a punto de salir de él, oímos unas voces que se acercan a nosotros.

—¿Vieron si el mapa mostraba alguna ronda de vigilias por aquí a esta hora? —pregunta Lorana.

Tengo que sacar el cubo y encenderlo en medio de la oscuridad para revisar. Por suerte, el holograma produce una tenue luz grisácea. Todos están atentos a lo que hago. No hay ninguna señal de que los Hijos de la Redención patrullen este sendero; sin embargo, hay un grupo que tiene que hacer una ronda dos calles al noroeste del parque y luego les toca otra en el lado oeste del mismo. Se han metido por aquí para cortar camino.

No sabemos si se han percatado de que estamos en el parque, pero, por el camino que transitamos, puede que nos alcancen en cualquier momento. Comenzamos a correr, olvidando por un momento que así hacemos más ruido. Salimos del parque y llegamos a una calle, la cual cruzamos corriendo.

—Esa es la casa de Lena. —Señalo con la mano una vivienda sencilla de una planta y sin cerca perimetral.

La primera en llegar a la entrada frontal es Kassy, que parece ser la más rápida de todos, y comienza a llamar. Lorana es la segunda en llegar, abre la puerta sin preguntar primero, entra a la casa y Ráscal la sigue. Yo llego de último y tengo que empujar a Kassy para que pase al interior. En cuanto lo hago, Lorana cierra la puerta y le pasa el seguro.

—¿Qué sucede aquí? —pregunta Lena, petrificada.

—Lamentamos entrar así en tu casa, Lena. Necesitamos tu ayuda —le dice Ráscal, que está hiperventilado.

—¿Qué hacen ustedes dos aquí? —inquiere ella, señalándonos a Kassy y a mí.

—Como te ha dicho Ráscal, estamos en un aprieto y necesitamos que nos tiendas una mano —le respondo.

—Me sorprende que hayan llegado hasta aquí, tomando

en cuenta que hay una cacería allá afuera por ustedes —nos dice.

—¿Cómo? —pregunta Kassy, confundida.

—Al final de la reunión especial de hoy, Francesca dijo que quien tuviera información de cualquier miembro de la familia del traidor Roberth y no la revelara sería culpable de paganismo —nos indica en un tono extrañamente pacífico.

Nos han sentenciado.

CAPÍTULO VEINTITRÉS

—Lena, tú eres una persona sensata. Por favor, escucha lo que tenemos que decir antes de que hagas cualquier cosa —le insisto, tratando de persuadirla.

—Ahora que los he visto, tengo que informarles a los Hijos que están aquí —me responde con nerviosismo; entonces toma un abrigo del perchero y se dispone a salir.

—No lo hagas, por favor —le suplica Kassy.

Lena se dirige a la puerta, abriéndose paso entre nosotros. Podríamos huir para que, cuando vengan a buscarnos, ya no estemos en esta casa. Por lo que en realidad no representa un peligro inminente el que ella nos acuse. Sin embargo, perderíamos nuestra única oportunidad de exponer lo que ocurre en este pueblo y, además, focalizarían nuestra búsqueda por esta zona seguramente. Eso dificultaría nuestro escape.

Lena quita el seguro de la puerta y la abre; pero Lorana se le acerca, la cierra con brusquedad, bloquea la salida afincando con firmeza su antebrazo sobre la puerta y observa de manera desafiante a Lena, quien se prepara para recibir un golpe.

—Te recuerdo en el parque. —Lorana hace una pausa

para añadir con énfasis la siguiente oración—: Estabas llorando.

Lena se queda mirándola por un momento, tratando de reconocer su rostro, y frunce el ceño.

—Tú estabas con Travis aquel día —le dice.

—Sí. Yo no sé por qué estabas tan dolida, pero puedo apostar con seguridad a que se debía a alguna pérdida. —Lorana quita su antebrazo de la puerta—. Todos aquí hemos tenido una, o podríamos estar a punto de experimentarla. Si nos ayudas, al menos tienes la oportunidad de encontrarle un sentido a lo que pasó.

Percibo el dolor de Lena, no puede ocultarlo. Recuerda a Justin todavía. Es evidente que no ha superado lo que pasó, pero ¿quién podría hacerlo sin una buena razón?

Se aleja de la puerta y me pregunta:

—Aunque la Orden explicó qué fue lo que pasó, quedan algunos vacíos, cosas que no terminan de encajar. ¿Cómo podrían ustedes tener las respuestas?

—A ciencia cierta no sabemos qué pasó, pero estamos seguros de que fue lo que *no* ocurrió: no ha habido ningún Día del Juicio. La Orden y los Hijos nos han estado mintiendo todo este tiempo —le contesto.

—No lo entiendo —dice, y se pasa la mano derecha por los ojos para quitarse las lágrimas que han comenzado a asomarse en ellos—. Es difícil de creer. Es imposible que el divino lo haya permitido.

—¿Te parece que la divinidad querría esto para nosotros? —le pregunta Kassy, tratando de hacerla razonar.

—Yo ya no sé qué creer. Si no puedo creerles a quienes

dicen ser representantes del divino, ¿por qué sí a ustedes? —nos pregunta, levantando la voz.

—Porque tú también sabes que algo no anda bien —le responde Kassy—. Mira a tu alrededor, esta no es la paz que nos han prometido. Lena, confía en nosotros.

—No estoy segura de poder creer en nadie. No confió ni siquiera en los cabecillas. Y tampoco en la divinidad —agrega Lena, frustrada. Se detiene a pensar, y luego comienza a caminar de un lado a otro.

—No te juzgo por ello; a mí también me cuesta —coincide Ráscal con paciencia.

—Quizá esto no sea una cuestión de confianza —contesta ella—. Sea como sea, sí quiero entender qué está pasando. No me satisface lo que nos han dicho. ¿Están seguros de que pueden encontrar una buena explicación para esto?

—Estamos seguros de que, si logramos descubrir qué está ocurriendo, todo tendrá sentido —le digo.

—Entiendo —afirma—. ¿Qué necesitan que haga?

—Abandonaremos Verde Oliva; no obstante, antes de hacerlo, necesitamos que nos ayudes a entrar en el Centro Comunitario para encender las alarmas contra desastres naturales. Después, usaremos el sistema de sonido que está conectado a toda la red de emergencia en el pueblo para decirles la verdad a todas las personas —le contesto.

—Si hacemos eso, podrán ubicarnos fácilmente. ¿Cómo evitaremos que nos atrapen antes y despúes de hacerlo?

—Tenemos un mapa que marca las rondas de los Hijos. Podemos evitarlas y llegar sin mayores dificultades. Sin embargo, una vez despertemos a todo el mundo, no tendremos mucho tiempo para escapar; por lo que tomaremos las vías que veamos más alejadas de las que están siendo patrulladas para escapar y buscar un lugar más seguro —le explico.

—Debemos actuar rápido —dice Ráscal.

Lena busca sus cosas en su habitación, luego se dirige a la cocina por provisiones. Aparentemente, se está preparando para lo que sea y ha decidido acompañarnos. Sus padres murieron cuando ella era una adolescente y, a pesar de que tiene menos de veinte años, la Orden le ha permitido vivir sola porque es viuda, lo que le da cierta independencia legal dentro de la comunidad. Así que no nos preocupa que alguien llegue a descubrirnos mientras esperamos.

De todos modos, Kassy y Ráscal la ayudan a arreglar lo que ella planea llevar consigo. Por su parte, Lorana está en la puerta. De vez en cuando, mueve un poco las cortinas para mirar hacia la calle.

—Yo sabía que podías ser empática con el dolor ajeno. Lo que hiciste aquel día en el parque, cuando consolaste a Lena, me lo demostró —le digo, acercándome a ella—. Tú también has experimentado la pérdida, así que puedes decirles las cosas apropiadas a quienes están atravesando por lo mismo.

—Es un interesante análisis sobre mí. —Cierra la cortina, y se da la vuelta—. Mis pérdidas no me afligen; creí que eso había quedado claro.

—No tengo dudas de que eres fuerte, pero no te creo del

todo.

—No me aflige lo que he perdido, que para mí no es mucho, lo que me preocupa es lo que podría perder en el futuro, Travis —confiesa.

Se acerca más a mí y me mira fijamente a los ojos. Me concentro en el brillo de sus grandes ojos y noto que su labio inferior es más grueso que el superior, haciéndolos mucho más llamativos.

—Ya estoy lista —interrumpe Lena, entrando en la sala. Su expresión al vernos es bastante extraña; de hecho, parece que quiere decir algo, mas no lo hace. Detrás de ella entran Kassy y Ráscal—. Nos podemos ir ya —agrega.

Con la ayuda del holograma del pueblo, trazamos el curso que nos conduce directamente al Centro Comunitario sin correr el peligro de encontrarnos con los Hijos de la Redención por el camino. Sin embargo, cuando estamos por llegar, descubrimos a dos de ellos justo en la entrada del lugar.

El edificio se encuentra al lado de otro que está sobre una intercepción. Nos ocultamos en esa esquina, tratando de idear una solución. Kassy revisa el mapa y los horarios para asegurarse de que no vaya a pasar nadie por esta calle aún. Tenemos que sentarnos en cuclillas mientras apoyamos nuestras espaldas a la pared. Esporádicamente, Lorana y yo nos asomamos a ver si los vigilantes se han movido. Estamos, aproximadamente, a treinta metros de ellos.

—Los superamos en número. Si los confrontamos, podremos noquearlos sin mucho esfuerzo —dice Lorana en voz baja.

—No sabemos si tienen equipos de comunicación. Si emitieran alguna señal de ayuda, entonces otros podrían venir también —comenta Ráscal.

—Tampoco sabemos si hay otros adentro —susurro—. Es mejor encargarnos de ellos poco a poco.

—Esto solo indica las guardias y rondas de las calles, no las que hacen en los edificios. —Kassy señala con su dedo índice varias partes del holograma; primero, el Centro Comunitario; después, el laboratorio donde estuvo asignada, y, por último, el estadio. No hay señales de patrulleros en esos lugares.

—Ustedes me trajeron para que los ayudara a entrar a este lugar, y eso planeo hacer —dice Lena—. Tengo las llaves, y también es muy probable que esos sujetos me conozcan. Me acercaré a ellos, les diré que alguien ha entrado a mi casa y que me ha seguido por esta calle. Una vez estén aquí, atáquenlos silenciosamente. Espero que a ellos no se les ocurra pedir refuerzos mientras los conduzco hacia ustedes.

—Si logras atraerlos hasta aquí sin llamar la atención de nadie más, al menos habremos pasado el primer obstáculo para entrar. Suponiendo que logremos dejarlos inconscientes, por supuesto —añade Ráscal.

—Haré mi mejor esfuerzo. —Lorana se truena los dedos, y todos respondemos con un reflejo para detenerla, pero es muy tarde.

En una calle tan silenciosa, aquello suena como un eco. Oímos a los dos patrulleros decir algo. Seguidamente, escuchamos sus pasos acercarse. Nos ponemos de pie, y Lena corre para encontrase con ellos. Entonces se detienen. Los demás continuamos en la esquina, esperando a que aparezcan frente a nosotros para saltarles encima. No los vemos, solo los oímos.

—Hermanos… —La respiración de Lena se escucha agitada—. Alguien ha irrumpido en mi hogar y me viene siguiendo desde esa calle. ¡Ayúdenme! —les suplica.

—Cálmese, hermana. Entre al Centro Comunitario. ¿Lleva su juego de llaves? —le pregunta el hijo.

—Sí —contesta ella.

—Después de la recepción, encontrará una oficina en la que hallará a otro hermano que la protegerá. Nosotros nos encargaremos de quien viene siguiéndola —añade la misma voz que habló antes.

—¿Solo hay una persona adentro? ¿Podrá protegerme? —inquiere ella.

—En cualquier caso, hará un llamado y vendrán otros enseguida —contesta el otro hijo.

—¡Rápido! ¡Debe acercarse quien me persigue! —interrumpe Lena.

En un abrir y cerrar de ojos, están frente a nosotros. Se sobresaltan al encontrarnos, actúan más rápido de lo que imaginamos y nos apuntan con armas que podrían ser de fuego. Lorana patea a uno en el estómago y este cae al suelo. El otro hijo dispara y todos nos agachamos. Muevo mi puño derecho de abajo hacia arriba para golpear su mandíbula, y él da unos pasos hacia atrás. Vuelve a apuntarme con su arma, pero aprovecho que está aturdido, lo golpeo en el pecho, y la deja caer. Lorana la recoge, le dispara, y el hombre se desploma.

En ese momento, el otro hijo se pone de pie y apunta hacia mí. Lorana está a mi derecha y el hombre frente a ella, pero diagonal a mí.

—Suelta el arma o tu amigo es hombre muerto —le dice a Lorana mientras no deja de dirigirme su arma.

—No veo sangre en tu compañero. —Lorana lo apunta a él—. Así que solo lo dejarías sedado.

—Mi compañero tenía un arma sedante. La mías es de las de verdad, de las que mata —responde, con un poco de sadismo en su forma de hablar.

Aunque no creo que esté pasando mucho tiempo, se siente como una eternidad. Lorana no mueve ni un músculo y el hombre menos. Entonces Lena lo golpea desde la espalda con una tabla, él deja salir una bala que da contra la pared, y Lorana le dispara inmediatamente. Ahora él está en el suelo también.

—¿Lo matamos? —pregunta Lena, horrorizada.

—No creo que ninguno esté muerto. —Lorana se acerca a los hombres, los chequea y le quita a uno un dardo de la frente—. Es solo sedante. Afortunadamente, ambas armas tienen silenciadores; no creo que hayamos hecho mucho ruido.

Yo evalúo la pared y encuentro una bala. Una de las armas sí era de fuego. Por su parte, Ráscal y Kassy están envueltos en una especie de abrazo en el piso. Él la cubre enteramente con su cuerpo y ella tiene una de sus manos en la cintura de él.

—Ya. Ya pasó —le dice él.

Ella sigue temblando de terror. Se separan, y la ayudo a ponerse de pie. Me abraza con fuerza, y la reviso para ver si no tiene heridas. Ambos están bien.

—Ya sabemos que solo hay un hijo adentro del Centro —señalo—. No debería ser muy difícil entrar.

—Como había dos afuera y uno adentro, es muy probable que se estuvieran turnando la hora de descanso —asevera Lorana, y se guarda el arma sedante en la parte de atrás del pantalón—. Esto será fácil.

Ráscal recoge el arma de fuego y me la extiende para que la tome, pero la rechazo, así que él la guarda en su bolsillo. Arrastramos a ambos guardias hasta la entrada del Centro Comunitario y Lorana los amordaza. Es increíble la cantidad de talentos que tiene ella para estas situaciones.

Siento que estoy siendo observado por alguien y nuevamente descubro a Lena examinándome con una mirada extraña. Comienzo a preocuparme por su compañía.

CAPÍTULO VEINTICUATRO

Lena usa sus llaves, y accedemos al Centro Comunitario. La mayoría de las luces están apagadas, solo unas pocas siguen encendidas y algunas de ellas titilan constantemente. Encerramos a los sedados vigilantes en el cuarto de limpieza y atravesamos la recepción en busca del otro hijo. Lo encontramos en una oficina, durmiendo sobre una colchoneta.

—Podríamos hacer lo que planeamos sin herirlo — susurra Kassy, quien parece haberse calmado.

—Kassy tiene razón —agrega Lena—. Mientras esté encerrado, no supondrá un peligro para nosotros.

La pequeña conversación lo despierta. De inmediato se levanta y palpa su cintura para buscar su arma; no obstante, no la encuentra. Rápidamente, Lorana saca la suya y lo seda mediante un disparo, por lo que vuelve a caer rendido.

—O mejor lo sedamos para no tener que preocuparnos por él durante un rato —concluye Lorana, guardando el arma.

—Estoy totalmente de acuerdo —dice Ráscal, y se frota la nuca.

Lena nos dirige a una amplia oficina ubicada en el tercer

piso del edificio, presiona un botón en la pared que hace que se enciendan gradualmente los bombillos. La iluminación revela la presencia de aproximadamente treinta ordenadores de mesa de última tecnología. Ella se sienta para manejar uno de ellos, y los demás comienzan a funcionar también.

—¿Por qué los encendiste todos si solo necesitamos uno? —le pregunto.

—Es un sistema automatizado. Al encender uno, los demás también lo hacen —me contesta.

—Sabes bien cómo hacer esto, ¿cierto? —le pregunta Lorana.

—Parte de mi trabajo consiste en el monitoreo de los diversos sistemas electrónicos e informáticos de la comunidad —le responde, sin dejar de manipular el teclado holográfico.

—Y yo que pensé que solo nos ibas a abrir la puerta para dejarnos pasar —admite Ráscal, anonadado por sus habilidades.

—Pues parece que tomaron una buena decisión al escogerme como su cómplice para esto —añade ella, manteniendo su atención en el monitor—. ¿Estuvieron estudiándome por un tiempo o fue fortuita su elección?

—Como Kassy y yo te conocemos de toda la vida, pensamos que podríamos conseguir que colaboraras con nosotros. Eso, que estés asignada a trabajar aquí, las circunstancias actuales y tus habilidades han sido una buena coincidencia sin duda alguna —contesto.

—Entiendo —se limita a decir.

—¿Qué te ha hecho cambiar de opinión tan rápido? —inquiere Lorana—. Estabas algo escéptica en cuanto a creer en nosotros. Sé que soy persuasiva, pero ¿hubo algo más?

—Ya tenía mis dudas. Tu argumento solo me impulsó a tomar mi decisión —responde Lena mientras sigue dándole toda su atención al ordenador.

Ahora comienzo a pensar detenidamente en sus verdaderas intenciones y temo que tal vez sea capaz de traicionarnos. Sin embargo, puede que sean esas mismas motivaciones personales las que garantizan que no lo va a hacer. Ella sabe que no va a conseguir la información que quiere por medio de los que mandan en este pueblo.

—El sistema ya está activado —anuncia Lena. Ha detenido su labor—. ¿Quieres que active la red de sonido que está enlazada a todos los altavoces de emergencia de la ciudad, para que hables primero, y que luego encienda las alarmas?

—Tal vez sería una mejor idea que fuera al revés —indica Kassy—. Si primero llamamos la atención de las personas con las sirenas, será más probable que escuchen el mensaje.

—Opino lo mismo —digo.

—¿Qué es lo que planeas decirle a la gente del pueblo? —me pregunta Lorana.

—Tienes que ser breve. —Ráscal parece preocupado, no es habitual en él estarlo—. ¿Tendremos suficiente tiempo para sacar a mi hermano y a mi madre del pueblo con nosotros? Quizá debí buscarlos mientras ustedes estaban aquí.

—No, Rásсal. Lo mejor era que permaneciéramos en un solo grupo. Tranquilo, el plan es ir juntos a buscarlos —le contesto—. Con respecto a lo que diré, creo que contaré la verdad, o al menos lo que sabemos de ella. Lo que decida hacer la gente queda por cuenta de ellos.

—¿Estás listo? —me pregunta Lena—. Voy a encender las alarmas.

Lena manipula el teclado nuevamente, y un ensordecedor pitido suena durante unos segundos. Entonces comienzan a sonar las sirenas y la voz automatizada de la computadora empieza a dar las advertencias:

—*Habitantes de Verde Oliva, por favor diríjanse a uno de los lugares designados como refugios. Un desastre natural está a punto de azotar el pueblo* —anuncia tres veces.

Lorana abandona la habitación sin decir una sola palabra; nadie la detiene ni le hace preguntas. Yo le indico a Lena que es hora de apagar las alarmas, activar el sistema de sonido y completar lo que hemos venido a hacer.

—Cuando presione este botón, comienzas a hablar —me indica Lena, lo presiona y, en la pantalla, aparece un círculo rojo que da vueltas una y otra vez.

Todos me observan atentamente. Es hora de dirigirme al pueblo.

—Habitantes de Verde Oliva —digo, pero luego rectifico—: Hermanos de Verde Oliva. —Supongo que es mejor sonar como un miembro de la comunidad—. Les habla Travis, hijo protegido de Roberth y Sonia. He tenido que llamar la atención de ustedes de esta manera para informarles que hemos sido víctimas de un engaño. Lo que los cabecillas de la Orden, como Roberth y Francesca —añado; miro a Kassy y ella asiente—, y los Hijos de la Redención han querido catalogar como un evento de naturaleza divina no ha tenido nada que ver con la voluntad de la divinidad. Solo ha sido una cruel mentira, cuyo objetivo era garantizarle a un pequeño grupo el control de este pueblo y sus habitantes, además de ocultar la cruda verdad de que nadie aquí sabe qué ha sucedido realmente. Las recientes medidas tomadas por la Orden, los arrestos y la ejecución efectuada en la última asamblea son pruebas de ello. —Hago una pausa al recordar el asesinato de Oliver—. No podemos permitir que se aprovechen de nuestra devoción haciéndonos vivir con miedo. Merecemos ser libres, merecemos…

De repente, la energía es cortada y las luces de emergencia se encienden. Han cortado esta transmisión. Todos sacamos las linternas que llevamos en nuestras mochilas a toda velocidad.

—Esto no puede ser bueno —dice Lena, tratando de manipular los ordenadores sin lograr que respondan. La situación comienza a tomarnos tiempo, pero no podemos irnos sin completar el trabajo. Permanecemos inquietos mientras esperamos a que Lena resuelva algo—. Quería que nos conectáramos a alguna de las cámaras que están en determinadas avenidas del pueblo para visualizar la reacción de las personas; pero, si no hay electricidad, eso será imposible.

—Creo que no será necesario de todas maneras —dice

Lorana, entrando de nuevo a la oficina—. He ido a vigilar la calle, y ya la gente está reaccionando muy cerca de aquí.

—¿Tan rápido? —inquiere Lena.

Nos apresuramos a salir del edificio y, al atravesar la puerta principal, nos damos cuenta de que ha comenzado la anarquía. La gente ha respondido muy rápido, hay histeria por todas partes. Algunas personas corren de un lado al otro, otras saquean. Por el momento, no vemos a ningún hijo de la Redención cerca.

Me sorprende que una comunidad tan pacífica y religiosa pueda actuar de manera tan desenfrenada. Es posible que más gente de la que llegué a imaginar pensara que las cosas iban mal.

Un hombre y una mujer corren hacia nuestra dirección. El hombre empuja a Kassy y casi hace que ella caiga al suelo. Lo reconozco. Es Morgan, nuestro vecino. Él se da cuenta de lo que acaba de hacer, nos identifica y se detiene.

—¡Ustedes! —gruñe. Su esposa está a su lado, se ve muy nerviosa.

—Morgan, deberían ir con nosotros —le sugiere Kassy.

Él la mira, mas no la escucha. Nunca lo había visto tan furioso, aunque tampoco hemos tenido un trato cercano. Comienza a caminar directamente hacia mí; sin embargo, Ráscal se interpone, Morgan se le lanza encima y pone sus manos en su cuello. A pesar de que no lo aprieta con fuerza, Ráscal no se mueve.

—¡No tenías derecho de acabar con nuestra paz! —le reclama. Está tan cegado por la ira que no ve a quién tiene entre sus manos. Pese a que su esposa trata de persuadirlo para que suelte a Ráscal, él no le hace caso.

En un primer instante, pensé que las personas podrían estar furiosas con Roberth debido a que él se aprovechó de ellas. Y, por ende, con nosotros, porque somos su familia. Sin embargo, lo que acaba de decir Morgan revela que ha sido mi revelación la causante de su rabia.

—¿Se ha vuelto loco? ¿De qué paz habla? Eso nunca ha existido —le suelta Lorana, furiosa.

El comentario de Lorana lo hacen llenarse más de cólera y comienza a ahorcar a Ráscal, quien trata de liberarse. Me abalanzo contra Morgan y lo empujo con la fuerza suficiente como para que suelte a mi amigo y caiga de rodillas gracias a su sobrepeso.

—¿Estás bien? —le pregunto a Ráscal, preocupado. Kassy y Lena lo examinan; él solo tose un par de veces.

—¿Qué le pasa a tu esposo? —le pregunto a Claudia.

—Cariño, ponte de pie —le dice ella, ignorando mi pregunta.

—¿Quieres saber qué me pasa? —replica Morgan—. Ustedes no han hecho nada bueno por las personas de esta comunidad. Al contrario, han atacado nuestro sistema. ¡Muchos éramos felices!

—¿Felices? —inquiero.

—Sí. ¡Por fin éramos todos iguales! —nos grita.

—Eso es lo que te han hecho pensar. En manos de estas personas, nunca existirá la igualdad —le dice Kassy—. Solo estás ignorando la realidad.

—¡Mientras ignorábamos lo que ustedes acaban de revelar, todo estaba bien! Miren lo que está pasando ahora mismo —nos recrimina.

Ocurre una explosión al final de la calle. Cada segundo que pasa, hay más personas corriendo por los alrededores. Claudia ayuda a Morgan a ponerse de pie, y se alejan de nosotros. No obstante, las palabras de Morgan resuenan en mi mente. Él prefería seguir con su ritmo de vida porque así se sentía bien, sin importar el trasfondo. ¿Será el único que piensa así?

—¿Hemos cometido un error? —pregunto en voz alta.

—A simple vista parece que todo estaba mejor sin nuestra intervención —responde Lena.

—Solo les contaste una parte de la verdad; por eso hay confusión —dice Kassy—. Aún tenemos que descubrir qué traman los de la Octava Estrella.

—Todos los procesos de transición son difíciles. Esto no será fácil para los que se queden en este lugar —nos interrumpe Lorana—. Por cierto, tal vez sea un buen momento para irnos. ¿Hacia dónde nos dirigimos ahora?

—A casa de Ráscal —le respondo.

Nos encaminamos a toda prisa para allá. La casa de Ráscal se encuentra a diez calles hacia el norte desde donde hicimos la trasmisión. Seguimos viendo a personas corriendo en todas las direcciones. Sin embargo, nos damos cuenta de que, en algunos hogares, hay personas escondidas que se asoman disimuladamente por las ventanas. No todos han tenido la misma reacción.

Llegamos a casa de Ráscal. La encontramos con la puerta delantera cerrada con llave; sin embargo, una ventana tiene un vidrio roto. Él usa sus llaves para abrir la cerradura, entra a toda prisa, y los demás lo seguimos. El interior está a oscuras, al igual que todo el pueblo. Las luces de las linternas nos ayudan a buscar dentro de la vivienda; no obstante, no encontramos a nadie.

—¡Mamá! ¡John! —grita Ráscal varias veces.

Buscamos en la sala, el sótano, las habitaciones del piso de arriba y, finalmente, en la cocina. Ráscal no llora, pero está visiblemente perturbado.

—¿Qué crees que ha pasado? —le pregunta Kassy.

—Me pregunto lo mismo. ¡Maldición! ¿Y si les han hecho algo? —pregunta, y golpea con su puño la mesa que está a su lado—. Un momento —agrega cuando parece que algo le ha venido a la mente.

Se dirige a la puerta de la cocina que conduce al patio trasero y descubre que está cerrada y que tiene el seguro puesto. Su madre no era muy confiada y siempre cerraba las puertas con llave.

—La puerta tiene la cerradura puesta; eso quiere decir que han salido voluntariamente a través de ella —dice Ráscal, y apoya su espalda en la pared, aliviado.

Nos tomamos unos momentos. Tenemos que poner en orden nuestros pensamientos y también elegir qué dirección vamos a seguir. No podemos tardar mucho, ya que hay una guerra civil afuera, pero tampoco podemos emprender un camino del que alguien pueda arrepentirse más adelante.

—¿Qué vamos a hacer ahora? —pregunta Lena

—Yo tengo que llegar a MenTech como me indicó Seryna en su nota. Puede que allí encuentre a personas que estén dispuestas a ayudarnos a hacer que esta ciudad sea un sitio seguro para vivir nuevamente —digo—. No obstante, no puedo arrastrarlos conmigo si ustedes tienen cosas que resolver. Debemos establecer las prioridades y decidir qué vamos a hacer primero.

—Travis, olvidas que lo que sea que descubras allá también nos involucra a nosotros —me responde Kassy—. Podría ser la única manera de contactar con la organización responsable de esto. Quedándome aquí, no podré resolver nada. Además, no planeo abandonarte en tu cruzada.

—Me preocupan mi madre y mi hermano —contesta Ráscal; se ha puesto sentimental—. Aunque no tengo la más remota idea de en donde se han metido, estoy seguro de que él cuidará de ella. No puedo estar con ellos protegiéndolos, pero puedo quedarme con ustedes y asegurarme de que estén bien.

—Yo no tengo a nadie en este pueblo, así que seguiré contigo —agrega Lena.

—Sé que esta conversación es importante; ahora bien, ¿ya terminaron de repartir caricias? Si no nos vamos de aquí pronto, será más difícil que salgamos —dice Lorana—. Comienzo a sentir que soy la única preocupada por eso.

—Siempre vas al grano, ¿no? —le pregunta Ráscal, volviendo a su habitual buen humor.

—Es un don—responde ella—. Por cierto, ¿no se dieron cuenta de que, en ningún momento, encontramos a ningún hijo en el trayecto hasta aquí?

—Quizá están conteniendo alguna protesta fuera de control —supone Kassy.

—O tal vez están en las carreteras principales

impidiendo que la gente abandone el pueblo —sugiere Lorana.

CAPÍTULO VEINTICINCO

Como el pueblo está sumergido en la oscuridad y el caos, transitamos por las calles evitando llamar la atención para que nadie nos reconozca. Continuamos corriendo por la avenida principal y encontramos a muchas personas que están regresando a sus hogares, en tanto que otras parecen planear lo mismo que nosotros: abandonar el lugar.

Parece que la preocupación de Lorana acerca de nuestra demora tenía fundamento porque, cuando llegamos al peaje que está en la vía principal de acceso vehicular de Verde Oliva, notamos que la ausencia de patrulleros en las calles se debía a la concentración de los mismos en los principales puntos para acceder al pueblo.

Después de la muerte en masa, la Orden siempre consiguió razones para mantener al público alejado de este lugar, que está a tres kilómetros de los edificios más cercanos a él. Tenían sus razones, pues han erigido un muro de aproximadamente cinco metros de altura que sella la entrada y la salida. De modo que hay una sorprendente aglomeración de personas. No me explico cómo es que en tan poco tiempo toda esta gente ha respondido a las alarmas. ¿Estaban despiertos? ¿No duermen durante las noches?

Tratamos de abrirnos paso entre la multitud para acercarnos un poco a la plataforma que se encuentra sobre la parte del muro que está encima de la carretera y en la que algunos hijos de la redención están hablando mediante parlantes para calmar a las personas.

No obstante, todos están tan aglomerados que es una misión imposible. Hay tanto pánico y ruido que Kassy me sostiene la mano con fuerza. Por su parte, Ráscal dirige su atención hacia todas las direcciones buscando a su familia.

—¡No lograremos nada aquí! —grita Lorana. A pesar de que estamos el uno al lado del otro, tiene que hacerlo para que pueda oírla.

—¡Chicos, tengo una idea! —exclama Ráscal, invitándonos a seguirlo.

Nos alejamos de la acumulación de personas, y Ráscal nos conduce a una edificación que está a unos doscientos metros del muro. Es un granero industrial, está abandonado y abierto; así que es fácil entrar. Aunque cuenta con un sencillo ascensor para transportar los alimentos, no está disponible debido al corte eléctrico, por lo que tenemos que subir veinte pisos hasta llegar a la azotea.

La brisa sopla con fuerza desde aquí. Lena se sienta para descansar, y Kassy hace lo mismo. Lorana saca el cubo holográfico de su bolso, lo enciende y, junto a Ráscal, señala algunos puntos sobre él. Nos fijamos en el horizonte y vemos que comienza a asomarse la claridad.

—Han establecido puntos de control en las vías principales —indica Ráscal.

—A eso hay que añadirle el muro —agrega Lorana.

—Quieren mantener a la gente encerrada aquí a toda costa —comento con impotencia.

—Han pasado poco menos de ocho meses desde aquel día. Con tan poca mano de obra disponible, es imposible que hayan sellado toda la ciudad. Si tomamos en cuenta que nunca se escuchó el ruido que debería producir la maquinaria pesada cuando trabaja, no pudieron haber abarcado mucho —continúa Ráscal.

—A mí no me sorprendería que la gente lo hubiera ignorado. Es como si a las personas de aquí les hubieran echado arena en los ojos; nadie se da cuenta de nada —refunfuña Lorana sarcásticamente.

—¿Qué estás sugiriendo, Ráscal? —le pregunto, omitiendo el comentario de Lorana.

Él señala en la proyección el punto en el que está la multitud; luego, el punto donde estamos nosotros, finalmente, apunta hacia el horizonte.

—Allá está el muro. ¿Lo ven? —inquiere.

—Sí, se ve pequeño en la distancia —respondo.

—Miren hasta donde se extiende —nos solicita.

Kassy y Lena se ponen de pie, y todos visualizamos la extensión del muro hasta que se pierde detrás de una montaña. Entonces nos damos cuenta de que no la rodea. En algún punto, el muro se termina.

—Solo construyeron un tramo largo —musita Lena.

—Puede que haya sido por la falta de tiempo —sugiere Ráscal.

—O porque su única función es engañar a las personas

en circunstancias como estas. La gente concluirá que no hay salida —interviene Kassy, indignada—. Después de todo, nadie se iría a explorar el bosque para ver hasta dónde llega la barrera porque la gente les teme a los animales salvajes.

—Creo que debemos cruzar el bosque y quizá atravesar la montaña. De esa manera podremos salir de aquí —propone Ráscal.

—Es una buena idea —afirmo.

—¿Qué hay de los animales salvajes? —pregunta Lena con evidente preocupación.

—No creo que sean más peligrosos que estas personas —responde Lorana.

A lo lejos, se escucha que hay explosiones y que la gente grita. Los Hijos han recurrido a la violencia. Todos oímos con atención.

—Aprovechemos la oscuridad que queda y la claridad que empieza —sugiero.

Empezamos a bajar del granero conmigo a la cabeza y, cuando salgo del mismo, inmediatamente me encuentro con Kira, la hermana de mi fallecida exnovia. Está acompañada de dos hijos de la redención. Los demás se unen a mí para descubrir que estamos frente a frente, mirándonos sin decir nada.

—¿Creíste que podías causar todo este alboroto sin sufrir las consecuencias? —me pregunta Kira, rompiendo el silencio—. Tal vez pensaste que podrías salir del pueblo sin que nadie lo notara, pero es difícil que ustedes pasen desapercibidos.

—Tienes que irte también, Kira —le digo para persuadirla, ignorando a sus acompañantes—. ¿Dónde están tus padres?

—¿Qué haríamos allá afuera? Aquí estamos bajo la protección del divino. Todos somos una comunidad; somos iguales —argumenta ella—. Además, tenemos a los Hijos de la Redención para guiarnos.

—Esas personas solo están aquí para controlarte y para hacerle daño a los que se opongan a ellas —le dice Lorana sin ninguna sutileza—. Date cuenta, no dejes que te engañen. Todo lo que dicen es mentira.

—¡Cállate! —le grita—. A ti ni te conozco; sin embargo, eres al igual que estos tres —dice, dirigiéndose a Kassy, Lena y Ráscal—, una cómplice de este alborotador.

—Kira —dice Kassy.

—¡Guarda silencio! —demanda Kira—. Eres la hija de un traidor. Todo lo que salga de tu boca es de poco fiar.

Una de las cosas por las que Kara solía quejarse de su familia cuando éramos novios era el aire de superioridad moral que reinaba en su hogar. Nunca me atreví a contradecirla; no obstante, siempre la alenté a verle lo mejor a quienes formaban parte de su círculo familiar con la intención de que pusiera de su parte para que las cosas marcharan bien en su casa, aunque ellos no me agradaban en lo absoluto. Me arrepiento de no haberle dado la razón por completo.

—Ahora que he colaborado en su captura, seguramente podré conseguir una mejor posición dentro de la comunidad —agrega Kira, emocionada.

Ráscal, quien está detrás de mí, me pasa disimuladamente algo a la mano. Al principio dudo, pero el frío del metal indica que se trata del arma de fuego, así que la tomo. Los hijos de la redención se nos acercan, tienen esposas y cadenas para llevarnos como prisioneros. Lorana saca el arma sedante y le propina un dardo a uno de ellos; este cae inconsciente. El otro saca su arma y la apunta. Rápidamente, yo lo apunto a él y le disparo en el hombro izquierdo, provocándole una herida que comienza a emanar sangre.

Mi intención era darle en el pecho. Sin embargo, el latigazo que he sentido al salir la bala me ha hecho moverme en el último instante. El sujeto está lamentándose en el suelo, y Lorana lo seda para que deje de gritar.

—Si comienzas a pedir auxilio, no te dispararé con esta arma, sino con la que tiene Travis —le advierte Lorana a Kira—, directamente a la cabeza —enfatiza.

—Ustedes no podrán oponerse a la voluntad del… —responde Kira antes de que Lorana le dispare un sedante en el cuello. Termina desplomándose en el suelo.

Todos nos quedamos petrificados. Aún siento la adrenalina que me recorre el cuerpo, y mis manos están un poco temblorosas. Kassy lo nota y me quita el arma. Se la entrega a Ráscal para que la guarde de nuevo.

—Debemos ser más sigilosos si queremos que nadie nos intercepte —advierte Ráscal.

—Es cierto. De todos modos, a pocos metros podremos internarnos en el bosque y ya no tendremos que preocuparnos por eso —digo, tratando de calmarme—.

Sigamos adelante.

Escuchamos voces que se acercan, así que dejamos a los tres cuerpos inconscientes a plena vista en el medio de la calle para que puedan ser encontrados. Nos adentramos en el bosque y corremos a toda velocidad por aproximadamente tres horas. Ya no hay oscuridad, pues el sol ha comenzado a salir. Pese a que la adrenalina nos ha mantenido alerta durante mucho tiempo, algunos no pueden con el cansancio.

No nos topamos con animales salvajes al principio, pero después conseguimos algunas serpientes, tarántulas y escorpiones. Las chicas, incluida Lorana para mi sorpresa, tienen que hacer un gran esfuerzo para no gritar. Ráscal y yo nos encargamos de los animales cuando estos están muy cerca de nosotros. Afortunadamente, son animales pequeños que rara vez atacan. Si encontráramos lobos o algo parecido, creo que sería más difícil la situación.

Ahora estamos a unos veinte kilómetros del pueblo, según mis cálculos. Encontramos una antigua cabaña pequeña cuando terminamos de atravesar la montaña. Aunque al principio somos escépticos, terminamos entrando para ver si podría servirnos para descansar. Contiene solamente una habitación y un baño. Posiblemente fue construida hace mucho tiempo por cazadores o excursionistas aficionados al senderismo. Ahora luce como si nadie la hubiera visitado en muchos años.

Como percibo que el cansancio ya es demasiado para todos, me ofrezco para la primera guardia. Ráscal, Lorana y

Lena se quedan dentro de la cabaña y se acuestan en los colchones llenos de polvo. Yo salgo y me siento en los escalones. Después de un rato, Kassy se une a mí, se sienta a mi lado y apoya su cabeza sobre mi hombro izquierdo.

—¿De verdad crees que podamos rescatar a mi familia? —me pregunta con voz frágil, y mueve su cara suavemente para ponerse cómoda.

—Quisiera darte la plena seguridad de que sí. Aunque no te la puedo dar, te aseguro que vamos a mover tierra y cielo hasta que los encontremos —le contesto mientras veo hacía el horizonte. A pesar de que no la estoy mirando a la cara, sé que ella tiene su atención en mí—. Solo espero que podamos encontrar a alguien que sí pueda ayudarnos con todo esto.

Kassy comienza a llorar, en silencio. En algún momento, se queda dormida ahí, junto a mí, y yo también lo hago. De repente, un aullido estruendoso me hace despertar, ella también se despierta y detrás de nosotros aparecen Lena y Lorana, quienes han salido de la cabaña.

—¿Qué ha sido eso? —pregunta Lena.

—Quizá un lobo o, en el mejor de los casos, un perro salvaje —le respondo, y aclaro mi voz.

—No ha debido de ser cerca. Lo más probable es que el eco de estas montañas haya amplificado el sonido —supone Lorana.

—Mejor vuelvan adentro y descansen un poco más. Yo voy a vigilar otro rato y después despertaré a Ráscal para que me sustituya —les digo.

—Creo que ya has vigilado suficiente. Deberías entrar y

descansar un poco de forma más cómoda. Yo vigilaré por ti —me dice Lorana amablemente.

—No, entra tú. Estoy bien.

Kassy se pone de pie y entra a la cabaña junto con Lorana. Lena se queda en la entrada de la cabaña viéndome extrañamente. Otra vez. Cierra la puerta y se sienta a mi lado guardando cierta distancia.

—¿Y qué planeas hacer? —indaga con interés.

—Supongo que estaré aquí al menos una hora más y después…

—No me refiero a eso —dice, interrumpiéndome.

—Ah… Espero que lleguemos a MenTech y allí…

—Eso me interesa, pero no es lo que pregunto en este momento. Me refiero a tu situación sentimental.

—¿Cómo? —pregunto automáticamente por la confusión que me produce su comentario—. ¿De qué hablas?

—Creo que estás en problemas o al menos lo estarás muy pronto —me dice después de suspirar.

—Lena, disculpa, pero no te estoy siguiendo. Creo que los cinco estamos en problemas. ¿A qué te refieres específicamente?

—Hombres… ¿No te has dado cuenta? —se queja, y agrega con divagación—: Kassy y Lorana…

—¿Qué sucede con ellas?

—Espero que estés tan lento ahora mismo por la falta de sueño y que de verdad no seas así —me dice con rudeza—. Esas dos chicas se sienten atraídas por ti y tú por ellas.

—¡Ja! —exclamo, y bajo la voz para no despertar a los

demás—. Te equivocas.

—Estuve enamorada durante diez años del mismo chico y sé cómo luce el amor. —Aparta su mirada de mí, y noto que se pone melancólica—. Eso es algo que se siente con fuerza cuando es de uno, pero también se percibe cuando otros lo están viviendo. Lo sé por la forma en la que ellas te tratan. Además, la forma en la que *tú* las miras… Así me miraba él. No puedes negarlo, Travis.

—Kassy es como mi hermana. Tenemos una relación muy especial porque hemos sido amigos de toda la vida —me justifico.

—Sin embargo, ella no es tu hermana. Tu hermana se llama Seryna. Aunque Kassy y tú parecen estar muy compenetrados, al final del día, no son familia en realidad. Sin importar lo que pienses al respecto.

—La familia no son solo las personas que comparten lazos consanguíneos —replico.

—Si esa te parece una buena razón, son cosas tuyas —contesta—. ¿Qué me dices de Lorana? Se nota a leguas que la admiras demasiado.

—Cualquiera de nosotros se da cuenta de que es una chica con muchas capacidades.

—¿Y…?

—No sé qué esperas que te diga, Lena. No soy de los que comparte sentimientos. Y mucho menos cuando ni siquiera entiendo del todo por qué estamos hablando de esto —respondo. Estoy empezando a molestarme.

—Entiendo. Ahora bien, ¿qué piensas de ella? —inquiere. No se va a rendir.

—¿No la has visto? No te puedo negar que es una chica que llama la atención. Creo que es fácil sentir admiración por ella; sin embargo, Lorana es del tipo de mujeres que pueden generar opiniones muy variadas.

—No te puedo negar que en el caso de ella te vas a encontrar con muchas opiniones y, si es lo que te importa, eso podría ser un problema —dice—. Mira, vas a encontrar opiniones negativas, provenientes de quienes no aprueben sus modales toscos y sus creencias. Y las positivas, provenientes de quienes la conozcan bien o la estimen por su valor y sensatez, como yo. Así que tendrás que valorarla por ti mismo. Hasta donde he visto, ella es de *esa* clase de personas.

—¿Qué clase de personas? —inquiero.

—De las que amas u odias; esas que difícilmente pasan desapercibidas —responde—. No deberías tardar mucho tiempo en tomar conciencia sobre este tema; ya quedó claro que la vida es impredecible y no podemos permitirnos perder tiempo.

—Está bien, gracias por el consejo —contesto—. Aunque no sé por qué insistes en hablar de esto.

—Porque es difícil conseguir personas con las que se pueda construir algo maravilloso. Tu desgracia tal vez sea haberte conseguido con dos de ellas en estas circunstancias, en las que no te das cuenta de lo que tienes delante de ti.

Con sinceridad debo admitir que no me había detenido a pensar en este tema. ¿He sentido algo sin darme cuenta? No lo sé. ¿Podría esto generar un problema a futuro? Quizá. No creo que sea el momento adecuado para tomar determinaciones.

—Debo confesar que no sabía que eras experta en temas del corazón.

—Justin me enseñó mucho del amor, y su muerte, mucho más sobre el desamor —admite. Su expresión es sombría—. Así que puedes considerarme experta en la materia.

—Por eso decidiste acompañarnos, ¿verdad?

—La verdad es que lo que dijeron los cabecillas nunca me ha consolado, solo traté de ocupar mi mente en todas sus actividades para no sentir ese dolor. Finalmente, reconozco que si no entiendo qué fue lo que pasó, nunca podré seguir adelante. Necesito saber por qué él está muerto y yo estoy viva.

No me había detenido a pensar en el cambio que ha atravesado Lena después de su pérdida. Pasó de usar velos y pañuelos para ocultar su apariencia a soltarse el cabello y usar maquillaje. Sin embargo, su cambio no es solo exterior. Por dentro también ha cambiado, ahora no quiere que la guíe una devoción ciega; necesita razones.

—Lamento si he sido entrometida —dice—. ¿Me permites darte un consejo más?

—Sí… Con tal y no tenga que contarte nada personal.

—Solo asegúrate de asentar tus pensamientos pronto. Creo que a Ráscal también le gusta Kassy. Si los triángulos amorosos tienden a ser tóxicos y dañinos, no sé cómo catalogar tu situación —me aconseja, y entra en la cabaña.

Ojalá no estemos en problemas.

CAPÍTULO VEINTISÉIS

Ráscal hace guardia un par de horas, las cuales siento que pasan muy rápido mientras duermo. Cuando me despierto, todos hemos descansado un poco; por lo que emprendemos el trayecto que nos falta. Según el mapa, estamos por llegar a Verde Esmeralda, el pueblo vecino de Verde Oliva. Nos faltan por recorrer al menos cinco horas más en medio del bosque.

Nuestro plan es evitar las calles transitadas y atravesar el pueblo evitando el contacto con otras personas. No sabemos si lo que sea que ha pasado en nuestro pueblo también ha pasado aquí. Así que hemos decidido observar todo en la distancia y cruzar esta comunidad rápidamente para llegar a la frontera con el estado Azul, el punto de referencia que me dejó mi hermana en su nota.

Verde Esmeralda es por mucho el pueblo más rural de todo el estado Verde. Solo contiene fincas, mansiones campestres y grandes extensiones de cultivos. Es muy agreste. Lo único que no concuerda con la fachada general de este lugar es el enorme centro comercial que tiene, que fue donde le tomaron las fotografías a Roberth la noche del supuesto juicio divino.

Las personas de esta comunidad son conocidas por ser muy amables y, aunque evidentemente no todos formaban parte de La Fe Universal, siempre han sido muy amables al recibir a los peregrinos que venían a hacer proselitismo.

Con muy poca frecuencia, he visitado este pueblo, ya que mis padres rara vez venían a este o a cualquier otro. A pesar de que antes no existían restricciones de tránsito, un muro que obstaculizara el acceso ni un cuerpo militar dominante, no solíamos salir a otros pueblos o ciudades porque nuestra comunidad tenía todo lo que necesitábamos para poder realizar nuestras actividades. Estoy seguro de que la gente de Verde Esmeralda también pensaba lo mismo.

Ahora que he tenido que salir del sitio donde he vivido toda mi vida, me doy cuenta de que en realidad nunca creí que fuera necesario irme a otra zona. Es increíble lo que el cambio de circunstancias puede llevarnos a hacer.

Aprovechamos que los cultivos de maíz están muy altos y caminamos a través de ellos a plena luz del día. Está haciendo mucho calor y todos estamos bañados en sudor. Por suerte, la altura de los tallos y su frondosidad nos proveen suficiente sombra, lo que hace un poco más soportable la situación.

Los senderos que hay entre las filas de la siembra son demasiado angostos, así que caminamos uno detrás del otro. Yo, al frente; Lorana, detrás de mí. Después va Kassy, que es seguida por Lena, y, por último, Ráscal, que protege la retaguardia.

—Yo iré al frente —dice Lorana, pasa por mi derecha y

se pone delante de mí.

—¿Sabes por dónde debemos dirigirnos? —le pregunto.

—Si mal no recuerdo, sí.

Me acerco un poco a ella para que podamos caminar juntos. Ella me hace un espacio, y comenzamos a andar uno al lado del otro. Con mi costado derecho, atropello las hojas. Ella, en cambio, aparta las que se encuentra de frente con su mano izquierda.

—¿Solías vivir aquí? ¿Provienes de este pueblo? —No logro ocultar el tono de interrogatorio.

Ella solo sigue caminando y apartando las hojas.

—Estoy casi seguro de que no eres de Verde Oliva —insisto.

—¡Qué enorme descubrimiento, señor natación! —señala sarcásticamente.

—¿Así que…?

—Sí. No soy del mismo lugar que ustedes, pero tampoco de este.

—¿De dónde vienes entonces?

—De muy lejos. Solo pasé por aquí —responde. No parece tener ánimos para hablar.

En ese sentido, creo que somos iguales. Sé muy poco sobre Lorana; sin embargo, quizá sea mucho más de lo que ella quiere que alguien la conozca. Me parece extraño porque siempre supuse que a las mujeres les gustaba hablar mucho de sus sentimientos. Supongo que no hay reglas con respecto a cómo deben ser las personas.

—Qué lástima que no tenemos un mapa que nos ayude a guiarnos ahora. El que nos dejó Lio solo marca las rutas de nuestra comunidad y los límites con esta —dice Ráscal desde atrás.

—Sí tenemos uno. —Lorana se detiene, da media vuelta, busca en su mochila y saca uno.

—Ese fue el que utilizaste en el granero. Con razón me pareció que la proyección era diferente —admite Lena, confundida—. Pensé que había sido idea mía. ¿Dónde está el otro?

—Yo lo tengo —dice Kassy, y sacude el cubo en su mano—. Había olvidado que lo tenía en mi bolsillo.

—Es muy útil que tengas ese, ¿eh? —agrega Ráscal.

—No es tan detallado como el otro, ya que no contiene las rondas de la policía local, pero puede servirnos para ubicarnos dentro de este estado —señala ella.

—¿Por dónde seguimos? —le pregunto a Lorana.

—Podemos atravesar la mayor extensión de este pueblo de granjeros en medio de los cultivos. —Lorana señala nuestra ubicación actual según su opinión en el mapa—. Sin embargo, tendremos que pasar por esta pequeña zona residencial y la plaza si queremos ahorrar tiempo y energía.

—¿Podríamos pasar desapercibidos? —pregunta Lena.

—En nuestro caso, no nos dimos cuenta de que había nuevas personas en el pueblo sino hasta hace poco. No creo que aquí nos noten —responde Kassy.

—Esa no es una buena idea —responde una voz masculina y desconocida. Entonces, desde los tallos que están detrás de Lorana, emerge una enorme figura.

—Mi hermano tiene razón —dice una chica que sale detrás de él.

Lorana responde inmediatamente dándose la vuelta con el arma sedante en la mano, la apunta con firmeza a la frente del hombre y le quita el seguro. Ráscal busca el arma de fuego que tiene en su mochila, pero el nerviosismo lo hace retrasarse. Cuando finalmente la encuentra, apunta al sujeto con determinación y miedo a la vez. Kassy y Lena se agachan presas de pánico.

—¿Qué quieren? —les pregunto—. No deseamos tener problemas. Si nos dejan pasar y no le dicen a nadie que estamos por aquí, no sabrán más nada de nosotros.

El hombre parece tener al menos treinta años, tiene sobrepeso y es medianamente calvo. La que afirma ser su hermana no tiene los mismos rasgos que él, pues el sujeto es alto y moreno. Ella, en cambio, es bajita, delgada, rubia y lleva su cabello frondoso y ondulado en dos coletas. Ambos llevan trapos que les cubren la boca y parte del rostro.

—Solo hemos escuchado su conversación y hemos querido advertirles que no es buena idea pasar por la plaza del pueblo si no son de aquí —dice la chica—. Mi nombre es Amalia. Él es Grégor —agrega, quitándose el trapo de la cara.

—Es un placer conocerlos. —La voz de Grégor es demasiado infantil para alguien de su enorme tamaño.

—Ya pueden bajar sus armas —dice Amalia—. Nosotros no estamos armados y tampoco queremos problemas. Estos son los terrenos de cultivo de nuestra familia, que ahora está compuesta solo por nosotros dos. Escuchamos sus voces y nos acercamos para ver de quién se trataba. Están seguros aquí, no hay nadie más y, además, podemos ayudarlos a saber más de esta comunidad si nos explican cómo está la suya —habla respetando las pausas, pero con mucha rapidez.

—No me convence el argumento de que no hay nadie más cerca —dice Lorana sin bajar el arma.

—Solo ustedes están armados. Nadie en este pueblo las porta, a excepción de la Guardia Real, por supuesto. La reina las prohibió para uso común hace meses —agrega Amalia.

—¿La reina? —cuestiono.

—¿Se dan cuenta? Les conviene venir con nosotros a nuestra granja para que les expliquemos que ha estado pasando por estos lados. Acabamos de hacer el almuerzo, y también pueden usar nuestro baño —dice Amalia. Ahora me doy cuenta de que tiene un acento campesino.

—Me parece bien. —Lorana se guarda el arma en la parte de atrás, como siempre—. ¿Vamos con ellos? —me pregunta—. Si veo algo extraño, se arrepentirán de su intento de engañarnos —dice, dirigiéndose a ellos.

—¿Iremos con estos desconocidos? —pregunta Lena, paralizada por los nervios.

—Por favor, este chico no le haría daño a nadie, y a ella la puedo dejar inconsciente de un empujón. Ni siquiera tendríamos que gastar los cartuchos de las armas —dice Lorana, y se acerca a Lena para ayudarla a ponerse de pie.

—Concuerdo con Lorana. Nos caerían bien un baño y conocer algo más sobre el asunto de la reina —les propongo a todos.

Ráscal ayuda a Kassy a levantarse. Siempre supe de manera intrínseca que a él le atraía; no obstante, desde la conversación que tuve con Lena, y por algún motivo que no logro determinar, he estado más pendiente de sus atenciones hacia ella.

—Vamos —les digo.

Los acompañamos a través de los establos para caballos y ganado de una granja que tiene una enorme casa en el centro y cuyo exterior está rodeado completamente por un corredor. Por fuera, la casa está impecable, por dentro, también. Lorana tiene el arma en la mano de nuevo, mientras que Ráscal no suelta la mochila. Su madre era desconfiada y, aunque él no lo es por completo, siempre tiene sus previsiones.

Lo más sorprendente del interior de la casa es la gran cantidad de gatos que tiene esta gente; perdí la cuenta después de contar treinta y cuatro. Hay gatos de diferentes razas, tamaños y colores. Algunos duermen en sus lujosas camas para gatos; otros juegan con sus aparentemente costosos juguetes para gatos, y hay algunos que solo se están lamiendo a sí mismos o caminan de un lado al otro.

Está claro que a alguien le gustan mucho los animales por aquí. Aunque, a decir verdad, lo más interesante de todo es que no huele a gato en lo absoluto. Deben ser muy diligentes con la limpieza.

Amalia y Grégor se van a la cocina y nos dejan en la sala. Lena y Kassy se sientan en un moderno sofá y acarician a los gatos. Lorana está de pie y constantemente mira por la ventana. Yo estoy entre la habitación en la que nos han pedido que esperemos y un pasillo, vigilando.

—Travis, no quise iniciar una discusión delante de estas personas antes, pero ¿ha sido buena idea venir hasta aquí? Quizá estamos siendo muy confianzudos —me dice Ráscal, acercándose a mí.

—Estas personas son simplemente trabajadores de la tierra. Además, todos sabemos que la gente de aquí es muy amable —le respondo.

—Ya nada es lo que solía ser —indica él—. Podrían tener guardadas las armas en la cocina.

—Estás demasiado nervioso, amigo.

—O ustedes muy tranquilos.

—No hemos visto nada sospechoso hasta este momento, así que tranquilízate —le digo, poniendo mis manos sobre sus hombros.

—¿La cantidad de felinos aquí presentes te parece normal? —me pregunta con exasperación—. Para mí es una clara evidencia de que algo está mal.

—No sabía que te daban miedo los gatos —le digo con ironía, suelto una carcajada. Pero Ráscal está petrificado, y me detengo—. En serio, ¿tienes algo contra ellos?

—No, no es nada —responder rápidamente.

Entonces un pequeño gato siamés frota su cabeza en la pierna de Ráscal, él suelta un grito y el pobre animal sale corriendo. Sí les tiene miedo, por más extraño que parezca.

—Sí, les tengo fobia a los gatos —me dice, apenado, y baja mucho la voz—. Por favor, salgamos de aquí rápido —me suplica.

—Está bien. —Me esfuerzo por disimular la gracia que

me produce la situación—. En cuanto hayamos comido y escuchado lo que ellos tienen que decir, nos iremos.

—¿Todo bien por aquí? —pregunta Amalia—. Creo haber escuchado un grito.

—No ha sido nada —le respondo.

—Me alegra. La comida está servida. Por favor, síganme —nos solicita.

Todos somos conducidos a un amplio salón que contiene un comedor de madera pulida con veinte sillas y una chimenea. Aunque no hay ningún gato a la vista, Ráscal sigue estando nervioso y mira a todas partes, hasta que Grégor aparece con la comida. Entonces parece dejar de lado la desconfianza y sus miedos.

Nos sirven pato con vegetales, arroz y muchas frutas. Ráscal se abalanza a tragar todo lo que puede, Lena come con mucha moderación y Kassy come como lo hace normalmente. Cuando estoy a punto de dar el primer bocado, me doy cuenta de que Lorana no está comiendo, más bien, guarda la comida en algunos recipientes.

—¿Me disculpan si guardo la comida? —les pregunta a los anfitriones—. En este momento, no tengo mucha hambre y me gustaría llevar algo para el camino.

—Les podemos dar más comida para llevar; siempre preparamos mucha. En este pueblo, todos acostumbramos a ser generosos y compartir con quienes nos visitan; aunque rara vez la gente se pasa por aquí —contesta Amalia con la boca llena.

Lorana mira mi comida y luego a mí, por lo que entiendo que debo hacer lo mismo que ella. Por supuesto, si la comida tiene algo, no sufriremos el efecto todos al mismo tiempo. Aunque lo dudo, ya que tanto Amalia como Grégor toman sus porciones de comida de los mismos cuencos que nosotros. No obstante, le hago caso a Lorana, a pesar de que el olor me está matando de hambre.

—Sí que tienen una casa enorme —señala Kassy con amabilidad.

—Ha sido la casa de nuestra familia por cinco generaciones. He querido mudarme de ella, pero creo que le tengo mucho cariño —explica Amalia, hace una pausa para tragar la comida—. También supongo que sería difícil conseguir una casa en la que los animales tengan suficiente espacio.

—¿Siempre han tenido tantos gatos? —pregunta Ráscal.

—A nuestros padres les gustaban los gatos, pero solo me dejaban tener uno o dos. Cuando murieron en el Día de la Purificación, me dediqué a dar albergue a tantos como pude.

—Así que aquí lo llaman el Día de la Purificación. ¿Por qué? —inquiere Kassy.

—La mayoría de la gente del pueblo murió —responde Grégor.

—Así es, hermano. —Amalia pone su mano sobre la de su hermano, lo que interpreto como una señal de reconocimiento por su intervención—. Esa noche, miles murieron. Casi todas las familias del pueblo perdieron a muchos de sus seres queridos. Se nos dijo que lo que había ocurrido fue debido a la debilidad de nuestra sangre y que la cantidad de miembros sobrevivientes en una familia era indicación de su nivel de pureza.

—¿Y ahora las clases sociales están divididas por pureza de sangre según lo que ellos opinan? —pregunta Lorana.

—Sí, las familias con mayor cantidad de sobrevivientes tienen acceso a otros trabajos y también pueden vivir en las zonas centrales del pueblo, que han sido modernizadas alrededor del castillo de la reina y su familia —responde Amalia.

—¿Nos explicas lo de la reina, por favor? —le pregunto.

—La familia de la reina es la única que permanece con todos sus miembros con vida. La pureza de su sangre es elevada —contesta.

Así que mientras en Verde Oliva lo que ocurrió les dio los medios a los oportunistas para levantar un sistema religioso que controla todo, en esta comunidad les dio la oportunidad de levantar una monarquía. A pesar de que el tema de la pureza de sangre puede sonar bastante interesante, dudo mucho que sea la verdadera razón de aquellas muertes; sobre todo, debido a que no hay una explicación razonable de por medio.

Simplemente es otra demostración de que, con todo lo que ha ocurrido, se están creando nuevos sistemas. Ahora bien, ¿por qué son distintos entre sí? No parece que un mismo grupo esté obteniendo el control. Al menos no de momento.

—¿Ella se autoproclamó reina? Pero ¿y el rey? —inquiero.

—Las personas de la comunidad expresaron su admiración por esa familia y escogieron al rey. Sin embargo, él murió hace tres meses, por lo que la reina ocupa el puesto de mando desde entonces —contesta ella.

—¿Por qué dices que lo escogieron? ¿Ustedes no participaron en esa elección? —pregunta Lorana.

—Debido a que solo somos dos sobrevivientes en una familia que antes se componía de veinte miembros, somos considerados de última categoría. Por lo de la pureza de sangre —añade con pesar Amalia—. No pensé que mi opinión fuera importante, así que no fui a elegir a nadie.

—Hubo elecciones —señala Kassy.

—Entre la familia de la reina y otra más, pero ya saben quién ganó —responde Amalia, y toma otro bocado de comida.

Corrijo: han establecido una monarquía democrática y también se las han arreglado para establecer distinciones sociales. La gente debió saber que esto era posible. Cuando las pandemias fueron comunes hace décadas, siempre se consideró como superdotados a los que, por razones que la ciencia no logró determinar, no llegaron a contraer ningún virus. Mis padres me contaron que esas personas se sentían superiores, un sentimiento alimentado a su vez por la admiración de aquellos cuyas vidas sí fueron afectadas por aquellas enfermedades. No es raro que, en este pueblo, las cosas hayan tomado este curso.

—¿Y ustedes de dónde vienen? —pregunta Grégor.

—Es cierto. Nos han hecho muchas preguntas, pero no nos han dicho ni siquiera sus nombres —señala Amalia.

—Mi nombre es Trevor. Ellos son Laura, Kathy, Lira y Ronald —respondo. Aunque son muy amables, me veo obligado a mentir por seguridad.

—Creo que vienen de Verde Oliva. ¿Son Enviados de la Paz? —pregunta Amalia.

—No sabemos qué es eso —responde Kassy.

—La reina mandó a algunos miembros de la Guardia Real a otros pueblos a hacer contacto; los llamó Enviados de la Paz. Sin embargo, hasta donde sé nunca regresaron. He oído que algunas ciudades cercanas han levantado muros; a excepción del límite entre el estado Azul y el Verde.

—¿Esos Enviados de la Paz fueron hacia Verde Oliva? —inquiero.

—Sí —responde Grégor.

—Creo que ya sabemos de donde salieron los Hijos de la Redención —señala Ráscal.

—Es una posibilidad —agrega Lena.

—¿Ustedes son esclavos? —pregunta Kassy, haciendo que los demás nos sacudamos con dicha incógnita.

Amalia y Grégor intercambian miradas y permanecen en silencio por un momento; no obstante, es él quién lo rompe.

—Sí.

—No precisamente —agrega su hermana—. Nadie viene a azotarnos ni nada de eso, solo que nos piden trabajar mucho para pagar tributo a la familia de la reina.

—La reina es su divinidad entonces —agrega Lena.

—Bueno… Dicen que todos sus parientes están vivos debido a que son descendientes de una deidad —comenta Amalia.

—Y yo que pensaba que los faraones de Egipto eran los

únicos que podían sacarle provecho a ese argumento —se burla Lorana.

—¿La gente común qué piensa de eso? —le pregunto a Amalia.

—¿De la reina? En general, se podría decir que la aman y que son devotos a ella.

—Ya veo. ¿Qué ruta nos recomiendas seguir para llegar hasta la frontera con el otro estado? —inquiero.

—Eviten a toda costa las calles. Eso de acercarse a la plaza es muy mala idea. La reina ha decapitado a muchos forasteros en las últimas semanas —advierte Amalia—. Además, deberían llevar las caras tapadas. Quizá así logren pasar desapercibidos si alguien los encuentra.

—¿Por qué deberíamos taparnos la cara? —indaga Lorana.

—La reina promulgó una ley que prohíbe salir en público con el rostro descubierto, así que todos nos cubrimos la mitad de la cara cuando salimos de casa —responde Amalia.

Recuerdo que, por accidente, vi unos documentos de Roberth que trataban de un proyecto parecido en Verde Oliva. ¿Con qué objetivo buscarían establecer esa ley? Ahora veo que, pese a que los sistemas en ambos pueblos son distintos, hay ciertas similitudes. ¿Por qué los dirigentes de ambos pueblos quieren que los ciudadanos tengan los rostros cubiertos?

—Deben atravesar los cultivos de las siguientes seis granjas y luego seguir por el camino de las montañas —continúa diciendo—. Tardarán más, pero llegarán sin inconvenientes; suponiendo que no se encuentren con los nómadas.

—¿Nómadas? —pregunta Lena.

—Alguien se acerca —dice Grégor, y se levanta de la mesa.

Se oye el galopar de muchos caballos. De hecho, parece que un ejército se acerca. Amalia se asoma por la ventana y nos dice:

—Es la Guardia Real.

—¿Se movilizan a caballo? —cuestiona Lorana—. ¿Qué hay de los automóviles?

—Tenemos que ocultarlos —dice Amalia, sin responder a sus preguntas.

Grégor mueve súbitamente la mesa en la que estábamos comiendo, dejando a la vista una pequeña puerta. La levanta, y vemos una escalera que conduce a un sótano a oscuras.

—Ya están aquí. Si no se ocultan, podrían matarlos —señala Amalia, despavorida.

No sé si nos están protegiendo o capturando.

CAPÍTULO VEINTISIETE

El espacio es reducido, por lo que tenemos que arreglárnosla para entrar los cinco. Lorana no está nada contenta y Kassy parece estar a punto de tener un ataque de pánico. Esto me hace preguntarme qué está sintiendo Paulo en este momento, donde sea que se encuentre.

Grégor baja la puerta, y quedamos en completa oscuridad. Encendemos nuestras linternas y descubrimos unas sillas apiladas en un rincón. Yo no tengo ánimo para sentarme, pero los demás sí, así que lo hacen.

—No debimos venir a esta casa. Seguramente esa chica y su espeluznante hermano nos van a entregar —susurra Lena.

—Yo prefería correr, pero ustedes quisieron ser encerrados en esta jaula —agrega con molestia Lorana.

—Nos habrían capturado rápidamente en sus caballos —dice Kassy.

—Hagan silencio —interrumpe Ráscal.

Como el piso de la casa es de madera, oímos los pasos de Amalia y su hermano dirigirse hacia el corredor para recibir a sus visitantes. Una vez que se encuentran con los soldados de la Guardia Real, también podemos distinguir sus voces y parte de la conversación.

—Aldeanos —dice un hombre con voz madura—, algunos de sus vecinos afirman haber visto a un grupo de forasteros pasar por sus tierras. Estamos tratando de seguirles el rastro. ¿Han visto algo inusual?

—En lo absoluto, general. No nos hemos encontrado con nada raro hoy —le responde Amalia—. Si llegamos a ver a alguien, tomaremos nuestros caballos y les avisaremos enseguida.

No planean entregarnos. Qué alivio.

—Gracias —responde el general—. Entraremos en su hogar de igual manera para hacer una inspección. Ustedes revisen en los establos. —Infiero que les manda a otros soldados.

Oímos que abren la puerta principal. Después, escuchamos el ruido que producen las botas de los soldados al pisar con fuerza la madera de todo el hogar mientras lo recorren, hasta que se detienen arriba de nosotros.

—¿Qué es todo este desastre? —pregunta el general, haciendo referencia a toda la comida que cayó al piso cuando Grégor movió la mesa.

—Estábamos almorzando cuando ustedes llegaron. Los gatos debieron tirar todo al suelo mientras los recibíamos —responde Amalia—. Usted sabe cómo son.

—Por algo te dicen la loca de los gatos, pequeña. Esto es una locura; no deberías tener a tantos animales a tu cuidado —le reclama.

—Señor, debería recibir un escarmiento —sugiere una voz un tanto juvenil.

—Es verdad —responde el general.

Se oyen forcejeos y cosas caer. Todos comenzamos a preocuparnos y Kassy intenta abrir la puerta desde adentro, pero, a pesar de que luego Lorana y yo también lo intentamos, es inútil. La han cerrado desde afuera. El ruido que hemos producido en nuestro intento es opacado por el alboroto que se desarrolla arriba de nosotros. Solo podemos esperar a que nos abran.

Después de unos minutos, escuchamos a los soldados salir de la casa, montar sus caballos y cabalgar, hasta que se pierde el sonido de su marcha. Ahora solamente escuchamos a Amalia llorar con amargura. En ese momento, suena un ruido encima de nuestro escondite, y la puerta es abierta por Grégor.

Salgo rápidamente del sótano y los demás me siguen. Encontramos de espalda y arrodillada a Amalia, perdida en un mar de lágrimas. Los soldados le quitaron la vida a una de sus mascotas, el pequeño siamés que se había acercado a Ráscal.

—Amalia, lo sentimos tanto —le dice Kassy, sentándose a su lado y frotando su espalda.

Lorana da un golpe al piso de madera, Lena tiene los ojos empañados y parece que Ráscal también está conmovido.

—Esos animales lo han matado —solloza Amalia.

—Gracias por protegernos —añade Kassy.

—Váyanse —la interrumpe Amalia con voz apagada.

—Lamentamos lo que pasó —se disculpa Lena.

—¡Que se vayan de mi propiedad! —grita Amalia, echa

una fiera—. ¡Largo! ¡Largo de aquí!

—Está bien, lo entendemos —dice Lorana.

—¿Por qué no se han ido? ¡Fuera! —demanda Amalia, y continúa sollozando a voz en cuello.

Nos dirigimos a la salida siendo acompañados por Grégor, que luce muy nervioso.

—Esperamos que puedan disculparnos por causar este incidente. Por favor, dile a tu hermana que agradecemos mucho su atención y que no nos hayan expuesto —le dice Kassy, y lo abraza.

—Es hora de irnos, Kassy —le digo a ella, y me dirijo a Grégor para estrecharle la mano—: Muchas gracias por todo. Les estaremos eternamente agradecidos.

Nos alejamos de la mansión y, aunque los gritos del llanto de Amalia se oyen a cierta distancia, se van perdiendo poco a poco mientras más lejos estamos.

—Es mejor meterse con su hermano que con una de sus mascotas, ¿no? —opina Lorana.

—No seas insensible; ella ama a sus mascotas. Se nota que las cuida. No habría perdido a ese de no haber sido por nosotros —la reprende Kassy.

—Tienes razón. Solo por eso no me burlaré más de ella —promete Lorana.

Kassy se ve muy triste, así que me acerco a ella y la rodeo con mi brazo derecho mientras caminamos. Lorana y Ráscal van delante de nosotros, apartando las espigas de trigo que se van encontrando. En último lugar, va Lena. Según nuestros cálculos, deberíamos llegar a nuestro destino en tres días.

Si hubiéramos tenido la oportunidad de dormir un poco en casa de Amalia, nos habría dado una ventaja adicional, tomando en cuenta el largo trayecto que tenemos por delante. Al menos tenemos un poco más de comida con nosotros, ya que nos hemos ahorrado la comida de un día y llevamos algo extra.

Pasamos a través de los cultivos de las siguientes granjas tal y como nos recomendó Amalia para evitar el contacto con las personas del pueblo. Tengo que admitir que el sistema que han creado aquí me parece una completa locura y me hace sentir temor por lo que podría estar pasando en otros lugares.

—¿Cómo crees que están las cosas en casa? —me pregunta Kassy, aprovechando que todos caminamos guardando distancia unos de otros.

—Solo ha pasado un día, pero creo que todo debe estar hecho un desastre —le respondo—. A veces creo que mejor habría sido revelarles la verdad cuando la tuviéramos completa, en lugar de haberles soltado esas migajas.

—Esas migajas, como tú las llamas, eran todo lo que teníamos. Además, fue lo que nos ayudó a terminar de abrir los ojos —puntualiza ella.

—¿Viste la reacción de Morgan y de Kira? Es como si estuvieran ciegos.

—¿Tú no lo has estado alguna vez? —me pregunta de forma retórica.

Reconozco que, después de la noche que cambio nuestras vidas, estuve viviendo en piloto automático. Era como si fuera una especie de zombi, porque solo iba a donde me llevaba la vida, y hacía lo que se suponía que debía hacer. Si no hubiera sido por el sobre que apareció frente a la puerta de la casa de Roberth, ¿habría estado alerta frente a lo que ha acontecido recientemente?

Quizá esa fue mi oportunidad de empezar a despertar, de comenzar a cuestionar lo que estaba pasando en voz alta. Pero no ocurrió momentáneamente. Supongo que las demás personas del pueblo también merecían una oportunidad.

—No creo que hayamos sido los únicos que notaran lo mal que estaban las cosas —prosigue Kassy—. Es probable que hayamos encaminado a algunos en la dirección correcta.

—Espero que así sea.

—Si alguien con recursos a su disposición sabe usar esa información bien, puede que no seamos los únicos tratando de hacer algo al respecto —concluye.

—Gracias, Kassy.

—No tienes que agradecerme nada.

—Sí, sí tengo que hacerlo. Gracias por apoyarme y por ser tan fuerte. Sé que es difícil la incertidumbre que estás atravesando —digo, aunque las palabras no son lo mío.

—Por favor… —Se detiene, me toma de la mano y pasea sus ojos por mi cara—. Prométeme que vas a hacer lo imposible por encontrarlos.

—Te lo prometo.

CAPÍTULO VEINTIOCHO

Lo que pensamos que iba a ser un viaje de tres días se convierte en una odisea de una semana. El trayecto por estas montañas ha sido más dificultoso que el que atravesamos anteriormente. Nos ha tocado ser más cautelosos con los animales salvajes, y hemos tenido que buscar frutas y agua porque se nos han ido agotando las provisiones que trajimos.

No hemos vuelto a conseguir una cabaña en medio de la nada, así que hemos dormido sobre la tierra o el pasto con insectos que se suben a nuestros cuerpos durante las noches, a lo que hay que añadirle el frío que hace cuando se oculta el sol. Todo esto, en conclusión, nos ha producido mucho agotamiento y cansancio.

Además, Lorana ni siquiera quiere que le dirijan la palabra. Desde hace un par de días, ha comenzado a tener dolor de cabeza y no hemos logrado que se le alivie con las pastillas que llevamos. Tal vez se deba al hecho de que su cubo holográfico dejó de funcionar sin razón aparente tres días atrás; eso la tiene alterada.

Hasta Ráscal parece irritado por la falta de buen sueño. Y he descubierto que no solo les tiene fobia a los gatos, sino también a las arañas.

Ahora ha vuelto a caer la noche, y nos establecemos en medio de unos árboles de pino. Las chicas se quedan a organizar las cosas para que estemos un poco cómodos, recolectando hojas y grama con las cuales preparar lugares sobre los que podamos dormir. Por nuestra parte, Ráscal y yo vamos a chequear si hay algún arroyo cercano para abastecernos de agua. Todas las noches lo hacemos. Por lo general, buscamos en un radio de doscientos metros para no alejarnos mucho. Por supuesto, no siempre logramos conseguir algo.

—Travis, ¿estamos perdidos? —me pregunta él.

—¿Por qué lo preguntas? Creo que estamos en el camino correcto.

—Lo digo porque nuestro mayor sentido de orientación se basa en la capacidad de Lorana para ubicarse y en su mapa. Pero, aparte de que el holograma ya no funciona, ella se siente mal, y puede que no podamos fiarnos mucho —dice él, baja por unas rocas grandes, y yo lo sigo—. ¡Mira! Allá hay un arroyo —agrega.

Nos acercamos a un pequeño riachuelo, sacamos los envases para recoger agua de las mochilas y llenamos algunos. A Ráscal se le cae uno y la débil corriente se lo lleva. Como no podemos darnos el lujo de perder nada, voy detrás de él y, a pocos metros, es detenido por algo. La corriente sigue fluyendo, pero algo impide que el envase se mueva. Lo recojo y me doy cuenta de que hay una caja metálica bajo el agua. Es una trampa para peces.

—¡Ráscal! —exclamo.

—¿Qué sucede? —me pregunta, y se acerca a mí.

—Mira esto. ¿Es posible que…? —Comienzo a razonar, y me percato de que podríamos estar en problemas.

—¡Las chicas! —decimos al mismo tiempo.

Dejamos todo allí y nos vamos corriendo al sitio en el cual hemos dejado a las chicas. Al llegar, las encontramos de espalda a nosotros. Lena y Kassy están abrazadas, en tanto que Lorana sostiene su arma. Frente a ellas, hay diez personas que portan escopetas, están vestidas con ropas oscuras y llevan pasamontañas. Nuestras opciones no son muchas y estamos en notable desventaja.

—Justo a tiempo —dice Lorana sin voltear a vernos.

—¿Qué está pasando aquí? —le pregunto.

—Eso es lo que queremos saber nosotros —dice uno de los portadores de las escopetas—. ¿Qué hacen por estas montañas? ¿Qué están buscando?

—Nos dirigimos a la frontera —le respondo.

—¿Cuáles son sus intereses allí? —inquiere él.

No sé si sea buena idea mentir, ocultar medianamente la verdad o simplemente decir cuáles son nuestros motivos. Después de todo, no sabemos quiénes son estas personas. Ahora bien, por las armas que portan y su actitud ofensiva tenemos que andar con cuidado. Podrían matarnos aquí sin que nadie se entere, pues estamos en medio de la nada. Aunque, a decir verdad, si hicieran eso en alguna comunidad, no sería muy diferente con todo lo que está pasando en ellas.

—Estamos buscando el instituto MenTech ubicado en la frontera del estado Verde y el Azul —interviene Lena.

—¡Oye! —la reprende Lorana.

—Ella dice la verdad —le digo al sujeto—. Estamos huyendo de Verde Oliva y nos dirigimos hasta ese instituto.

—Deben estar locos —dice otra persona del grupo, una mujer.

Se quedan frente a nosotros, apuntándonos con sus armas. Nosotros solo los observamos hasta que quien supongo que es el comandante de este grupo baja su arma y se quita el pasamontaña, revelando su rostro caucásico.

—En ese caso, quizás a nuestro jefe le interese hablar con ustedes —nos dice.

El grupo nos rodea y, después de que ellos mismos recogen nuestras pertenencias y nos quitan las armas, nos conducen por la montaña hasta su base. Tal como yo había concluido al ver la trampa para peces, estábamos bastante cerca de un campamento, ya que solo caminamos menos de un kilómetro para llegar.

Protegidos por estas hostiles montañas y su templado clima, estas personas se las han arreglado para construir pequeñas casas de madera, labrar cultivos y levantar otras edificaciones. Al entrar al campamento, la gente comienza a detener el ritmo con el que hace sus labores para observarnos. Mujeres, hombres, niños y ancianos se muestran atentos a nuestra presencia.

¿Serán estas personas las que se alejaron de las ciudades para conservar su identidad religiosa? ¿O, más bien, son los nómadas que nos mencionó Amalia? Incluso existe la posibilidad de que ambos grupos sean el mismo.

Nos detenemos frente a una cabaña angosta, el

comandante del grupo toca la puerta rítmicamente y entra, dejándonos afuera. Los otros nueve soldados nos rodean en una especie de formación militar. No se separan de nosotros mientras esperamos unos minutos hasta que su comandante sale y nos pide entrar.

La apariencia exterior de la cabaña es solo una fachada, puesto que al ingresar tenemos que bajar una escalera que nos dirige hasta un salón muy amplio. Esto es un búnker, por lo que me pregunto si las demás casas también ocultan lo mismo bajo su apariencia de completa sencillez.

El salón contiene muchos cubículos, muebles, ordenadores pegados a la pared y una gran mesa en el centro. También hay un numeroso grupo de personas realizando distintos trabajos. He notado que los únicos que visten de forma peculiar en este campamento son las personas que nos han traído hasta aquí. Los demás visten ropa de invierno de uso común.

El comandante vuelve a alejarse de nosotros, se acerca a un sujeto calvo que está sentado en un sillón mientras escucha a una mujer que le muestra algo en una pantalla holográfica, le dice algo al oído y nos señala. El hombre reacciona inmediatamente con una gran sonrisa y se acerca a nosotros.

—¡Qué gusto conocerlos! —nos dice, y comienza a estrechar las manos de cada uno de nosotros con entusiasmo—. Deben estar exhaustos —comenta, y llama a otra persona en la habitación—. Por favor, lleven a estos jóvenes a una cabaña en la que puedan asearse y comer algo —le ordena, y vuelve a dirigirse a nosotros—:

Descansen un poco también. En la mañana, podremos ponernos al día —añade, y se retira.

Somos escoltados por tres sujetos hacia otra cabaña. Una vez que entramos, ellos cierran con llave la puerta desde afuera para que no podamos salir. No hay duda de que el jefe de este lugar es muy amable; sin embargo, aquí somos prisioneros.

Esta cabaña no tiene escaleras ni sótanos con equipos modernos. Solo tiene un baño, una diminuta habitación para la cocina, un cuarto con tres literas y dos ventanas que están selladas. Por lo menos cuenta con calefacción, de modo que resulta agradable estar aquí. Nos turnamos para bañarnos porque nos sentimos sucios. Aproximadamente a las diez de la noche, nos traen comida, nuestras mochilas y ropa abrigada.

Lorana, Ráscal y yo nos sentamos a comer sobre el piso porque no hay sillas. Kassy y Lena se han sentado a comer cómodamente en las camas. Nadie había tenido ánimo para hablar hasta este momento, posiblemente, porque sentíamos que nos estaban escuchando detrás de las paredes. No obstante, en este punto, puede que eso ya no tenga importancia. Es evidente que estas personas solo nos dejarán salir de aquí si así lo desean.

—¿Por qué les han dicho la razón por la que estamos en sus montañas? —reclama Lorana con total irritación.

—No íbamos a lograr nada ocultándoles información; de hecho, podrían habernos matado en el bosque. Al menos estamos ganando tiempo —le respondo.

—No puedes saber si estamos ganando tiempo o si, por

el contrario, lo estamos perdiendo. Somos prácticamente rehenes ahora —replica, deja el plato de comida medio vacío a su lado y se pone de pie para ver por la ventana.

—Lo somos desde el momento en que nos encontraron. No teníamos muchas opciones. Por lo visto, esta ha sido la menos violenta, hasta el momento —interviene Ráscal—. ¡Ja! ¿Qué cosas no? Pudieron atraparnos los Hijos de la Redención, pero el traidor de Lionel nos ayudó. Luego, la Guardia Real pudo capturarnos, pero Amalia y Grégor nos ocultaron. En el lugar donde menos pensamos que podríamos terminar siendo prisioneros, ha sido en el que hemos caído.

—No entiendo cuál es el problema de ustedes con ese tal Lionel —replica Lorana de pie frente a nosotros—. Aunque no lo conozco, la única impresión que tengo de él es la de alguien que nos ayudó. ¿Por qué dices que es un traidor? Bueno… Traicionó a aquella gente cuando nos dio el mapa, pero eso nos benefició.

—Primero colaboró en la captura de uno de nuestros amigos y después lo asesinó —le contesta Ráscal, molesto.

—A pesar de que las circunstancias que lo movieron a ayudar en su captura usándonos como parte de la carnada son bastante complejas, no podemos ignorar el asesinato a sangre fría —agrego.

—Pero más tarde los ayudó, ¿no es cierto? —inquiere Lorana.

—Sí, aunque eso no justifica lo que hizo —responde Ráscal.

—No comprendo del todo la situación. —Lorana hace

un chasquido con su boca—. Porque es cierto que lo que le hizo a ese otro amigo suyo es horrible; sin embargo, a ustedes directamente no les ha hecho nada malo, en realidad es todo lo contrario —enfatiza—. Tal vez la relación de Lionel con esa persona no era tan importante para él. O aquellas circunstancias complicadas, como ustedes dicen, tenían más peso. El caso es que no deberían de tomar partido en ese tema porque no es su problema. Además, supongo que ese chico tiene suficientes dilemas en su cabeza como para que sus supuestos amigos le estén agregando otro al querer involucrarse. Más bien, deberían recordar que el que él haya herido a una persona cercana a ustedes no implica que a ustedes en sí no los quiera. No es como si el aprecio que siente por ti, Travis —dice, dirigiéndose a mí, y luego se dirige a Ráscal—, o a ti, Ráscal, se transfiriera de forma automática a los seres queridos de ambos. Es cierto que eso es lo que mucha gente espera; pero créanme que a veces no es tan fácil —concluye, y se dirige a la cocina.

—Quizá tenga razón —dice Ráscal, ensimismado.

Esta es una de esas ocasiones en las que Lorana me impresiona con sus argumentos. La sigo hasta la cocina y le pregunto:

—¿Te sientes bien? ¿Se ha ido el dolor de cabeza? Le pediré a la próxima persona que venga que nos consiga algo para aliviarlo.

—No es eso lo que me preocupa, Travis —me responde en voz baja.

—¿Qué es entonces? —inquiero—. Ah, ya lo sé.

Nuestra seguridad.

—Tu seguridad, de hecho —me dice al oído—. ¿No te das cuenta? Estoy aquí por ti. Yo… —Está a punto de decir algo, se retracta por un instante, pero finamente lo suelta—: Tú me importas, Travis.

—Tú también me importas —le respondo.

En ese momento, me acerco a ella y la beso. Siento la forma de sus labios sobre los míos; es como si una corriente fluyera entre nuestros cuerpos. Pongo mis manos en su cintura, y ella sostiene mi rostro con las suyas.

No sé cuánto tiempo estamos besándonos; sin embargo, me siento más unido a ella. Terminamos regresando a la habitación y no hablamos del tema el resto de la noche. De hecho, pareciera como si ella no quisiera hablar más nunca acerca de ello.

CAPÍTULO VEINTINUEVE

Muy temprano en la mañana, nos traen el desayuno. Una hora después, toca a la puerta el mismo comandante del grupo de ayer. Hoy viste un abrigo verde muy diferente a las ropas oscuras que cargaba antes. No sé por qué llama a la puerta si la han dejado cerrada desde afuera con llave y él tiene una copia, puesto que entra después de tocar por segunda vez.

—He tardado en encontrarlos —dice, entrando en la cabaña y observándola con detalle—. Se suponía que debían estar en un lugar en mejores condiciones.

—Este no ha estado mal —señala Kassy.

—No es el que les habíamos asignado —indica él—. Como sea, no me presenté anteriormente; mi nombre es Diego.

—Por lo visto eres algo así como un comandante, ¿no? —le pregunta Lena.

—Preferimos decirle Capitán de Grupo —responde Diego—. No tenemos intenciones militares ni nada por el estilo. Nuestras vestimentas para los Grupos de Exploración son de colores oscuros solo para camuflarnos mejor en el bosque.

—¿Qué buscan allí? —inquiere Lorana.

—Vigilamos la zona y mantenemos a las fieras alejadas del campamento para que todos, en especial los niños, estén seguros. También revisamos si algo ha caído en las trampas con la finalidad de conseguir alimento extra.

—¿Por qué vistes una ropa diferente hoy? —pregunta ella, mostrándose indiferente ante él, pues se mira con atención las uñas.

—Los Grupos de Exploración son rotativos; hoy el mío está libre.

—Esto parece ser un asentamiento militar —interrumpe Kassy.

—Como he dicho: no es nuestro objetivo serlo —le contesta él, se sienta en una de las camas y relaja los hombros—. A mi padre y a mí nos interesa conocer más sobre MenTech.

—¿Y quién es tu padre? —indaga Lorana.

—El hombre que les presenté ayer; él es el principal jefe de este campamento.

—¿Somos sus prisioneros? —Lorana no para de hacer preguntas.

—No. De hecho, pueden irse cuando quieran.

—¿Por qué nos han encerrado aquí entonces? —inquiere Lorana, parándose frente a él.

—No queríamos que se fueran. En verdad nos interesa MenTech y creemos que ustedes pueden ayudarnos. Además, queríamos protegerlos. Puede que con nuestra ayuda lleguen sanos y salvos a su destino. ¿Aclaradas tus dudas? —le pregunta él a Lorana.

—No del todo —le contesta ella—. ¿De dónde salieron ustedes?

—Se nos hace tarde. Mi padre responderá el resto de sus inquietudes. Por favor, acompáñenme —nos dice, invitándonos a salir.

Diego nos conduce afuera. Dejamos los bolsos con nuestras pertenencias en la cabaña. Solo llevo conmigo la jeringa que me dio Roberth. No me he apartado de ella desde que me la entregó porque creo que podría ser algo importante.

Esta vez menos personas se detienen a observarnos. Quizá nuestra nueva vestimenta, que es idéntica a la que llevan todos aquí, hace que pasemos desapercibidos. O simplemente ya no somos novedad.

Entramos en el mismo búnker donde conocimos ayer al jefe del campamento. Hoy el lugar está desierto; solo se encuentran el padre de Diego y una mujer que le está tomando la presión con un tensiómetro. Ella le dice algo al oído, y se retira. Cuando él nos ve, vuelve a saludarnos con mucho entusiasmo y nos pide que nos sentemos en la mesa redonda que está en el centro.

—Espero que hayan podido reponer sus energías —dice con una enorme sonrisa.

—No los han llevado al sitio que les asignaste —le informa Diego en voz baja.

—¿Qué? No puede ser —murmura su padre, y se interrumpe—. Luego atenderé eso —añade, y vuelve a dirigirse a nosotros con jovialidad—: Mi nombre es Leopoldo, soy el jefe de este campamento. Seguramente, al igual que yo, tienen muchas preguntas. No obstante, primero tengan la amabilidad de decirme sus nombres y sus intenciones.

—Soy Travis. Ellos son Kassy, Lorana, Lena y Ráscal. Venimos de Verde Oliva y nos dirigimos a MenTech con el objetivo de buscar ayuda para controlar la incertidumbre que hay en nuestra comunidad natal.

—¿Quién crees que los ayudará en ese instituto? —inquiere Leopoldo.

—La verdad es que no lo sé. Pero mi hermana trabajó allí y me dejó instrucciones de ir hasta ese lugar si algo terrible pasaba.

—Entiendo —asevera él—. Supongo que saben que no es fácil ingresar.

—A decir verdad, solo estamos siguiendo una corazonada —admito con vergüenza.

—Se han tomado muchos riesgos por una simple corazonada, jóvenes. En cualquier caso, me gustaría que me la explicaran —solicita Leopoldo.

—Con gusto le daremos los detalles —interviene Lorana—. Pero su hijo ha dicho que no somos prisioneros, así que entiendo que esto es un diálogo amistoso entre dos partes. ¿Puede decirnos qué es este lugar?

—¡Por supuesto! —dice Leopoldo, sonriente—. Supongo que han oído de la Guerra de Unificación, el conflicto que finalmente produjo la desaparición de muchas convenciones sociales, tales como las religiones y los apellidos, y que produjo un enorme cambio en la estructura política y social de este país.

—Así es —afirma Kassy.

—Este campamento surgió del ideal de la libertad —prosigue él—. Nunca creímos que nadie tuviera el derecho a imponernos qué creer o cómo vivir si no estábamos de acuerdo. Por lo que decidimos aislarnos en estas montañas y permanecer lejos de quienes buscaban controlarnos. Somos un asentamiento libre.

—¿Ustedes son una de esas comunidades que conservan su identidad religiosa? —pregunta Lena con curiosidad.

—Aunque también he escuchado esos rumores, ese no ha sido el motivo de nuestra huida de las ciudades. Más bien, nos aislamos por supervivencia —responde.

—¿Por qué cree que era necesario que se aislaran para sobrevivir? —le pregunto.

—¿No es más que obvio? —pregunta Leopoldo retóricamente—. Mientras que en los pueblos y ciudades del estado Verde hubo un genocidio, aquí no tuvimos ni una sola baja.

—¿Qué? —pregunta Lena, estupefacta.

—Tal como se los he dicho. Lo que ha sucedido en su comunidad y en las otras, aquí no ha tenido ningún efecto. Nuestra decisión de alejarnos ha sido la más acertada —se enorgullece Leopoldo.

—¿Por qué está interesado en MenTech? —inquiere Lorana.

—Estamos alejados de la civilización, por así decirlo; sin embargo, no ignoramos lo que sucede en Croma, nuestro país. Como lo han notado, estamos dotados de tecnología que nos permite mantenernos resguardados en estas montañas. Fue nuestro equipo tecnológico hábilmente distribuido en el bosque el que nos avisó de su presencia en las cercanías —señala él.

—Mantenemos monitoreado todo a varios kilómetros a la redonda —dice Diego. Su padre le dirige la mirada, y entonces guarda silencio.

—Hace ocho meses, nuestros equipos interceptaron una señal electromagnética que salió desde MenTech. Varios días después, nos llegaron reportes de lo que había ocurrido en los pueblos del estado. Estamos seguros de que ese instituto ha tenido algo que ver con lo que pasó y tememos por la seguridad de nuestro campamento —continúa diciendo Leopoldo.

—¿Cuál es la distancia desde aquí hasta MenTech? —pregunto.

—Dos días y medio a pie —responde—. El sistema montañoso para llegar hasta allá es muy difícil de transitar. Suponemos que esa es la razón por la que no han construido un muro entre ambos estados. No obstante, el mayor problema será que les dejen acercarse a las instalaciones. Por eso estoy interesado en saber cuál es su corazonada.

—Mi hermana realizó algunos estudios de prioridad para esa institución. Debido a ello, tuvo problemas con mis padres, quienes murieron hace ocho meses, igual que mucha gente. Recientemente, me enteré de que una organización secreta contactó con mi padre meses antes de ese día; pero él se rehusó a tener tratos con ellos, ya que le parecía que sus propósitos tenían relación con los estudios de mi hermana —le revelo.

—¿Crees que tu hermana se encuentra en ese lugar? —indaga él.

—Me gustaría pensar que sí. Sin embargo, me conformaré con saber qué es lo que de verdad ha pasado y ha afectado las vidas de cada uno de nosotros.

—Debo admitir que es una muy buena corazonada. Luego de que vayan a ese lugar, ¿qué harán? —me pregunta con serenidad, pero noto que solo está tratando de sonar indiferente.

—Espero conseguir apoyo. Si no lo consigo, al menos la verdad me servirá para ayudar por mi cuenta a las personas de las comunidades afectadas.

—Supongo que esa información me sería útil a mí también —dice Leopoldo, y medita por unos momentos—. Jamás van a lograr llegar hasta MenTech sin nuestra ayuda. Nosotros podríamos dirigirlos hasta allá.

—Se lo agradeceríamos mucho —digo, aliviado.

—Pero —dice él.

—No será tan fácil que nos ayude —musita Lorana despectivamente.

—Entenderás que no puedo arriesgarme a llevarte a un lugar donde podrías revelar la ubicación de nuestro campamento y poner en peligro a mi gente —añade Leopoldo—. Es mucho riesgo para mí.

—Nosotros no podemos ubicarnos en estas montañas; no seríamos capaces de traer a nadie hasta aquí —interviene Ráscal.

—Eso dices ahora. Pero, con la tecnología que tienen en

ese instituto, puede que te hagan cambiar de opinión y te faciliten las cosas. Travis parece tener lazos muy fuertes con las personas que están ahí —señala él—. Lo siento, no los voy a retener aquí, mas tampoco los voy a ayudar. Asimismo, les advierto que, si deciden marcharse, posiblemente se perderán en las montañas.

—Travis también tiene lazos muy fuertes conmigo —le dice Kassy.

—Kassy, cuidado —le advierto.

—Llévenlos a ellos hasta allá y yo me quedaré con ustedes. Travis jamás haría algo que me pusiera en peligro y, si estoy aquí, entonces él regresará y compartirá sus descubrimientos con usted —le propone a él, y luego se dirige a mí—: ¿Verdad, Travis?

No sé a dónde nos llevará esto.

CAPÍTULO TREINTA

—Kassy, no —le digo en voz baja; pero ella ya lo ha decidido. Lo veo en su postura.

—Lo que plantea tu amiga parece razonable. Si ella se queda como garantía de tu lealtad a mi campamento, los ayudaremos —coincide Leopoldo—. Podrás venir por ella cuando quieras, siempre y cuando no traigas a nadie más. Tenemos una cabaña cerca de MenTech a la que puedes llegar con facilidad después de tu visita a esas instalaciones. Desde ahí, alguien te traerá de vuelta. Recuerda que monitoreamos este bosque, así que sabremos si traes algo sospechoso —me advierte él.

Me pongo de pie y me acerco a Kassy.

—Nunca me ha parecido buena idea que nos separemos, y lo sabes —le reclamo, encorvándome para acercarme más a ella.

—Yo me quedaré también, Travis —me dice Ráscal—. Me aseguraré de que Kassy esté bien. Puedes estar tranquilo.

—Chicos, dividirnos no es una opción —enfatizo.

—En este momento, parece ser la única opción que tenemos, Travis —asevera Lorana—. Kassy y Ráscal se quedan aquí. Lena, tú y yo seguimos adelante. En lo que tengamos todo resuelto, volvemos por ellos.

—Tenemos un trato. Salen mañana a primera hora —anuncia Leopoldo, y se retira de la mesa, volviendo a darnos la mano a cada uno.

Ciertamente, la idea de que el grupo se separe me perturba. No me siento seguro de seguir con esto. ¿Qué pasaría si no puedo regresar después de conocer qué es lo que están haciendo en aquellas instalaciones? ¿Kassy y Ráscal se quedarían como prisioneros? Siempre ha habido dudas en este camino que hemos emprendido, y el que no estemos juntos no hace más que aumentarlas. Además, estoy molesto con Kassy por proponer esto.

Salimos del búnker y Diego nos lleva a hacer un recorrido por el campamento. Nos enseña las casas y algunas oficinas. Descubro que tienen armamento militar en un galpón escondido entre densos árboles. Aunque llegué a pensar que Diego era muy confianzudo con nosotros, me doy cuenta de que en realidad está siendo muy cuidadoso, pues percibo que oculta cosas.

—Te garantizo que tus amigos estarán seguros con nosotros —me asegura mientras caminamos—. A partir de esta noche, se quedarán en una casa más grande y cómoda, como debió ser desde el principio —agrega con irritación.

—¿Puedo saber por qué te molesta que no hayamos pasado la noche en donde ustedes tenían planeado? —le pregunto.

—Este campamento está compuesto por aproximadamente mil trescientas personas —me contesta—

. A pesar de que mi padre es el jefe, en los últimos meses hemos visto que, cuando él dicta una orden, algunas personas no hacen lo que deberían. Me refiero a que acaparan recursos o dejan trabajos incompletos. Sospecho que los llevaron a otra locación anoche con la finalidad de disfrutar del sitio que teníamos dispuesto para ustedes.

—Entiendo. ¿Cuál es la estructura social en este campamento?

—Solo existe la figura que representa mi padre. No hay jerarquías ni nada que se le asemeje. Todos somos iguales y trabajamos en lo mismo. El poder está en los integrantes del campamento.

—Sin embargo, parece que su sistema enfocado en el poder conferido a las personas comunes también se está corrompiendo —sugiero.

—Me temo que es cierto. Además, cuando a mi padre se le informa sobre algún asunto que requiere atención, no lo verifica, pues siempre está muy ocupado con muchas responsabilidades. Cada vez tengo que vigilar con mayor atención lo que sucede aquí —admite Diego, fatigado.

—Tu padre parece ser una buena persona —señalo con amabilidad.

—Lo es y, aunque ese debería ser el requisito primordial para todo líder, a veces les facilita a otros manipularlo —reconoce con pesar.

—Eso suena peligroso. Por cierto —añado, cambiando de tema—, aunque nos aseguraste que no son militares, las armas sugieren otra cosa.

—Este lugar surgió como un refugio para personas que

no se sentían seguras en las comunidades de los estados cercanos. Con el paso del tiempo, hemos tenido que equiparnos para garantizar la paz —contesta.

—¿Por qué siempre los dirigentes piensan que la paz se logra a través de la adquisición de armamento bélico? —pregunto con frustración.

—Supongo que es mejor tener algo con que responder a las amenazas que sentirse totalmente indefenso —responde.

Quizá Diego no se da cuenta; no obstante, su campamento está tomando una dirección cada vez más alejada de sus ideales y de lo que planearon ser en un principio. Solo espero que, si algo llega a suceder aquí, estemos lejos.

Para cuando el recorrido termina, está oscureciendo, y nos llevan al lugar donde se quedarán Kassy y Ráscal mientras los demás estemos fuera. Aunque la cabaña es pequeña por fuera, tiene la estructura de un búnker. Hay que bajar una escalera para acceder a los cinco dormitorios y tres baños con los que cuenta. Aquí pasaremos la noche.

En diferentes momentos, Kassy busca conversar conmigo, pero no tengo ganas de hablar con ella, y menos con tantas personas alrededor. Cuando la noche ha avanzado y todos se acuestan a dormir, yo salgo de la cabaña y me siento en una piedra a ver las estrellas. Unos minutos después, Kassy se une a mí.

—Sé que no estás contento con lo que va a pasar —dice, y se sienta a mi lado. Comienza a observar el cielo también—. Espero que puedas perdonarme.

—¿Qué sucederá con ustedes si no puedo regresar

pronto? ¿Y si después de entrar en MenTech no consigo que me dejen volver? —estallo sin ocultar mi molestia.

—Estoy segura de que podrás arreglártelas para volver. Pero, si no lo logras, creo que Ráscal y yo estaremos bien aquí —contesta, frotándose las manos para darse calor.

—¿Tienes frío?

—Tendré que acostumbrarme.

Tomo sus manos, las envuelvo con las mías y soplo aire para calentarlas. Ella solo me observa en silencio.

—No quiero esto —digo, soltando sus manos con lentitud—. Me refiero a que no quiero que tomemos caminos diferentes.

—Todos hemos tomado caminos diferentes, Travis. Piensa en el caso de mis padres, de tu hermana, de Lionel... Yo solo confío en que todos estaremos bien y podremos reunirnos de nuevo —agrega, y se pone de pie.

También me pongo de pie y la abrazo con fuerza. Hace mucho frío, pero ella, aunque es pequeña, desprende calor. Un calor que siento que cubre todo mi cuerpo. Permanecemos así por un rato, y pienso que debería hacer algo más, decir algo más.

—Te amo —dice de repente—. Te amo de cada forma en la que se pueden interpretar esas palabras.

Su declaración me toma por sorpresa. Sobre todo, porque puede significar mucho. En verdad, creo que revela ciertas cosas que hemos mantenido bajo la alfombra en lo que respecta a nuestra relación. Siempre la he querido como mi amiga, como mi hermana. Sin embargo, ¿hay algo más? Además, ahora está en medio el asunto con Lorana.

—Yo también —me limito a decir.

—¿Interrumpo algo? —pregunta Ráscal, acercándose a nosotros—. No puedo dormir.

—Ven acá. —Le extiendo la mano y lo acerco a nosotros para que formemos un abrazo grupal.

Luego nos vamos a la cama a dormir. Al amanecer, van a buscarnos para llevarnos a nuestro destino. Lorana nuevamente tiene dolor de cabeza, así que le dan medicamentos para aliviar el malestar y, a pesar de que Kassy sugiere que se quede ella en lugar de Ráscal, Lorana insiste en ir conmigo. Lena, en cambio, está muy entusiasmada esta mañana.

La despedida con Kassy y Ráscal ha sido bastante sencilla, sin lágrimas. Parece que lo de anoche ha funcionado como tal. Lorana, Lena y yo intercambiamos abrazos breves con ellos. Entonces nos vamos.

Diego, junto con siete personas más, nos escolta a pie por las montañas. También nos han provisto con los mismos uniformes que ellos portan para que no llamemos la atención. Parece que, aunque no hay civilización en cientos de kilómetros, se cuidan de que algún satélite o dron pueda tomar fotos de las actividades que hay por la zona.

Leopoldo tenía razón: la ruta que hay que atravesar es bastante dura. Habíamos pasado un camino montañoso bastante difícil para acceder hasta el Asentamiento, pero ahora el paisaje se ha convertido en el de un páramo totalmente helado y con senderos estrechos al borde de precipicios en ocasiones.

Después de un día en el trayecto, Lena no está tan entusiasmada. Por su parte, Lorana se ha recuperado y, en lo que se refiere a guiar al grupo, lleva la delantera al lado de Diego, que no suelta para nada un aparato de alta tecnología que usa para diversas tareas, como ubicar nuestra posición, medir la temperatura y establecer puntos de control.

Los miembros del grupo que acompañan a Diego son amigables, a excepción de un chico y una chica que aprovechan cualquier ocasión para expresar su desconfianza hacia nosotros. La chica en especial, cuyo nombre es Flora, constantemente nos ataca con comentarios sarcásticos. Comienzo a temer que Lorana le propine un golpe en cualquier momento, porque noto que se está irritando.

El páramo que estamos atravesando es tan frío que hay hielo sobre algunas superficies. Debemos tener mucho cuidado para no patinar, puesto que el suelo está resbaloso. La temperatura ha bajado tanto que la mayoría estamos tiritando. Siento mis extremidades algo tullidas y creo que los demás también están pasando por lo mismo.

—Este podría ser un buen sitio para acampar —señala Diego—; está a punto de caer la noche.

Comenzamos a arreglar las cosas para encender una fogata. Estamos sobre una planicie de unos cien metros que de un lado tiene una montaña y del otro una pendiente. Cada miembro del grupo está sacando de sus mochilas lo que necesita. Entonces, un rugido ensordecedor roba nuestra atención. Todos vigilamos nuestro alrededor para ver si logramos distinguir al animal; sin embargo, la neblina no lo permite.

De repente vemos surgir una figura enorme: es un oso. Diego prepara su arma sedante y apunta hacia él. El animal se queda de pie, frente a nosotros. Otro oso ruge y emerge de entre la neblina, y un tercer oso hace lo mismo. Solo nos observan.

En ese instante, a un miembro del grupo se le dispara el arma sedante. No da contra ninguna de las bestias, pero ha producido un ruido que las ha alterado. Estas armas no cuentan con silenciadores. De modo que los osos se nos lanzan encima.

Quienes tienen armas sedantes a la mano comienzan a dispararlas. Diego logra que sus disparos den contra uno de los osos; no obstante, supongo que el tamaño y el peso del animal impiden que este caiga rendido inmediatamente. Empezamos a correr. Tomo a Lena de la mano para que se mueva; Lorana va delante de nosotros.

—¡Sepárense! —ordena Diego mientras le sigue disparando a otro oso—. Ten esto, Travis —me dice y me lanza un arma.

—¿Por qué no se paralizan? —pregunta Lena, agitada.

—El sedante va a tardar en hacer efecto —le respondo.

Una fuerte y oportuna brisa despeja la neblina. Vemos que una de las fieras cae. Mientras tanto, Flora y otros miembros del equipo le disparan a otra, pero esta esquiva todo. Ahora que Lena y Lorana están lo suficientemente lejos de los osos, me alejo de ellas. Busco distraer a uno de los animales para que Diego pueda dispararle.

No obstante, me doy cuenta de que hay una chica que huye sola de un oso. Además, no tiene un arma a la mano y nadie más está cerca. Está muy asustada. Corro hacia ella, le grito a la criatura y le tiro el arma a la chica. Logro llamar la atención del enorme oso, el cual se me acerca tanto que puedo olerlo.

—Estás molesto, ¿no, muchacho? —le digo, intentando calmarlo.

El animal, que mide dos metros, me gruñe y se planta enfrente de mí. La chica actúa rápido y le dispara. Entonces el oso entra en crisis, se da media vuelta y la empuja. Ella trastabilla hacia atrás y se resbala hacia el precipicio. Diego aparece y le dispara más dardos sedantes al oso, y yo me lanzo para ayudar a la chica.

Quedamos colgando al vacío. Con mi mano derecha, me aferro a una piedra, mientras que, con la izquierda, sostengo la mano de ella.

CAPÍTULO TREINTA Y UNO

La piedra a la que estoy aferrándome está al borde del precipicio. Miro hacia abajo y veo que la chica está totalmente aterrada y pálida. Diego aparece arriba de nosotros y saca una cuerda de su mochila a toda velocidad.

—Tienes que soltarme —me dice ella. Tiene los ojos empañados—. No podrás aguantar el peso de los dos.

—De ninguna manera te soltaré. Ambos saldremos de esta —le respondo.

—¡Aguanten, muchachos! —exclama Diego.

Él comienza a llamar al resto del escuadrón mientras sostiene mi mano. Si intentan subirnos a ambos, así como estamos, la chica podría terminar cayendo al vacío; Diego lo sabe. Por eso, cuando aparece Lorana, ella sustituye a Diego y me agarra con fuerza para que él se amarre la cuerda a la cintura.

Dos chicos más ayudan a Lorana a sostener mi brazo, y los demás le dan apoyo a Diego, quien es bajado por el precipicio hasta que está al lado de la chica y la abraza para que ella me suelte. Ambos son subidos, y Lorana junto con los demás me halan hacia arriba.

Cuando estoy a salvo, la chica me da las gracias

mientras solloza. Lena se acerca a mí y me abraza. Lorana, por su parte, no me dice nada, solo me observa con severidad. Todos comienzan a aplaudir.

—Has sido muy valiente —me dice Diego, estrechándome la mano—. Te debemos una.

—No ha sido nada. Era lo menos que podía hacer. Ella está aquí por nosotros —le contesto.

—Capitán —le dice un chico del grupo—, esa clase de osos no es común por estas montañas. —Señala a los tres cuerpos que ahora reposan sobre el hielo.

—Es extraño que estén por aquí. Seguramente los ecosistemas están siendo alterados también —supone Diego—. Es mejor que nos alejemos de ellos; no sabemos cuándo se van a despertar. Además, está anocheciendo.

Caminamos por dos horas más hasta que llegamos a un sitio que Diego considera seguro. Ya ha caído la noche, así que encienden cinco fogatas y arman las carpas. Comemos carne de cerdo a las brasas, y luego charlamos.

Me percato de que Lorana no está en ninguno de los grupos de personas que están conversando, sino que está sola en una fogata. Por lo que me dirijo hacia ella y me siento a su lado. Después de unos minutos, finalmente ella rompe el silencio.

—Me hiciste pasar un gran susto hace rato.

—Lo lamento, no era mi intención —me disculpo—. Pero tenía que hacer algo.

—Pides disculpas con *un pero* de por medio. No es una buena disculpa entonces —me dice, y suelta una sonrisa—. ¿Por qué arriesgaste tu vida de esa manera por una chica que ni siquiera conoces?

—Claro que la conozco —contradigo.

—¿En serio? Dime cuál es su nombre.

—Yo… no lo sé —admito; siento vergüenza al respecto.

—¿Lo ves? No sabes quién es. Apuesto a que, si la vuelves a ver, ni siquiera la reconocerías.

—Por supuesto que lo haría. Además, puede que no sepa su nombre; sin embargo, ella necesitaba ayuda, y yo podía hacer algo al respecto.

—Admiro eso de ti —confiesa—. Creo que eso te hace especial. Yo solo soy capaz de hacer algo bueno por la gente que quiero. Si solo actúo bien cuando existe ese sentimiento de por medio, ¿qué tienen de especial las cosas que hago? Por eso admiro a quienes hacen cosas buenas por los demás sin ninguna clase de interés personal.

—No necesitas ser así para ser especial —le digo—. Tú eres especial tal y como eres.

No me responde. Veo su rostro, el cual refleja el calor del fuego que está delante de nosotros. Ella solo se acerca a mí y me da un beso tierno en la mejilla. Entonces se retira para unirse a Lena, que está tratando de abrir la carpa en la que van a dormir. Yo me voy a dormir en la carpa que me han asignado.

A la mañana siguiente, tomamos un desayuno rápido y caminamos aproximadamente trece horas hasta que nos detenemos a descansar. Comienzo a charlar con algunos miembros del equipo que nos están acompañando. La mayoría de ellos son jóvenes de entre veinte a veintisiete años. Incluso me entero de que Diego, a pesar de lucir mayor, tiene veintidós años recién cumplidos.

—¿Entonces toda tu vida ha sido regida por la devoción a la divinidad? —me pregunta Flora, quien después del incidente con los osos ha cambiado de actitud.

—Podría decir que sí, aunque eso se salió de proporción en los últimos meses —respondo, y todos se ríen.

—Ha de haber sido una locura eso de que tantas personas murieran repentinamente —dice otro chico llamado Pietro.

—Ha sido duro —respondo vagamente—. Creo que todos hemos hecho nuestro mejor esfuerzo para reponernos. ¿En su comunidad no son religiosos?

—Algunas personas dicen ser religiosas; otras solo se consideran espirituales —contesta Diego, luego sorbe chocolate de una taza—. La verdad es que es difícil distinguir entre ambos conceptos.

—Ni siquiera es necesario creer en la divinidad o en algún ser superior para ser religioso —interviene Lorana.

—¿Cómo es eso posible? —inquiere Flora, arrugando su frente.

—Cualquier cosa puede ser tu objeto de devoción. Por ejemplo, si alguien quiere con locura tener mucho dinero, esa podría ser su divinidad; es asunto suyo —explica Lorana.

—Fíjate que no lo había pensado —asiente Pietro.

Decidimos encender una fogata y pasar la noche en este lugar. Todos caen rendidos con facilidad, menos yo. A mí me cuesta conciliar el sueño pues estoy preocupado por Kassy y Ráscal en el campamento. También pienso en

Lionel, en Roberth, en Sonia y en Paulo. Además, me inquieta descubrir si mi hermana vive y me está esperando.

A la mañana siguiente, continuamos el rumbo hasta que llegamos a una cueva en la que han establecido la oficina más cercana a MenTech de la que habló Leopoldo. Al entrar, unos sensores ponen a funcionar los equipos de iluminación, Diego enciende un ordenador, y este muestra imágenes en tiempo real de diferentes puntos del camino que ya hemos recorrido y otros del que nos falta por recorrer.

—Estamos a aproximadamente hora y media de las instalaciones —nos informa Diego—. Yo los guiaré hasta allá. Lo que ocurra después de eso correrá por cuenta de ustedes. Sé muy cuidadoso con esas personas, Travis. —Me extiende la mano, toma mi antebrazo y yo hago lo mismo. Creo que ya hemos aprendido que puede no haber tiempo para las despedidas si las dejas para última hora.

Lorana, Lena y yo continuamos el trayecto en compañía de Diego y de Flora porque los demás se han quedado en la base. Piensan que lo mejor es que el grupo sea lo más reducido posible para evitar que se percaten de nuestra presencia, de modo que podamos eludir cualquier clase de confrontación.

Después de caminar más de una hora, el paisaje templado cambia radicalmente y llegamos a una playa. No hace frío ni calor; el clima es simplemente agradable. Nunca había visto el mar en persona. Lo que se ve en imágenes de alta definición no es suficiente para expresar lo que estoy observando en este momento: el poder del océano, el olor de la brisa, la suavidad de la arena. Deduzco que Lena tampoco lo había visto, porque ambos nos quedamos asombrados al ver cómo las olas rompen contra un acantilado a la distancia. Mientras tanto, Lorana ignora por completo el paisaje. Quizá para ella es familiar, al igual que para Diego y Flora. Es evidente que están acostumbrados a recorrer muchos lugares.

Nos alejamos un poco de la playa y llegamos a una zona con alta densidad de árboles tropicales. Es sorprendente la gran variedad de paisajes por aquí. Nos ocultamos en unas palmeras por indicación de Diego y divisamos que, a una pequeña distancia, se acaban los árboles y hay una enorme llanura. Miro con atención en ella y distingo un grupo de edificios.

—Hemos llegado —dice Lorana.

—Afirmativo —responde Flora, observando atentamente todo a nuestro alrededor—. Quítense esa ropa y pónganse esta —dice, abriendo un bolso en el que están nuestras pertenencias—. No queremos que ellos sepan qué tipo de vestimenta usamos los nómadas de las montañas.

Comenzamos a cambiarnos delante de ellos y nos ponemos la misma ropa con la que llegamos al campamento. Por lo menos la han lavado, así que tiene un olor agradable y se siente bien llevarla puesta. Lena protesta y se da media vuelta, puesto que no se siente cómoda cambiándose delante de otras personas. Pero Lorana lo hace sin tabú, exponiendo su curvilínea figura delante de nosotros. Observo sus piernas y su cintura.

De repente me saca de mis pensamientos la mirada de

Flora, quien está mirándome a la cara. Seguramente está evaluando mi reacción al ver a Lorana. En ese momento, se ríe para sus adentros al ver mi cara de vergüenza, y no puedo evitar sentirme más apenado.

—Nosotros debemos irnos ya —le señala Flora a Diego.

—Hasta aquí los vamos a acompañar —indica él, sosteniendo el aparato localizador con su mano izquierda y señalando con su derecha hacia el horizonte—. Si caminan trece metros más, el campo electromagnético se activará, y eso encenderá las alarmas. Ustedes quieren establecer contacto con estas personas, pero nosotros apreciamos nuestra libertad, así que nos retiraremos. Solo sigan adelante en línea recta.

—Gracias por su compañía —les dice Lena.

—Agradézcanme si logran salir de allí con éxito. —La mirada de Diego transmite mucha preocupación—. Nos vamos porque, si seguimos aquí escondidos, también podrán rastrearnos. Esperamos verlos de nuevo. —Se levanta, y él y Flora comienzan su retorno.

En pocos segundos, han desaparecido de nuestra vista. La ropa que usan para camuflarse sí que cumple bien su función. Permanecemos agachados hasta que Lorana se levanta y pregunta:

—¿Qué estamos esperando?

—¿No tienes miedo? —le pregunta Lena, totalmente aterrada.

—No puedes temerle a lo que no conoces; no es saludable —enfatiza Lorana.

—Precisamente por eso le temo —admite Lena.

—Son más las cosas que no conocemos que las que sí. No podemos permitir que nuestros miedos superen nuestras convicciones, ¿verdad, Travis? —me pregunta Lorana.

—Tienes razón —le contesto, sonriendo—. Sigamos adelante —digo, poniéndome de pie—. Lo que sea que vaya a pasar está encima de nosotros.

Salimos de las palmeras y empezamos a caminar en la llanura. La serie de edificios está a más de quinientos metros de nosotros, completamente visible en medio de este paisaje. De repente, un fuerte sonido ruge, aparecen varios drones que se dirigen hacia nosotros y nos apuntan con sus armas. Nos quedamos petrificados y levantamos las manos. Uno de ellos comienza a reproducir una voz mientras se acerca a mí.

—*¡Perímetro violado! ¡Perímetro violado!* —demanda una voz robótica—. *Intenciones hostiles detectadas. Prepárese para ser ejecutado.*

CAPÍTULO TREINTA Y DOS

—¿Hemos recorrido tanto solo para morir? —se lamenta Lena, pesa del pánico.

—*¡Perímetro violado! ¡Perímetro violado!* —repite el dron—. *Intenciones hostiles detectadas. Prepárese para ser ejecutado.*

—¡No! —exclamo. Supongo que, así como este aparato tiene un altavoz para reproducir el sonido, debe tener un micrófono que permita que pueda escucharme quien está manejándolo —. ¡Nuestras intenciones no son hostiles!

—*¡Identifíquense inmediatamente!* —demanda la voz que controla el dron.

Todos los drones permanecen en el aire, suspendidos. Me quedo callado; no sé qué hacer. Es Lorana quien me saca del shock.

—Sigue hablando —murmura ella.

Ahora solo pienso en si ha tenido sentido todo este viaje, pues, apenas hemos asomado nuestras cabezas en este lugar, y nos han amenazado de muerte. No sé si alguien que lanza semejante advertencia de verdad tendrá el mínimo interés en ayudarnos. ¿Llegar hasta aquí ha sido buena idea? ¿Dejar a todos los demás atrás ha valido los riesgos?

—Hemos venido a buscar refugio. Estoy buscando a Seryna, una psiquiatra nacida en Verde Oliva —digo con firmeza—. Soy su hermano.

Los drones comienzan a elevarse y a sobrevolar, dando vueltas en círculos. Todos ponemos nuestra atención en ellos mientras se mueven precipitadamente sobre nuestras cabezas hasta que regresan a la edificación más cercana a nosotros, la cual parece ser una casilla de vigilancia. En la distancia, observamos que se abre una puerta, y de ella sale un pequeño hombre con traje de etiqueta. Él camina hacia nosotros con lentitud. Nosotros no nos hemos atrevido a movernos. Cuando finalmente estamos frente a frente, nos dice:

—Bienvenidos a MenTech. Mi nombre es Facundo. —Su tono de voz es amable pero mecánico—. Tú afirmas ser hermano de Seryna —dice, dirigiéndose a mí—. Eso hay que comprobarlo. Y tú —añade, tragando saliva y dirigiéndose a Lorana—: estás sangrando por la nariz. Límpiate con esto. —Le extiende un pañuelo azul celeste—. Tú debes ser su acompañante —señala, dirigiéndose a Lena—. Síganme.

—¿Estás bien? —le pregunto a Lorana. Ella solo me hace un gesto de desdén para que pasemos del tema.

Seguimos a Facundo para ingresar en las instalaciones. Los edificios, un total de ocho, son muy elegantes y tienen rasgos claramente inspirados en arquitectura clásica, aunque también un par de ellos están hechos completamente de vidrio. Todos se comunican por senderos de granito que les permiten a los transeúntes circular entre ellos. Además, el complejo tiene plantas florales por todas partes y un lago en el que nadan algunas aves.

No vemos a muchas personas, solo a unas pocas que andan por allí con sus batas blancas o verdes. Entramos a un edificio cuyas puertas de cristal se abren automáticamente cuando nos acercamos a ellas. En la recepción, hay muebles modernos y una fuente de mármol que produce el ruido de una cascada. La inspiración en los elementos clásicos se equilibra con la alta tecnología que tiene en su interior, así que este no es un lugar atascado en el tiempo.

Facundo se queda en la entrada del edificio, nos pide que pasemos adelante y se retira. Al adentrarnos en el vestíbulo, nos encontramos con cinco personas de edad madura con vestimenta médica que nos saludan.

—Nos alegra tenerlos aquí —dice uno de ellos, un hombre de baja estatura, cabello canoso y ojeras—. Sean bienvenidos a las instalaciones de MenTech del norte. ¿Serían tan amables de decirnos sus nombres? —nos pregunta, y comienza a manipular un aparato vidrioso tan delgado como una hoja que reproduce imágenes.

—Yo soy Lorana, él es Travis, y ella es Lena — interviene Lorana con rapidez.

—Mucho gusto. Yo soy Clemente, y ellos son mis asistentes. —Ellos esperan a que los presente por nombre, pero él no parece interesado en hacerlo—. Nos hemos enterado de que dices ser el hermano de la doctora Seryna.

—Así es. Ella me dejó instrucciones de venir hasta aquí…

—Debemos admitir que nos has tomado por sorpresa —dice, interrumpiéndome—. Ni ella ni nosotros esperábamos que uno de sus parientes apareciera por este complejo.

—¿Y ella? ¿Está aquí? —pregunto con nerviosismo. Temo saber la respuesta a esa pregunta.

Clemente abre la boca para comenzar a hablar; sin embargo, esta vez es interrumpido por Lorana, quien súbitamente comienza a toser muy fuerte y, tanto por su nariz como por su boca, expulsa sangre. No es que sea demasiada, pero la sangre siempre causa escándalos, por lo que todos nos alarmamos. Su tez se pone pálida, y noto que ella está a punto de desmayarse, así que la sostengo para que no se caiga.

—Necesita atención médica ahora mismo —dice Clemente, checando los signos vitales de Lorana.

Él presiona un diminuto botón del aparato que lleva en la oreja y pide ayuda. Traen una camilla instantes después y suben a Lorana en ella. Lena y yo seguimos al equipo médico compuesto de ocho personas que ha llegado para movilizarla. Atravesamos una serie de pasillos y luego subimos a un ascensor que tiene suficiente espacio para que todos entremos a la vez.

—Vas a estar bien. Vas a estar bien —le dice Lena a Lorana, frotando su brazo.

Cuando las puertas se abren, el equipo médico saca inmediatamente a Lorana del ascensor y nos pide que nos apartemos. Lena y yo salimos detrás de ellos. Entonces oigo una voz que me resulta familiar decir mi nombre.

—Travis, ¿eres tú? —Su voz no ha cambiado en todo

este tiempo; es mi hermana.

Inmediatamente miro a mi derecha y la veo allí. Luce como siempre: alta, esbelta, con el cabello lacio, ojos cafés claros y su uniforme de doctora. No me percato de que Lorana y los demás se han alejado de mí porque mi hermana se acerca rápidamente y me rodea con un fuerte abrazo. Ambos lloramos.

CAPÍTULO TREINTA Y TRES

Seryna me abraza por un largo rato. Solo me suelta para poner sus manos en mi cara y mirarme con sus ojos llenos de lágrimas. Ahora sí sé que ha valido la pena haber llegado hasta aquí. Pasamos tanto tiempo llorando por nuestro reencuentro que tenemos que sentarnos en un sofá que está a pocos metros para calmarnos y tomar un poco de agua. La realidad es que ni siquiera cuando nuestros padres murieron lloré tanto, pues yo sentía que la única persona con la que podía compartir mi dolor no estaba conmigo.

—No puedo creer que estés aquí —me dice mientras sostiene mi mano—. Nuestros padres… ¿Ellos?

Asiento y ella deja salir un par de lágrimas más. Yo también lo hago, ella apoya su cabeza en mi hombro y se limpia con un pequeño pañuelo. Ambos permanecemos sentados uno al lado del otro durante varios minutos, hasta que Seryna prosigue con la conversación:

—Debí suponer que habían fallecido —comenta—. Me alegra que tú estés bien. Debió ser una pesadilla encontrarlos… sin vida. —Suspira antes de proseguir, y sus ojos vuelven a llenarse de lágrimas—. ¿Qué hicieron con los cuerpos? ¿Los cremaron o los enterraron? —indaga.

—Todos los sobrevivientes en el pueblo decidimos que lo mejor era enterrar los cadáveres. —Me detengo porque me doy cuenta de algo—. Quizá esa decisión haya tenido un trasfondo, puesto que hace poco supe que estaban exhumando los cuerpos para hacerles exámenes.

—No puede ser —se lamenta, y se pasa ambas manos por la cara—. Finalmente conseguiste la nota que te dejé, ¿cierto?

—Sí, hace algunos días la encontré. Las cosas se han puesto algo inestables en Verde Oliva, y empecé a buscar pistas por todas partes. Eso me ha traído hasta aquí. ¿Recuerdas a Roberth?

—Sí, claro. ¿Qué pasa con él?

—En el pueblo, promulgaron una ley que me impedía vivir solo por ser menor de veintiún años, así que tuve que irme a vivir con él y su familia. Roberth terminó siendo el cabeza, es decir, el líder principal de la comunidad. Él y otras personas establecieron un sistema basado en la Fe Universal y les dijeron a los sobrevivientes que las muertes eran producto de un juicio divino. Después unos oportunistas llegaron al pueblo, se hicieron llamar los Hijos de la Redención y comenzaron a amedrentar a la gente —explico.

—¡Vaya! —suelta, sorprendida—. Solo se aprovecharon de la confusión del momento. A pesar de eso, te las arreglaste para salir de allí, hermanito.

—El sobre y las imágenes en el teléfono que me hiciste llegar me pusieron en el camino correcto y, junto con Kassy, comencé a buscar por todas partes las conexiones con lo que estaba ocurriendo —continúo explicando—. Al final Roberth terminó aceptando que todo lo que estaba pasando era parte de un engaño. —Por el momento prefiero omitir lo que pasó con Oliver.

—Espera un momento —interrumpe Seryna—. Yo solo te dejé la nota en tu cuarto, y eso fue hace años, cuando me fui de casa. No tengo nada que ver con ese sobre o ese teléfono de los que hablas.

—¿De verdad? Pensé que tú estabas detrás de eso.

—Es muy extraño —musita Seryna, y permanece pensativa por un momento—. ¿Y cómo llegaste hasta aquí? —pregunta, cambiando de tema.

—Salimos del pueblo por el camino de las montañas y atravesamos Verde Esmeralda. Allí también hay abuso del poder debido al sistema que han levantado.

—Eso supuse. A decir verdad, desde lo que pasó no hemos tenido mucho contacto con el exterior —admite con tristeza.

—Lo que pasó se originó en este lugar, es decir, tus investigaciones y proyectos están relacionados con eso, ¿no es cierto? —inquiero.

—Veo que has tenido tiempo de unir algunas piezas —señala con serenidad—. Sí, te explicaré todo sobre ese tema; pero antes tienes que explicarme cómo has logrado atravesar el camino de las montañas templadas. ¿Has venido solo?

—¡Lorana! —digo con fuerza, poniéndome de pie.

—¿Lorana? —pregunta mi hermana.

—Es una amiga que me ha acompañado desde casa.

Bueno, ella y Lena lo han hecho; pero Lorana se ha sentido mal desde hace unos días y, al llegar aquí, ha empeorado. Un grupo de doctores se la llevaron. ¿Dónde está?

—Déjame averiguarlo. —Saca de su bolsillo un aparato de vidrio mucho más delgado que el que le vi a Clemente y presiona las imágenes que aparecen.

—Está en el área de atención a la salud —señala—. Vamos. —Me toma por la muñeca y me conduce por el pasillo.

El edificio en su interior es mucho más amplio de lo que imaginaba. Pasamos a través de diferentes pasillos en los que las personas realizan distintos tipos de trabajos. No les puedo dar toda mi atención ya que solo estoy tratando de ubicar a Lorana. Cuando llegamos al área de atención médica, encontramos a Lena sentada en la zona de espera.

—¡Seryna, estás con vida! —le dice a mi hermana, se pone de pie y se abrazan.

—Es un placer volver a verte. Estás muy cambiada, Lena. Ahora usas maquillaje —le dice Seryna.

—¿Dónde está Lorana? —le pregunto a Lena, interrumpiendo el momento.

—Está dentro de esa habitación —responde, señalando a la dirección—. La están atendiendo y me pidieron que esperara afuera.

Entro a la habitación y me encuentro a Lorana acostada en una cama, inconsciente y conectada a un aparato para respirar. Los médicos están revisando sus signos vitales. Me quedo paralizado. Seryna me sigue y comienza a conversar con los médicos.

—Tu amiga va a estar bien —me dice cuando ha terminado de hablar con ellos.

—¿Esto es consecuencia del largo viaje? —le pregunto, tropezando al hablar.

—Es muy poco probable que se deba a eso.

—Pero ella antes estaba bien. De hecho, nos ayudó con todas sus capacidades a llegar hasta aquí. Es una chica muy saludable. ¡Mírala ahora! Es mi culpa haberla arrastrado a esto —digo, mortificado.

—¡Travis! —me dice Seryna, pero la ignoro para seguir viendo a Lorana—. ¡Travis! —repite, haciendo que le de mi atención—. Lo que tiene tu amiga ha empezado mucho tiempo antes de haber emprendido ese viaje. Posiblemente su única oportunidad de recuperarse sea gracias a que la has traído contigo.

—Ella va a estar bien, muchacho —me dice Clemente— . Te lo prometo. Solo déjanos hacer nuestro trabajo — agrega, y nos pide que nos retiremos.

Seryna nos lleva a Lena y a mí a nuestras habitaciones para que podamos refrescarnos y descansar un poco. Han sido considerados con nosotros, pues ambos cuartos están en el mismo pasillo. Al entrar en el mío, encuentro una muda de ropa sobre la cama. Así que me meto al baño y me ducho con agua caliente. Después me pongo la ropa que han dejado para mí y me siento en la cama para ver a través de la ventana panorámica que compone toda una pared del cuarto. Veo la llanura, el denso bosque tropical, las montañas y la playa en el horizonte. Me pregunto si Kassy está bien en el campamento.

Me acuesto en la cama pensando en todo y termino cayendo en un profundo sueño. Cuando vuelvo a abrir los ojos, el sol está saliendo y los pájaros están cantando. He dormido muchas horas seguidas. Me aseo un poco y salgo de mi habitación para buscar a Lena. Sin embargo, cuando llamo a su habitación, ella no sale inmediatamente, por lo que empiezo a llamar con más insistencia.

—Buenos días —me dice ella, sorprendiéndome por la espalda—. Has dormido bastante.

—Lena, ya comenzaba a preocuparme por ti —le reclamo.

—¿Por qué? Por fin estamos seguros.

—Bueno, es que nunca se sabe —le respondo vagamente—. ¿Has ido a ver a Lorana?

—Sí, los médicos siguen tratándola. Espero que se recupere pronto —me contesta con tristeza—. También me he conseguido a tu hermana, y me dijo que, cuando te despertaras, fuéramos a desayunar con ella en una oficina en la que responderán a todas nuestras preguntas.

—¿Dónde queda esa oficina? Vamos.

A Lena le han dado un aparato vidrioso para que nos ubiquemos en el complejo. Salimos del edificio y nos dirigimos a otro cuyo exterior está cubierto enteramente por vidrio oscuro. Subimos en el ascensor dieciocho pisos y luego entramos a una oficina. Hay una mesa con comida y también muchos ordenadores en las paredes. Nos esperan sentados Seryna y Clemente, quienes se inmutan inmediatamente al vernos y nos piden que nos unamos a ellos.

—¿Has descansado bien, hermanito? —me pregunta Seryna.

—Sí, plácidamente. —Tomo asiento—. ¿Qué saben del estado de Lorana?

—Tu amiga se encuentra estable, pero necesitaremos más tiempo para encontrar un tratamiento efectivo —responde Clemente.

—Entiendo —murmuro—. ¿Iban a decirnos algo importante?

—¡Cuánto entusiasmo! Veo que es de familia —señala Clemente—. Por favor, coman algo antes. Así podrán darnos toda tu atención.

Ingiero precipitadamente un pan y dos huevos estrellados. Pese a que al principio Lena come con lentitud, al ver mi apuro, acelera el ritmo y le da hipo; por lo que termina tomándole más tiempo de lo acostumbrado desayunar. Apenas termina digo:

—Listo, ya hemos comido.

—Podemos comenzar —dice Clemente—. Primero lo primero, yo soy el director general de este Centro de Investigaciones Neurológicas, y Seryna es la jefa en el área de psiquiatría. Nuestro trabajo consiste en estudiar el cerebro humano y encontrar un camino para explotar todo su potencial.

—Como recordarás, Travis —agrega Seryna—, gran parte de mis estudios consistían en estudiar la serotonina y otros compuestos químicos que segrega el cerebro.

—Así es —contesto.

—Mi meta era desarrollar un medicamento capaz de

nivelar esos compuestos químicos para ayudar a las personas que luchan contra diversos problemas emocionales o mentales a alcanzar una vida plena —continúa diciendo Seryna.

—En general, las personas que sufren de ansiedad, depresión, esquizofrenia, algún tipo de obsesión, fobias o miedos presentan alteraciones de esos químicos, lo que afecta su cerebro y, en consecuencia, su calidad de vida —prosigue Clemente—. De allí nuestro interés en ellos.

—¿Qué tiene que ver todo esto con lo que pasó hace ocho meses? —pregunto.

—Ya casi llegamos a eso —contesta Seryna—. Nosotros logramos desarrollar ese medicamento que tanto ansiábamos. No obstante, una organización elitista comenzó a presionarnos y a amenazarnos para que modificáramos ciertos aspectos en él. Su objetivo era convertirlo en un arma biológica.

—¿Y ustedes accedieron? —les pregunta Lena.

—No tuvimos otra opción —admite Clemente.

—¿Acaso los apuntaron al pecho mientras ustedes trabajaban para ellos? —les reclamo.

—Sí. Nos retuvieron aquí durante meses para que trabajáramos en su proyecto —responde Clemente, encogido de hombros—. No hicimos nada de eso por elección propia. De hecho, no tenemos idea de cómo dieron con nuestra ubicación. Esta instalación es una localización confidencial debido a los delicados estudios que realizamos; solo personas con autorización especial pueden entrar o salir.

—¿Esa organización se llama la Octava Estrella?—pregunto directamente.

—No —responde Clemente, confundido, e intercambia miradas con Seryna—. La Octava Estrella es un grupo radical que, según se rumora, reside en las montañas. El grupo del que hablamos nosotros se llama la Élite del Zafiro.

¿Leopoldo y su comunidad son La Octava Estrella? No lo tengo claro, ya que tampoco he pasado con ellos el tiempo suficiente como para determinar quiénes son realmente y qué quieren. Ahora bien, eso podría complicar el reencuentro con Kassy y Ráscal. Por otra parte, ¿por qué Roberth mencionó a la Octava Estrella? ¿Es el mismo grupo que la Élite del Zafiro o son organizaciones diferentes?

—El evento ocurrido en la madrugada del 21 del mes cuarto fue producto de la activación de unos protocolos que los representantes de esa organización ejecutaron desde nuestras instalaciones —agrega Clemente—. Ellos usaron el nombre de nuestro centro de investigaciones y colocaron en diferentes puntos del estado contenedores flotantes que esparcieron en el aire la sustancia química que produjimos bajo su coacción. Suponemos que lo hicieron desde aquí para cuidarse las espaldas si alguien rastreaba el pulso electromagnético que usaron para iniciar el evento, que ellos denominaron como *Aislamiento B*.

—¿Cuáles son las intenciones de la Élite del Zafiro?—indago.

—No lo sabemos, pero suponemos que están buscando

una manera de dominar el país, o quizá el continente —contesta Seryna.

—Hablando del país, ¿qué hay del primer ministro? ¿No se ha pronunciado? Es una locura que el estado Verde sea un caos y no haya recibido ayuda del exterior. ¿Nadie se ha dado cuenta de lo que ha pasado? —inquiero con indignación.

—Parece que no. Nosotros creemos que el proyecto de aislamiento comenzó hace años —indica Seryna—. Con el pasar del tiempo, las comunidades se han relacionado cada vez menos entre sí y se han vuelto más independientes, fortaleciendo sus fronteras. Cada ciudad tiene sus propios problemas y, debido a la desinformación por parte de los medios, la gente ignora lo que está pasando. Parece que los dirigentes de la Élite del Zafiro han logrado que las personas solo vean hacia donde ellos quieren que vean. Tampoco sabemos hasta qué punto el primer ministro y los alcaldes de las comunidades están implicados en esto.

—El alcalde de Verde Oliva murió aquella noche —menciona Lena—. Dudo que haya estado enterado de lo que iba a suceder.

—¿Y ustedes se consideran responsables de lo que pasó? —les reprocho.

—Por supuesto que lo somos —admite Seryna—. Creímos que podríamos controlar la situación, pero, con aquellas personas encima de nosotros, fue imposible.

—Comprendo —murmuro—. Ese compuesto químico que fabricaron, ¿por qué acabó con la vida de la mayoría de la gente, pero a otros no nos afectó?

—Todo se basa en mi proyecto de controlar la serotonina, la dopamina y las endorfinas. Cuando estos compuestos químicos se alteran, las personas tienden a padecer fuertes cambios en su forma de pensar y de comportarse. Incluso hay quienes son diagnosticados clínicamente de padecer una patología mental —explica Seryna—. Yo quería ayudar a las personas buscando una cura a los desniveles de esas sustancias en el cerebro. Sin embargo, los de la Élite me obligaron a transformar mi invención en un arma que, en lugar de curar a las personas, las mataría. Eso fue lo que liberaron en el aire aquella noche.

—Así que las personas que murieron eran las que atravesaban problemas emocionales o mentales —comenta Lena, entusiasmada, como si hubiera hecho un gran descubrimiento.

—No, no fue así —contesta Seryna, con incomodidad—. Más bien, es todo lo contrario. —Hace una pausa—. Los que tienen ese tipo de problemas son los sobrevivientes.

CAPÍTULO TREINTA Y CUATRO

Las obsesiones de Paulo y de Níger, la extraña costumbre que me confesó tener Lance, las depresiones de Kassy, los gatos de Amalia, el miedo que les tenía Ráscal, y la persistencia desmedida de Sonia y otros miembros de la comunidad por participar en actividades religiosas. Todo tiene sentido ahora. Sin embargo, ¿y yo? ¿Por qué estoy vivo? Está claro que también debo tener algo, pero ¿qué es? Esto es demasiado que procesar.

—¿Estoy dañada? —pregunta Lena; sus ojos comienzan a empañarse.

—No, no es así. Que alguien atraviese un problema emocional en algún momento de su vida no quiere decir eso. De hecho, en muchas ocasiones, dichos problemas no se agravan, especialmente si se tratan —le dice Seryna para tranquilizarla—. Por otra parte, si había grandes elevaciones de ciertos compuestos en el cerebro de una persona, eso podría haber causado que ella sobreviviera. En realidad, algunos de los químicos que harían eso posible son buenos. Por ejemplo, si alguien estaba muy alegre en ese momento, esa podría ser esa la razón de su inmunidad al arma biológica.

—¿Cómo funciona exactamente esa arma? —indago.

—Nuestra invención original buscaba regular esos químicos —responde Clemente—. En cambio, el arma tenía como objetivo parar las funciones cerebrales de quienes tuvieran estabilidad en la segregación de determinados neurotransmisores en su cerebro. Para ello usamos las proteínas y las toxinas que segregan algunos anfibios.

—En pocas palabras, si alguien tenía niveles regulares de química cerebral, esa toxina paralizaría sus funciones cerebrales y terminaría causándole la muerte —agrega Seryna.

—¿Existe alguna clase de vacuna? —inquiero. Quiero saber si al menos Roberth no me mintió sobre eso.

—A decir verdad, basta con inyectar cantidades elevadas de endorfinas, serotonina u otro compuesto químico parecido, ya que, a esos niveles, funcionan como un escudo protector frente a la toxina sintética que creamos. El arma biológica fue diseñada para ser débil e ineficaz frente a ellos —asegura Clemente—. La Élite del Zafiro nos obligó a crear también un coctel químico de color rojo que funcionaría como protección.

Palpo con las yemas de mis dedos la jeringa que me dio Roberth y que llevo en el bolsillo. Parece que al menos eso sí ha sido cierto. No me atrevo a contarles todo lo que tiene que ver con él porque no sé si puedo confiar en las personas de este lugar. Y, a pesar de que sí confió en Seryna, sospecho que hay cámaras y micrófonos por todo el lugar.

—Es decir que esa organización esperaba que una clase

específica de personas sobreviviera —concluye Seryna en voz baja.

—¿Hay alguna manera de saber por qué estoy viva? ¿De descubrir qué me hizo inmune? —pregunta Lena.

—Sí la hay —responde Seryna—. Esta oficina es un laboratorio, así que podemos escanear tu actividad cerebral para conocer un poco más de ti.

Clemente y Seryna se ponen de pie. Ella busca unos aparatos en los estantes. Él trae una camilla y hace que Lena se acueste en ella. Seryna le pone en la cabeza una especie de casco y presiona una serie de botones en él. Uno de los ordenadores comienza a reproducir imágenes a color de su cerebro. Hace décadas, era un sueño llegar a diagnosticar irregularidades en el cerebro o la mente de las personas con un escáner.

—Es extraño —señala Seryna.

—¿Qué? ¿Qué hay de malo en mí? —pregunta Lena, muy asustada.

—Nada, todo parece estar bien. Claro, puedo ver que tienes tendencia a los miedos, pero es lo normal en una persona promedio —responde Seryna, y la ayuda a quitarse el casco.

—Durante el evento, quizás estabas atravesando un episodio complejo en tu vida personal y, como ya lo superaste, todo está actualmente en orden —sugiere Clemente.

—Lo difícil realmente vino después de ese día. De hecho, yo estaba muy feliz porque disfrutaba de mi noche de boda cuando mi esposo, el amor de toda mi vida, murió encima de mí de repente. Soy una viuda que solo estuvo casada un día —dice Lena, airada.

—Siempre has sido muy religiosa, Lena —intervengo—. ¿No es probable que hayas estado obsesionada con las cosas concernientes al culto?

—Tal vez yo no sea la indicada para responder eso, ya que a veces no nos damos cuenta de nuestros patrones de conducta. Pero la realidad es que creo que siempre he sido equilibrada en cuanto a mi fe —responde ella—. Aunque admito que después de la muerte de Justin sí intenté con todas mis fuerzas reprimir el dolor ocupándome en actividades religiosas, hace algún tiempo que siento que eso no es suficiente. No es suficiente simplemente estar distraída. Yo pienso que, si alguna vez estuve obsesionada con la Fe, fue después de ese día.

—Ah, ya veo —interviene Clemente—. A eso se debe. Dices que durante aquel evento estabas extasiada porque habías contraído nupcias. Algunos estudios han demostrado que el cerebro tiende a alterarse cuando las personas se enamoran debido a que produce mayores cantidades de adrenalina y dopamina. Lógicamente, los altos niveles de los compuestos que segregaba tu cerebro en aquel momento te protegieron de la toxina. Por eso sobreviviste.

—¿Y por qué Justin no sobrevivió si era la noche de boda de ambos? Lo que ustedes me dicen no termina de encajar. —Lena se cruza de brazos mientras medita en algo—. Admito que nunca creí del todo lo que la Orden de la Fe me dijo. Ellos afirmaban que yo estaba viva porque era muy devota y que él había fallecido porque no tenía suficiente devoción por la divinidad en su corazón. —Está más frustrada ahora.

—¿Eso es lo que les han hecho creer en ese pueblo? —pregunta Clemente—. ¿Todos pensaron que los sobrevivientes eran personas religiosas? ¿Acaso no sobrevivió alguien que no lo fuera?

—En realidad, sí. Nos hicieron llamarlos Sobrevivientes No Conversos —le respondo sin mirarlo a la cara. Mi mente está en otra parte—. No nos dimos cuenta de que lo que teníamos en común todos los que estábamos vivos no era la devoción.

—El chico y la chica que me presentaste en el parque —interviene repentinamente Lena—, ¿cuáles eran sus nombres?

—Erick y Fabiana. Ellos eran parte de ese grupo de personas —les explico a Seryna y Clemente.

—En el caso particular de esa pareja, lo que ustedes dicen parece ser cierto. No eran religiosos, así que su obsesión no era por la Fe. Sin embargo, ambos parecían estar locamente enamorados —sugiere Lena con lentitud.

—Seguramente los neurotransmisores en su cerebro los hicieron inmunes, y por ello sobrevivieron —indica Seryna—. ¿Ves que todo tiene sentido?

—Fue bastante fácil para aquella gente manipular a las personas de esa comunidad porque es un pueblo compuesto en su mayoría por personas religiosas. Aunque es sorprendente que la gente no haya visto qué era lo que en realidad tenían en común todos los que habían sobrevivido —señala Clemente—. Supongo que era más fácil determinar la razón de su supervivencia a través de una explicación sobrenatural.

—La Orden siempre hizo referencia a lo que dicen los antiguos textos sagrados con respecto a la muerte de las personas por voluntad de la divinidad de forma repentina, y les creímos. Por eso establecieron un sistema basado en la adoración a la divinidad. La gente estaba dispuesta a aceptar cualquier cosa que proviniera de una fuente superior —sugiero en voz baja.

—Parece ser cierto —asevera Clemente.

—Pero el sistema que han creado en Verde Esmeralda es muy distinto. Está más bien basado no en la devoción a una divinidad, sino a personas que consideran superiores por haber sobrevivido junto a sus parientes —expongo claramente.

—Sigue siendo devoción, Travis —señala Clemente con paciencia—. La devoción fácilmente puede ser una manera de camuflar una obsesión. Incluso el amor pudiera requerir tanta devoción de alguien que podría terminar tornándose obsesivo. —Le dirige la mirada a Lena, quien solo asiente y permanece en silencio.

—Sabemos que esto debe ser muy difícil de procesar —dice Seryna, y me rodea con un brazo—. ¿Quieres que escaneemos tu cerebro?

—Sí —respondo precipitadamente.

Me acuesto en la camilla, y repiten el proceso que aplicaron con Lena ahora conmigo. Lena se sienta en una silla, abstraída. No sé qué está pensando. Unos segundos después, Clemente y Seryna están discutiendo algo entre ellos en voz baja.

—¿Qué sucede?

Ellos me retiran los aparatos, y yo levanto mi torso de la camilla. Seryna toma una silla y se sienta frente a mí; está comenzando a ponerme nervioso. Entonces lo revela:

—Los resultados demuestran que tienes un trastorno mental. Se conoce como el síndrome del salvador.

—¿Qué? —suelto una pequeña risa al hacer la pregunta.

—Dime algo, Travis. —Hace una pausa para soltar la pregunta—: ¿Sientes que siempre tienes que proteger o salvar a las personas?

—Creo que, en general, todos queremos ayudar a los demás.

—Pero ¿esas cosas que haces para ayudar a los demás son enormes, representan grandes sacrificios o te exponen al peligro?

—Yo... no lo sé —miento, pues yo sé cuál es la respuesta.

—A ver, ¿por qué estás aquí? —indaga.

—Vine por ti.

—¿Seguro que a nada más? Lena me ha dicho que querías ayudar a las personas de Verde Oliva.

Me quedo en silencio. Seryna tiene razón; yo soy así. No obstante, ¿cómo es posible que algo que yo considero que es bueno en mí sea en realidad producto de un problema en mi mente?

—No te sientas mal por eso —me anima ella—. Todo va a estar bien.

Salimos de la oficina-laboratorio y nos ponemos en

camino al área de atención para la salud con el fin de visitar a Lorana. Me siento confundido, pues lo que nos han revelado ha logrado aturdirme. Me doy cuenta de que Lena está más distraída que yo, así que le pregunto:

—¿Vas a estar bien?

—No lo sé. —Detiene el paso, y agrega con enorme tristeza—: Creo que ya sé por qué yo sobreviví y Justin murió.

—¿A qué crees que se debió?

—El caso de Erick y su esposa es la respuesta. Ellos sobrevivieron porque ambos estaban muy enamorados uno del otro —responde melancólicamente—. ¿No es evidente? Yo amaba a Justin, pero él no a mí.

CAPÍTULO TREINTA Y CINCO

—Los fuertes dolores de cabeza que ha estado sufriendo su amiga parecen ser la causa del sangrado nasal —nos dice uno de los doctores que está atendiendo a Lorana—. Le hemos tenido que inducir el coma para evitarle más dolor; sin embargo, creemos que lo mejor para ella es someterla a un tratamiento que debe ser administrado en aislamiento para garantizar su efectividad.

Lena y yo permanecemos de pie, frente a Lorana, que yace en la misma cama en donde la dejamos ayer. Su estado actual no nos permitirá irnos pronto. Yo preferiría irme en cuanto podamos.

A pesar de que aún no he conseguido que aquí me presten alguna clase de apoyo para sacar a la comunidad de la anarquía en la que se encuentra, necesito buscar a mis amigos. Ahora no tendremos más opción que permanecer aquí unos días más, por lo que buscaré la oportunidad de hablar con mi hermana y pedirle directamente ayuda.

—¿Cuánto tiempo le tomará recibir ese tratamiento? —inquiere Lena.

—No podemos decirlo con exactitud; no obstante, estoy seguro de que será mucho más que solo un par de semanas

—responde el doctor, y se dirige a Seryna, quien está revisando los últimos exámenes a los que han sometido a Lorana—: ¿Compartirá con ellos los resultados de los exámenes?

Seryna se acerca a nosotros, guarda el dispositivo vidrioso que usa para todo lo que se hace aquí en el bolsillo de la bata blanca que lleva puesta y deja su mano dentro de él también.

—Chicos, tengo que informarles el resultado del diagnóstico de Lorana: sus funciones cerebrales están al borde de un colapso fulminante. Aunque no hemos podido determinar qué clase de problemas ha estado sufriendo, sospechamos que ha estado atravesando episodios maníaco-depresivos, por lo que debemos llevarla a un ambiente más controlado si deseamos salvarle la vida —señala con voz profesional, pero con mirada compasiva.

—Pero es que nadie necesita que se le induzca el coma por atravesar una depresión —replica Lena, confundida.

—El problema no es la depresión, Lena. Eso solo ha potenciado el problema neurológico que está sufriendo —explica Seryna, y añade—: Son lo más cercano a una familia que ella tiene, así que necesitamos el consentimiento de ambos.

—No sabía que ese tipo de episodios pudieran tener un efecto tan agresivo en las personas, pero sí, está bien por mí. —Le dirijo la mirada a Lena, y ella asiente—. Lo que sea necesario para que se recupere pronto.

—Muy bien. La transportarán en un par de horas a otra área.

—Gracias, Seryna. —La tomo de la mano para alejarnos y poder hablar en privado—. ¿Crees que podamos dar un paseo para charlar? No lo sé, ¿quizá al lago?

—Sí, por supuesto. Solo tengo que poner unas cosas en orden, y podremos ir hasta allá. Espérame aquí; estaré de vuelta en unos minutos —me dice, y abandona la habitación.

Lena decide irse a su cuarto a descansar, y yo espero en una silla frente a la habitación donde tienen a Lorana durante unos minutos, que terminan convirtiéndose en horas. De hecho, estoy allí para el momento en que llega el personal médico que ha venido a llevársela. Me levanto, la tomo de la mano, aunque ella está inconsciente, y la acompaño por varios pasillos. Luego me dicen que no puedo seguir con ellos puesto que están por ingresar a un área restringida, así que la sigo con la mirada hasta que se cierra la puerta que atraviesa junto con el equipo médico, ocultándola de mi vista. A pesar de lo que ha dicho Seryna, no dejo de pensar que ha sido mi culpa que Lorana haya terminado en ese estado.

Al final de la tarde, Seryna regresa y se disculpa conmigo. Parece que sus responsabilidades han requerido más atención de su parte de lo que ella previó, de modo que emprendemos el rumbo al lago cuando se está ocultando el sol. Caminamos por el sendero hecho de granito bajo los débiles rayos de luz que aún quedan y sentimos la agradable brisa del ocaso.

El lago contiene muchos bancos y hamacas. Ya no hay nadie presente, y hasta los animales se han ocultado en sus madrigueras o nidos. Sin embargo, insisto en adentrarnos en el área verde que circunda al lago para sentarnos en un banco que se ve muy cómodo en la distancia solo para garantizar que nuestra plática sea confidencial. Una vez que hemos tomado asiento, ella me dice:

—Hay tantas cosas sobre las que hablar, ¿no es así?

—Creo que nos tomará tiempo ponernos al día —admito con una pequeña sonrisa—. Es bastante agradable estar aquí afuera. Me hace recordar los días en los que íbamos de paseo al lago con nuestros padres.

—También me hace recordar esos momentos. Los extraño mucho. Me refiero a nuestros padres y a todo lo que hacíamos juntos —me dice con tono triste.

—Nunca tuve la oportunidad de saber qué fue lo que pasó entre ustedes.

—Es complicado. —Ella contiene la respiración por un momento para soltar un suspiro—. Sabes que ellos esperaban que yo fuera una chica más entregada a las actividades del culto, pero yo quería hacer algo más, producir algo más grande. Nunca me apoyaron en lo que yo de verdad amaba hacer.

—Nuestros padres se esforzaron por transmitirnos su fe, pero también nos impulsaban a ser mejores en otros campos. No logro relacionar lo que te pasó con ellos con la forma que nos trataban —admito, un poco confundido.

—A veces solo conoces ciertas dimensiones de las personas cuando afrontas situaciones específicas con ellas —explica con mirada perdida—. Los seres humanos somos muy complicados, Travis.

Ambos permanecemos en silencio unos momentos, mientras vemos el último rayo de sol ocultarse.

—Puede que nuestro padre nunca haya entendido qué era lo que en verdad yo hacía en mi trabajo —agrega. Percibo resentimiento en sus palabras—. Yo quería ayudar a las personas a estar mejor; sin embargo, él no aprobaba la manera en la que la ciencia buscaba hacerlo.

—Lamento que su relación se haya fracturado de esa manera.

—Sí. Ya lo he superado, pero eso no significa que no duela. Al menos conseguí a las personas apropiadas para desarrollar los proyectos que siempre imaginé.

—Hablando del trabajo que haces aquí, ¿no has pensado en usar toda la información que tienes para ayudar a las personas que están en los lugares afectados?

—No es tan fácil —se limita a decir.

—¿Por qué? ¿Es más fácil quedarse aquí esperando de brazos cruzados hasta que ocurra otro genocidio? —inquiero sin ocultar mi inconformidad.

—La única manera de entrar o salir del complejo es por el sistema de transporte central de MenTech, el cual solo arribaba aquí una vez al mes —responde firmemente—. Te lo dijimos: esta ubicación es clasificada. Si alguien tratara de abandonar este lugar sin ese sistema, solo terminaría perdiéndose en el bosque o en la selva. Por eso todos están tan sorprendidos con tu llegada; es prácticamente imposible dar con estas instalaciones. Además, desde que los de la Élite del Zafiro se fueron el día del evento, no hemos recibido más transportes. Y nos cortaron todas las comunicaciones con el exterior. En resumen, estamos atrapados aquí.

—Claro que no. Por supuesto que hay maneras de llegar a la civilización.

—Que hayas tenido un golpe de suerte llegando hasta aquí no es garantía de que puedas repetirlo. ¿Y qué te hace creer que diciéndole a la gente la verdad sobre lo ocurrido podrás hacer que todo mejore? Recuerda lo que pasó en Verde Oliva cuando le dijiste a todo el mundo que su sistema era un engaño.

—Yo no te había contado eso —señalo en voz baja.

—Lena lo hizo esta mañana cuando nos vimos.

—¿También te dijo lo que le hicieron a Oliver? —pregunto, irritado.

—¿Oliver está vivo? —me pregunta.

—Él me ayudó a reponerme al duelo por nuestros padres, y después lo mataron en un vil acto público. —La indignación que siento hace que mi voz tiemble.

—Eso no tiene sentido. —Seryna se lleva a la boca la mano derecha y se inclina hacia adelante.

—No podemos dejar que sigan matando a más personas Seryna —le suplico—. Debe haber algo que ustedes puedan hacer.

—Está hablando el trastorno mental que sufres, Travis —responde con severidad—. Esa necesidad de salvar a las personas es solo eso. De ello te quería hablar.

—¿Cómo?

—Tenemos un tratamiento para eliminar los problemas mentales. Quiero que te sometas a él —me propone.

—¿Quieres que deje de interesarme en las personas? —le reprocho.

—Quiero que dejes de ponerte en peligro —replica ella.

—Lo lamento, hermana, pero así soy yo. Dijiste que nuestros padres no aceptaban quien eras. No repitas el mismo patrón entonces. —Me pongo de pie—. Espero que reconsideres ayudarme con esto, sino tendré que buscar a otras personas que sí estén interesadas en hacerlo, al igual que tuviste que hacerlo tú hace tiempo.

—No lo entiendes.

—Ayúdame a hacerlo entonces.

—Sigues siendo muy joven. No importa qué edad tengas, hay cosas que son más grandes que nosotros —contesta, y se pone de pie para comenzar a caminar, dándome a entender que hay algo de lo que prefiere no hablar.

CAPÍTULO TREINTA Y SEIS

Aunque las instalaciones de MenTech cuentan con lo último en tecnología y alardean de tener grandes comodidades, vivir en ellas no es lo que yo llamaría unas vacaciones. Debido a que nuestra estancia se ha prolongado cuatro semanas desde que llevaron a Lorana a aislamiento, nos han asignado trabajos dentro del complejo.

Los horarios laborales se componen de diez horas, comenzando a las siete de la mañana. También me dieron uno de los aparatos vidriosos para que me ubicara en la zona y pudiera cumplir con mis tareas, que se limitan a garantizar que siempre haya materiales de oficina en los escritorios.

No es un trabajo agotador ni mucho menos. Sin embargo, al terminar el día, me siento cada vez más cansado y, si no es porque la alarma del despertador suena a las seis de la mañana, creo que me quedaría dormido hasta las dos de la tarde.

Por su parte, Lena está trabajando en el departamento de informática, y se nota que se siente bastante cómoda. Quizá está tratando que el tema de Justin no le afecte, porque la veo verdaderamente centrada en la rutina para distraerse.

He conocido a más personas en MenTech, pero pocas están dispuestas a hablar conmigo abiertamente. A veces percibo que tratan de evitarme. Afortunadamente, ya estoy acostumbrado a que la gente actúe de esa manera. Por otra parte, no he visto mucho a Clemente en los últimos días y, después de mi discusión con Seryna, ella parece estar demasiado ocupada para mí.

He comenzado a preocuparme mucho por Lorana. No pensé que el asunto de mantenerla en aislamiento sería algo que tomarían al pie de la letra. No obstante, ni siquiera me dejan acercarme a la zona donde la tienen para verla a través de una ventana. Lena dice que no debemos pensar mucho en eso, que el trabajo que hacen aquí es muy bueno. Pero no se siente bien dejar a las personas que queremos en manos de otras que apenas conocemos. Siento que, últimamente, eso me está pasando con frecuencia.

Pese a que me crie con Seryna, he llegado a la conclusión de que no es la misma persona con la que jugaba de niño. En un principio, quise negar ese hecho, pero ya no puedo. Siento que no debería confiar del todo en ella.

Como parte de mi trabajo consiste en reponer ciertos artículos en las oficinas, uso el aparato localizador para buscar la de mi hermana bajo la excusa de que voy a asegurarme de que tenga suficientes reservas de baterías para sus lámparas de escritorio. No sé si ella está allí en este momento. De ser así, disimularé mi visita diciendo que quería verla.

Me cuesta convencer a Lena para que me acompañe; sin

embargo, finalmente lo logro. La necesito conmigo para que busque en el ordenador de Seryna cualquier cosa que revele qué es lo que me está ocultando. Como no soy experto en informática, Lena se encargará de esa parte; yo solo seré quién justificará nuestra presencia si alguien nos descubre.

El lugar donde trabaja mi hermana se encuentra en uno de los edificios centrales. A la hora del almuerzo, nos dirigimos hacia allá, deseando que Seryna esté en alguno de los comedores. Como el ascensor es muy transitado, subimos las escaleras veinticinco pisos arriba para evitar encontrarnos con personas que sospechen de nosotros.

Cuando el aparato localizador nos señala que estamos frente a nuestro destino, primero volteamos hacia todas las direcciones para asegurarnos de que no hay nadie cerca. Al no visualizar a ninguna persona, entramos y cerramos la puerta detrás de nosotros. Es cierto que hay cámaras de vigilancia, pero en este sitio todos se sienten tan seguros y confiamos que, si todo sale bien, no habrá quién busque en los videos.

La oficina es amplia, contiene un gran escritorio en el que hay tres lámparas y un teclado táctil. Las paredes laterales están compuestas enteramente por pantallas. Lena se sienta en el escritorio y presiona el teclado. En las pantallas se reproducen las imágenes del ordenador; no obstante, inmediatamente solicita un código.

Intentamos adivinar la clave usando información personal de Seryna, y un mensaje aparece en las pantallas, señalando que la clave es incorrecta. Así que usamos los nombres de mis padres y sus fechas de nacimiento. El mensaje vuelve a aparecer. Luego escribimos mi nombre y mi fecha de nacimiento; seguimos sin acertar. Empezamos a creer que hemos perdido nuestro tiempo y, probablemente, también la única oportunidad de conseguir algo.

—Prueba con *Oliver* —le sugiero a Lena.

—Si no han funcionado los otros datos, no creo que este… —Comienza a decir mientras escribe en el teclado, pero se interrumpe cuando el ordenador acepta la clave.

—Pues sí funcionó —agrego. Parece que la relación entre Seryna y Oliver era tan estrecha como algunos imaginaban—. Rápido, busca algo relacionado con el proyecto de *Aislamiento B*.

Lena mueve sus dedos por el teclado con rapidez. Ambos miramos con atención todo lo que las pantallas muestran; sin embargo, lo que leemos es prácticamente lo mismo que ya Clemente y Seryna nos habían dicho, solo que con más explicaciones sobre química y biología. Proseguimos en nuestra búsqueda en los archivos de la computadora hasta que conseguimos una base de datos que llama nuestra atención.

Es un expediente que se llama *Sobrevivientes*. Contiene las denominaciones y los síntomas de algunas obsesiones y enfermedades mentales. Ahora bien, lo realmente sorprendente es que indica los nombres de personas que conocemos dentro de la columna que señala a los que padecen esos problemas.

Según este expediente, Roberth y Francesca son

megalómanos, Kassy y otros sufren de depresión, Paulo y Níger tienen trastorno obsesivo compulsivo, Lance es voyerista, Oliver y Sonia son mitómanos, Amalia tiene el síndrome de Noé, Lionel padece del síndrome del impostor, y Ráscal tiene ailurofobia. Esos son solo algunos de los nombres que logro distinguir dentro de la larga lista. Mi nombre aparece relacionado con lo que Seryna me diagnosticó: el síndrome del salvador. Lena, Erick, Fabiana y otros aparecen como *casos por determinar*.

Además, el síndrome de Estocolmo aparece relacionado con gran parte de las personas de la lista, como Morgan y Kira, con una palabra al lado de cada uno de sus nombres: *Inducido*.

A pesar de que mi hermana me dijo que no se habían comunicado con el exterior desde el lanzamiento del arma biológica, este registro de los sobrevivientes comprueba que están en contacto con alguien allá afuera. Alguien está vigilando y estudiando a las personas y, además, esa persona, en caso de que sea solo una, mantiene al tanto a los dirigentes de MenTech sobre lo que pasa.

—Travis —dice Lena, mirando a la pantalla que está a nuestra derecha mientras escribe—, hay otros archivos que no tienen que ver con este expediente, pero tienen vínculos relacionados con él. ¿Los revisamos?

—Por supuesto.

Los archivos que Lena abre tienen que ver con un proyecto llamado *reacondicionamiento*. Está basado en una investigación que estudiaba el efecto que tuvieron las redes sociales hace décadas en la mente de las personas con el objetivo de desarrollar técnicas y herramientas que causen un reinicio cognitivo en los sujetos del experimento. Prácticamente es un lavado de cerebro.

La ira se sube a mi cabeza cuando descubrimos que el proyecto ya ha sido probado y que uno de los sujetos del experimento es Lorana. Lena no lo puede creer, yo solo pienso en sacarlas a ambas a toda prisa de este lugar. Sin embargo, cuando salimos de la oficina nos encontramos con Seryna, acompañada de seis guardias de seguridad.

—¿Perdieron algo? —pregunta ella.

—Hemos venido a buscarte porque queríamos invitarte a tomar el almuerzo con nosotros en el parque —respondo, tratando de sonar natural.

—¡Son unos monstruos! ¡Mentirosa! —grita a voz en cuello Lena.

—Veo que han espiado mis cosas —asevera Seryna—. Es una lástima. No debieron hacerlo; yo planeaba que todo fuera más pacífico —agrega, y se dirige a los guardias—: Sométanlos.

Ellos levantan sus armas y nos apuntan. Estamos frente a frente. Me abalanzo sobre uno, pero me dispara un dardo en el cuello. Tres segundos después, caigo al suelo y pierdo el conocimiento.

CAPÍTULO TREINTA Y SIETE

Me despierto sobre una camilla. Al principio, mi visión está borrosa, y siento que mis extremidades no responden como usualmente lo hacen. Hace mucho frío aquí, y mis orejas están heladas. Esto es un quirófano. Me percato de que mis brazos, mis piernas y mi cuello están atados a la camilla con firmeza. También tengo un casco como el que me puso Seryna para hacerme el examen.

Entonces recuerdo lo que acaba de pasar y forcejeo con todas mis fuerzas para liberarme, pero no tengo éxito. Desisto y, al mirar al techo, descubro que está compuesto completamente por un espejo que refleja mi imagen. Me doy cuenta de que tengo barba. ¿Cómo pudo salirme tan rápido? Entonces escucho la puerta abrirse.

—Supuse que ya habías despertado, hermanito —dice Seryna amablemente.

—Seryna, ¿qué está pasando aquí? ¿Por qué me has mentido? —le pregunto sin ocultar la rabia.

—Los expedientes que ustedes leyeron te han revelado lo que yo esperaba decirte en el momento oportuno. Yo solo quería asegurarme de que estuvieras en condiciones de aceptar la verdad en todas sus dimensiones.

—¿Dónde están Lorana y Lena? ¿Por qué me tienes amarrado?

—No estás atado para evitar que te vayas; es solo para impedir que te hagas daño durante el procedimiento.

—¿Dónde están mis amigas? —Vuelvo a preguntar.

—Ellas están bien, no te preocupes —me contesta con un gesto de desdén.

—Si no me tienes así para contenerme, ¿significa que me puedo ir?

—Por supuesto que no, hermanito. Te necesito conmigo. Solo tengo que asegurarme de que seas como me conviene que seas.

—Quieres someterme a ese tratamiento contra el síndrome que tú dices que tengo —razono—. Está bien, lo haré. Solamente deja que Lorana y Lena se vayan. No le hagas ese lavado de cerebro a Lorana, por favor —le suplico.

—Travis, ellas también se quedarán. Verás, Lorana en realidad le pertenece a MenTech —revela Seryna.

—¿Qué?

—Lo que acabas de llamar lavado de cerebro es un procedimiento exitoso en el cual se condiciona con éxito la mente de un individuo. Así se le puede curar una enfermedad mental, inducírsele otra o reconstruir su personalidad —explica ella—. Lorana es uno de los primeros sujetos de prueba.

—¿Ella trabaja para ti? —indago, anonadado.

—Algo parecido, aunque no ha estado plenamente consciente de ello después de que fue sometida al procedimiento —continúa explicando—. Ella solía ser una pobre chica abandonada por unos padres desconsiderados que la dejaron en una instalación psiquiátrica. Durante años, tuve muchas sesiones con ella, y aceptó participar en un programa piloto para que yo hiciera de ella el arma que es.

—No lo comprendo. ¿Quién es Lorana entonces?

—Ella es como yo quiero que sea. Condicioné su mente para que te buscara, te protegiera y te trajera hasta aquí —alardea Seryna—. ¿Cómo crees que llegó a vivir en nuestra casa? ¿Por qué piensas que ella siempre te siguió y accedió a venir contigo? El día del lanzamiento del arma biológica, ella estaba dentro del estado Verde, recluida en una instalación de MenTech. Yo preparé todo para que ella pudiera salir y le dejé un cubo holográfico que marcaba la ubicación de la casa de nuestros padres; así la puse en el camino hacia ti. Todo lo que ha hecho ha sido programado en su mente porque yo te quería conmigo, hermanito.

—No creo que tu tratamiento sea efectivo. Yo sé que Lorana no es ninguna especie de máquina. Ella tiene sentimientos, me aprecia, ha hecho otros amigos como Kassy, Lena y Ráscal —contradigo.

—¿Te enamoraste de Lorana? —se burla—. Eso no me lo esperaba. —Suelta una carcajada—. ¡Qué inocente eres! Lamento informarte que Lorana no siente nada de eso de manera espontánea. Lo que piensa y hace es condicionado por la programación a la que fue expuesta.

—Te equivocas.

—No, hermanito, tú no estás entendiendo. ¿Quieres

saber por qué nuestros padres rompieron relaciones conmigo? —pregunta, y se responde ella misma—: Claro que sí quieres. El proyecto de reacondicionamiento es mi verdadero aporte a la humanidad. Es la única manera de lograr que las personas exploten todo el potencial que sus limitaciones emocionales les impiden alcanzar. Mucha gente lucha durante años para cambiar su forma de pensar, de sentir, de vivir y no lo logra. Creé esta técnica para facilitar que las personas sean como ellas quieren ser sin sufrir tanto. Además, también borra de sus memorias cualquier dolor. Sin embargo, hace años, cuando yo tenía todo listo para presentar mi gran avance, nadie lo tomó en serio. —Ahora habla con frustración—. No hubo quien creyera que eso era posible, así que te usé como ratón de laboratorio cuando eras un niño para demostrar que el procedimiento era efectivo.

—¿De qué estás hablando?

—Yo reacondicioné tu cerebro para que desarrollaras el síndrome del salvador que sufres. Así es, Travis, esa parte de tu personalidad que tanto amas está en ti porque yo la puse en tu mente —explica, elevando la voz—. Nuestro padre no estuvo de acuerdo con eso y me echó de casa. Pero no tienes de que preocuparte. Borraré eso de tu cabeza y te reacondicionaré para que seas menos heroico y más útil.

—Si las personas quieren cambiar, claro que pueden lograrlo. No tienes por qué obligarlas, como lo quieres hacer conmigo —le reclamo.

—Esto es por tu bien. Yo sé qué es lo que quieres —

dice, usando un tono de voz compasivo.

—¿No me estás escuchando? ¿Qué fue lo que te pasó Seryna? —le pregunto con lástima—. ¿Qué te llevó a manipular mi mente?

—Deberías estar agradecido conmigo, puesto que te brinde algo que has disfrutado. Al igual que Lorana. ¿Quieres verla? —me pregunta, y toca un botón en la pared.

La puerta se abre, y entra Lorana. Se ve como ella, pero su mirada es distinta. Sus ojos no tienen tanto brillo, y luce más severa. Se pone de pie frente a Seryna y solo me ve por un segundo.

—Lorana, ¿recuerdas a este chico? —le pregunta Seryna.

—Nunca lo había visto, doctora —le responde, volviendo a dirigirme la mirada brevemente.

—Lorana, soy yo, Travis —le digo insistentemente—. ¿Recuerdas cuando nos conocimos en mi casa? Debes recordar la foto de la que siempre te burlabas.

—No sé de qué estás hablando —me contesta con incomodidad.

—¿Recuerdas cuando hablamos en la cabaña? Cuando dijimos que nos importaba el otro, y entonces te besé. No volvimos a hablar del tema, pero estoy seguro de que eso significó algo para ti —le digo, hablando con rapidez.

—Yo no recuerdo nada de eso —dice con lentitud, y arruga su frente—. ¿Me puedo retirar, doctora?

—Sal de aquí, Lorana —le ordena Seryna, y ella obedece—. ¿Te has dado cuenta? La he reseteado —me dice, acercándose a mi cara.

—¿Qué le has hecho, Seryna?

—Tranquilo, hermanito —me responde ella—. Si la quieres enamorada de ti, eso se puede arreglar. Solo hay que someterla a otra sesión de reacondicionamiento, y la tendrás locamente perdida de amor. Puedo preservar dentro de tu mente tus sentimientos por ella también, así ambos serán felices juntos.

—Eso no sería amor. ¿De qué sirve programar u obligar a una persona a sentir algo? Eso no es genuino y no sirve de nada —replico.

—En cualquier caso, tendrás que esperar al menos un mes —explica, ignorando lo que acabo de decir—. Si un receptor recibe el procedimiento con demasiada frecuencia, podría sufrir un accidente cerebrovascular. Además, otra debilidad de esta tecnología, que la hace ciertamente delicada, es que los sujetos del tratamiento necesitan ser sometidos al menos cada siete meses al mismo. De no ser así, su cerebro corre el peligro de perder su forma y dejarlos en estado vegetal.

—Pero, si tú me hiciste eso a mí, ¿cómo es posible que yo no haya necesitado ser sometido a reacondicionamiento nuevamente en todos estos años? —cuestiono.

—Eso es precisamente lo que quiero averiguar —contesta—. En tu caso, el procedimiento nunca necesitó ser repetido. Tus funciones cerebrales jamás necesitaron mantenimiento. Por eso quiero descubrir qué hace que tu cerebro sea diferente. Usaré lo que encuentre para mejorar el reacondicionamiento. Mi meta es que el tratamiento sea más efectivo y sin efectos secundarios.

—No he dejado de ser tu rata de laboratorio —agrego con resentimiento—. Para eso me querías aquí, ¿cierto? Para seguir experimentando conmigo.

—No puedo negar que es una de mis motivaciones. No obstante, también te quiero conmigo y quiero que seas feliz. Por lo que voy a reacondicionarte de nuevo. Tenemos que estar unidos, Travis. Somos hermanos; nuestras vidas están atadas.

—Eres mi hermana, pero somos muy distintos. Tú planeas seguir haciéndole daño a Lorana.

—Te equivocas. Yo voy a ayudarla. Lorana ha tenido que recibir el tratamiento muchas veces —prosigue—. Ella es totalmente dependiente a las sesiones de reacondicionamiento. Esa es la razón por la que presentaba fuertes dolores de cabeza y desorientación. Por poco no logra cumplir con su misión de traerte. De modo que, con lo que me ayudes a descubrir, lograremos que ella no necesite estas sesiones periódicas.

—Tú le pusiste en la cabeza que me dejara el sobre y el teléfono, ¿cierto?

—Busqué en su mente y descubrí que no fue ella. Me pregunto quién dejó esas cosas para ti —murmura para sí—. Estoy segura de que ha sido alguien que quería hacer que tú llegaras a alguna parte, y lo logró. ¡Mira dónde estás, Travis! Tú creíste que habías arrastrado a tus amigos a todas estas situaciones, pero te equivocabas. Más bien, alguien te ha estado llevando a ti a donde quería que estuvieras —se burla—. Tendré que averiguar quién está detrás de todo eso, aunque verdaderamente ha servido para mi propósito. Gracias a ello, he encontrado en la mente de Lorana información muy interesante. De esa manera, me enteré con más detalles de todo lo que ha pasado en Verde Oliva.

—¡No tiene sentido que alguien además de ti quisiera manejarme de esa manera!

—Te sorprenderías, hermanito —dice después de suspirar.

—¡La única manipuladora y mentirosa aquí eres tú! —le lanzo—. Todas estas semanas aquí han sido una pérdida de tiempo. Si lo que querías era lavarme el cerebro, podías haberlo hecho antes.

—Este procedimiento requiere que el cerebro tenga ciertos químicos en determinados niveles. Pusimos algunos neurotransmisores en tu comida y en el agua que bebías para lograrlo. Quizá experimentaste mucho sueño en las semanas anteriores como consecuencia. Yo de verdad quería que todo esto fuera más fácil. Me hubiera gustado meterte un día al quirófano mientras dormías y sacarte como una persona nueva —se lamenta—. Sin embargo, para lograr que tu organismo estuviera en estado óptimo para soportar esta sesión, tenías que estar bajo medicación cinco meses.

—Solo he estado aquí un mes. Tendrás que esperar cuatro más entonces —me burlo.

—Has estado sedado los últimos cuatro meses —revela—. No recuerdas nada porque, en las ocasiones en las que te hemos levantado para que movilices tus extremidades, tu mente ha estado adormecida.

Ahora el tamaño de mi barba tiene sentido.

—Me sorprendes. Todo lo que nos has hecho a Lorana y a mí es abominable. Hablas de las personas como si fuéramos simples objetos dispuestos para tu uso —le reprocho.

—Yo solo los he ayudado a alcanzar su potencial.

—Supongo que eso te dices para dormir por las noches, ¿no? Dime algo, ¿liberaste el arma biológica por iniciativa personal? —indago.

—Sí. Aunque todo el personal de MenTech cree que fuimos coaccionados por la Élite, yo he trabajado para ella desde hace años. Fui yo quién les reveló la ubicación de esta instalación —admite, victoriosa.

—¿Por qué? ¿Por qué lo hiciste? ¿Por qué mataste a nuestros padres? —Las lágrimas comienzan a salir por mis ojos.

—¿Quién crees que financió mis proyectos? Nadie creyó en mí, solo la Élite. Ellos pagaron todo lo que yo necesitaba para desarrollar mi tecnología. Cuando me pidieron que desarrollara el arma biológica, tenía que acceder. Yo sabía que tú ibas a sobrevivir; por eso me encargué de enviar a Lorana a buscarte para que estuvieras conmigo —se justifica.

—Nuestros padres sí creían en ti, pero no creían en la crueldad. Y por eso, tú… los mataste…

—Ay, Travis —suspira, y hace un chasquido con su boca—. Tú fuiste quién los mató.

—¿Qué estás diciendo? Te has vuelto loca, ¡¡¡Tú eres la

culpable de sus muertes!!! —grito.

—No, hermanito. —Se acerca a mí, y pone su mano en mi frente—. No has entendido. La toxina del arma biológica se deriva de la proteína que les permite sobrevivir a ciertos anfibios a condiciones extremas de temperatura. Cuando esos animales están expuestos a mucho frío, sus órganos prácticamente dejan de funcionar, por lo que clínicamente están muertos. Pero al volver las condiciones climáticas favorables, recuperan todas sus funciones orgánicas —explica—. El arma biológica no mató directamente a nadie, solo disminuyó las funciones vitales de las personas, dejándolas clínicamente muertas. No obstante, si a esas personas les introducían en sus cuerpos altos niveles de serotonina, dopamina o adrenalina, recuperarían sus funciones vitales, como si nada hubiera pasado.

—Pero —digo sin creer lo me acaba de decir— eso significa que…

—Sí, Travis —me interrumpe—. Los enterraste vivos.

CAPÍTULO TREINTA Y OCHO

Recuerdo la noche en la que me despedí de mis padres antes de ir a la cama. No sabía que sería la última vez que los vería con vida y, de haberlo sabido, los habría abrazado y les habría dicho cuánto los amaba. Sin embargo, al no saberlo, no lo hice. En cambio, Seryna sí que sabía lo que estaba por ocurrir. Con todo, siguió adelante con aquel genocidio.

Me vienen a la memoria recuerdos de la mañana del día siguiente, cuando entré a su habitación y los conseguí acostados en su cama, inmóviles. También vienen a mi mente otros momentos relacionados con aquellos días, como el instante en que los metimos en los ataúdes y los cubrimos con tierra en el cementerio.

Estaban vivos, a pesar de que no nos diéramos cuenta. Ellos, los padres de Lionel, Kara, Justin y miles de personas más fueron condenadas a pudrirse con vida en sus tumbas. ¿Y si despertaron en algún momento? No alcanzo a imaginar la desesperación que sintieron. ¿Se les habría acabado el oxígeno?

Esos pensamientos comienzan a inquietarme, y grito improperios dirigidos hacia mi hermana. Siento que mi cabeza está por estallar y que me estoy quedando sin aire. Ella permanece frente a mí, impasible. No le afecta lo que le digo en lo más mínimo y no parece sentir remordimientos.

—¿Cómo pudiste? —le reclamo.

—Ellos nunca me amaron; no me apoyaron. Yo no tenía por qué protegerlos.

—Solamente necesitabas a alguien que creyera en ti, ¿verdad? —le digo irónicamente—. Sin embargo, eso no te daba derecho a hacer lo que hiciste. ¡No trates de esconderte en el argumento de que no fuiste tú quien los mató! Lo que esa gente te ha llevado a hacer es totalmente despiadado.

—La Élite del Zafiro traerá estabilidad a este país y, de funcionar aquí, incluso al mundo entero. Confío plenamente en que lo lograrán. Tú pronto también lo harás, porque voy a programar eso en tu mente.

—¿Eso te hará feliz?

—¿Quién habla de felicidad? La felicidad está sobrevalorada, Travis —dice entre risas—. De verdad que eres un niño todavía. Cuando crezcas, quizá lo entiendas.

—Te escudas en esos argumentos solamente para sentirte como una persona con moral —gruño, conteniendo la rabia—. ¿A cuántas personas más permitirás que maten? ¿Cuántos tendrán que sufrir? Si esto que haces es tan bueno, ¿por qué es un secreto?

—Otras personas también conocen o conocieron el proceso de reacondicionamiento —responde mientras manipula las herramientas quirúrgicas—. Oliver trabajó conmigo en su desarrollo durante un tiempo, y también existe otra persona que practica una técnica parecida. Sospecho que eso es lo que le han hecho a tu amigo Lionel los fulanos aquellos que tienen controlada a tu comunidad. —Hace una pausa—. Tómalo con calma, pronto la Élite va a lanzar el arma biológica en el estado Azul y en dos estados más. Eso concretará su plan de controlarlo todo. Tus amigos en Verde Oliva estarán bien.

—La Élite del Zafiro no parece tener nada bajo control —reprocho—. ¡Ni siquiera son ellos los que dominan las ciudades! Hay estructuras sociales distintas. Salvo la ley de tener la cara cubierta en público que ya existe en Verde Esmeralda y que querían implementar en Verde Oliva, no hay ninguna semejanza en lo que está sucediendo en ambos pueblos después del genocidio.

—Todavía no lo ves —suspira ella—. Te he dicho que el proyecto de Aislamiento B comenzó hace mucho tiempo. Primero, con la desaparición de las religiones; más tarde, con la eliminación de los apellidos, y gradualmente, con la descentralización de los estados. Ahora en las ciudades proveen estudios que ocupan mucho tiempo, pero que contienen planes académicos huecos con la finalidad de que los jóvenes no desarrollen sus facultades de pensamiento. Igual que los horarios de ciertas actividades, que solo han sido planificados para ocupar al máximo el tiempo de las personas. Hasta lo de obligar a la gente a ocultar su rostro en público tiene su objetivo: todo es un ataque contra la identidad de cada persona. ¿Comprendes la razón?

—Es más fácil controlar a un colectivo ciego que a

personas con pensamiento crítico —concluyo en voz baja—. Su plan no llegará muy lejos. Los países vecinos se darán cuenta de esto y harán algo.

—Hermanito, ¿de verdad crees que a las autoridades de los demás países les interesa lo que pasa aquí? —pregunta con tono sarcástico—. Ellos tienen sus propios problemas, y a los que sí les importa solo observan lo que ocurre para determinar si ellos mismos pueden aplicarlo también. —Tiene una jeringa en la mano y se acerca a mí—. No te preocupes por todo eso. Dentro de poco alcanzarás todo tu potencial sin tener que luchar contra todos esos recuerdos.

De repente, la pared que está frente a nosotros estalla. Hay vidrios, escombros y llamas por todas partes. Seryna cae al suelo, pero rápidamente usa como apoyo la camilla en la que estoy acostado para ponerse de pie y abandona la sala. Me doy cuenta de que algunos fragmentos de vidrio me han cortado la frente y que un trozo se me ha encajado en la pierna derecha justo al lado de mi mano. Me lo saco ignorando el dolor y evitando pensar en la sangre que debe estar saliendo por la herida. Utilizo el vidrio para cortar la atadura que me impide movilizar esa mano y, una vez que está libre, voy con las otras que mantienen mi cuerpo cautivo.

Cuando logro levantarme de la camilla, resbalo estrepitosamente, puesto que no tengo fuerzas. Siete personas que usan ropa muy oscura entran por el enorme agujero en la pared que ha causado la explosión. Todas llevan grandes armas en sus manos. Una de ellas lleva una bufanda que le cubre la mitad del rostro y unos lentes oscuros, se acerca a mí, tira los lentes a un lado y se quita la bufanda con la mano derecha, revelando su rostro mientras sostiene el arma con su mano izquierda; es Kassy.

—¿Kassy? —pregunto, confundido.

—Déjame ayudarte —me dice.

Otro de los uniformados también se acerca y se quita el pasamontaña que le cubre la cabeza; es Ráscal.

—Han llegado justo a tiempo —digo mientras me ayudan a ponerme de pie.

—¿Qué te estaban haciendo, amigo? —me pregunta Ráscal.

—¿Dónde están las otras dos chicas? —pregunta uno de sus acompañantes que, por su voz, presumo que ha de ser Diego.

—No sé dónde las tienen.

—Aquí están —dice Facundo, quien entra precipitadamente en la habitación acompañado de Lena y Lorana.

—¡Kassy! —dice una delgada Lena, lanzándosele encima para abrazarla. No parece ser que la hayan sometido al reacondicionamiento.

—¿Quién es usted? —le pregunta Diego a Facundo, a la vez que lo apunta con su arma.

—Soy el encargado de recibir a quienes llegan a estas instalaciones —contesta Facundo—. Supongo que su amigo tendrá tiempo para explicarles lo que ha averiguado.

—¿Usted no está involucrado en las actividades de Seryna? —inquiero.

—¿Han encontrado a Seryna? —pregunta Kassy,

sobresaltada.

—Ella hábilmente nos ocultó a todos lo que fraguó —explica Facundo, dando respuesta a mi pregunta—. Comencé a investigar un poco más desde que ustedes llegaron y luego, cuando desaparecieron del complejo, descubrí para quién trabaja. He sido yo quien ha enviado la señal de emergencia que tus amigos recibieron. Usé el sistema de comunicaciones secreto que Seryna tenía en su oficina y lo destruí para que ella no pudiera usarlo de nuevo. Los guardias deben estar en camino; ustedes tienen que irse. Por favor, llévense a esta joven también —agrega, señalando a Lorana.

—Pero yo no sé quiénes son estas personas —replica ella.

—Estarás mucho mejor con ellos, pequeña —le contesta, y le da un beso en la frente—. Estas son tus pertenencias —me dice, extendiéndome mi mochila. Yo la abro y me sorprendo al ver que todas mis pertenencias están adentro, incluida la jeringa.

Cuando llegamos, pensé que había sido pura interpretación mía la reacción que vi en este hombre al ver a Lorana. Puede que no me haya equivocado. ¿Existe un vínculo entre ellos dos?

—¿Cómo que no sabes quiénes somos? —le pregunta Kassy a Lorana.

Haciendo un gran estruendo, entran los guardias de MenTech por la puerta que está detrás de Facundo. Somos once contra más de veinte. Seryna está con ellos, tiene un corte en su hombro izquierdo, y una mancha de sangre se extiende desde allí hasta su manga.

—Me alegra que estés viva, Kassidy —dice con su falsa amabilidad.

—Seryna —murmura Kassy. No puede ocultar lo sorprendida que está.

—Si han venido a buscar tratamiento, están en el lugar correcto. Si no ha sido así, pueden irse —indica Seryna.

—Hemos venido a llevarnos a nuestros amigos —contesta Diego.

—Eso imaginé —dice Seryna.

Entonces saca un arma delgada de su bolsillo y le dispara en la frente a Diego. Este cae al suelo, y todos los que portan un arma en la habitación comienzan a disparar en todas las direcciones. El segundo que cae al suelo es Facundo; no logro distinguir en dónde recibe el disparo ni de quién lo ha recibido.

Kassy se ha vuelto una experta en el manejo de las armas y dispara a seis soldados sin fallar un tiro. Ráscal solo les dispara exitosamente a dos, pero recibe una bala en la pierna derecha; ahora lucha por mantenerse en pie. Otro soldado dispara al frente enemigo mientras trata de sacar el cuerpo de Diego. Yo tomo el arma de Diego y también comienzo a disparar.

Lorana desarma a uno de los soldados de MenTech y me apunta con el arma. Me observa por unos instantes, sacude la cabeza, y comienza a pegarle tiros a los guardias del complejo. Entonces toma por el brazo a Lena y la saca por la abertura de la pared por la que han salido ya los que vinieron con Kassy, quien está hecha una fiera y sigue disparando mientras camina de espalda hacia la salida. Ráscal y yo tenemos que tomarla de los brazos para que salga. Todos los guardias enemigos están en el suelo. No hay rastros de Seryna, en algún momento abandonó el lugar.

Salimos del edificio y sentimos un temblor. Uno de los edificios se abre en dos y revela estar hueco; era solo una fachada. Vemos en la distancia que un helicóptero emerge. Seryna lo aborda, y Kassy trata de pegarle un tiro cuando la nave despega, pero da contra su parabrisas antibalas. Entonces se saca una granada del bolsillo y se la lanza. No le da al helicóptero, porque no tiene tanta fuerza en el brazo, sino que le cae encima a otro edificio y hace que se desplome con una explosión.

Salimos de la llanura en la que se encuentra el complejo y llegamos a la selva para ver cómo, súbitamente, las instalaciones estallan en llamas. No creo que haya sido por la granada que lanzó Kassy, más bien, parece ser producto de un protocolo de autodestrucción.

Nos adentramos a unos metros de la selva y conseguimos una camioneta que tiene mucho espacio libre dentro, ya que solo cuenta con un asiento, el del conductor. Nos montamos en ella, teniendo especial cuidado con Diego, que lucha por mantenerse consciente. Lo acuestan sobre una sencilla camilla, y uno de sus compañeros comienzan a chequearlo. No ha recibido una bala, sino un dardo que parece haberle causado daños neurológicos. Trata de hablar, pero no logra hacerse entender.

Kassy se acerca a él y empieza a acariciarle el rostro

mientras sostiene su mano y le habla muy de cerca. ¿Qué está pasando aquí? Por su parte, Lena se ha desmayado, pues ha recibido un disparo en el abdomen, y otro de los soldados de Diego está tratando de contener la hemorragia.

—¿Ella va a estar bien? —le pregunto. La fatiga que atraviesa mi cuerpo, la adrenalina del momento y la sangre que veo me han hecho entrar en un estado de fuerte nerviosismo.

—Le he puesto un calmante tan pronto hemos abordado el vehículo —responde, poniéndole gasas a las heridas—. Parece que la bala ha salido. No tendrá mayores complicaciones si llegamos pronto al campamento para atenderla. —Señala al corte de mi pierna—. Tenemos que revisar eso si no quieres que se infecte.

—No, yo estoy bien. Por favor, atiéndela a ella —le pido. Tomo una venda del kit de primeros auxilios y me cubro la herida.

Observo a Lorana, quien está ensimismada. ¿Nos recordará? ¿Por qué no me disparó? Ayudó a Lena a salir de ese lugar, por lo que algo de la Lorana que conocimos queda en su mente. También me pregunto por qué Facundo la ha tratado con tanto cariño. Por un momento, me siento impulsado a sacarle conversación, pero decido que no es la ocasión apropiada.

Ráscal se sienta a mi lado, le están suturando la herida de la pierna mientras el vehículo está en movimiento y salta frecuentemente debido al camino accidentado que está recorriendo.

—Debieron traernos en uno de estos la primera vez —

digo en voz alta en tanto veo con detalle el interior del moderno vehículo.

—Que nos digas las gracias nos basta —dice el conductor, un hombre de edad madura—. Aquí falta una de las personas que traje.

—Es cierto. Manolo recibió varias balas de fuego en el cráneo —se lamenta Ráscal.

—Yo… yo lo siento mucho. No fue mi intención…

—Lo sabemos —interrumpe el conductor—. Son cosas que pasan en este oficio, niño.

—Cuando los trajimos, teníamos que evitar llamar la atención de la gente en MenTech —responde Pietro, que es quien está suturando a Ráscal—. De haber sabido los destrozos que nos llevarían a hacer, nos habríamos ahorrado todo ese viaje a pie y hubiéramos atacado de una vez.

—Mientras estuvimos en su campamento, no nos dimos cuenta de que tuvieran transportes —indico.

—Hubo mucho del campamento que no vieron —dice Ráscal, y se queja de una puntada que le hace Pietro.

—¿Qué hicieron para que Leopoldo aprobara esta misión de rescate? —le pregunto a Kassy.

—Leopoldo murió hace tres meses —responde ella—. Ahora Diego es el líder del campamento. —Vuelve a dirigir su atención a él.

—La esposa del líder tiene mucha influencia —interrumpe Pietro, que continúa suturando a Ráscal—. Kassy logró convencerlo de acudir en respuesta a la señal de emergencia que recibimos desde MenTech.

Kassy permanece en silencio, pero hace una mueca extraña. Ráscal le lanza una mirada de desaprobación a Pietro, quien cierra la boca y prosigue con su trabajo. Entonces Kassy me revela algo que no esperaba:

—Travis, me casé con Diego.

Y yo que pensaba ser el que portaría las novedades. Definitivamente, han pasado muchas cosas en cinco meses.

CAPÍTULO TREINTA Y NUEVE

Después de varias horas de trayecto, finalmente llegamos al campamento. De inmediato, un grupo de personas nos ayuda a bajar de la camioneta. Hay tanta gente alrededor de nosotros que me es difícil distinguir lo que está sucediendo. Me montan en una camilla y me trasladan a una cabaña que, como era de esperarse, está sobre un búnker subterráneo al cual se accede por medio de una rampa.

Esta es la Unidad de Atención Médica, o al menos una de ellas. Las personas que nos recibieron afuera vestían con ropa común, pero quienes están aquí llevan batas. En poco tiempo, todos los que veníamos en el vehículo somos traídos. No hay habitaciones, por lo que ponen cortinas para separar el espacio donde cada uno de nosotros está siendo atendido.

Escucho complacido que, en efecto, la salida de la bala que recibió Lena ha sido limpia. Sin embargo, ese alivio desaparece por completo cuando descubren que tiene una fuerte hemorragia interna y que la deben operar de emergencia, por lo que la transportan a un quirófano.

Ráscal, en cambio, en poco tiempo ha sido atendido. Pietro parece haber hecho un trabajo eficiente, aunque poco estético, en la camioneta. Así que se sienta a mi lado a esperar que terminen de suturar la herida de mi pierna. Lorana también está aquí; sin embargo, al ser examinada, determinan que no existen motivos para que permanezca en esta área y es llevada afuera.

No logro visualizar a Kassy ni a Diego. Y, para cuando terminan de atenderme y quedo solo con Ráscal, no puedo seguir conteniéndome más y tengo que empezar a hacer preguntas. En realidad, creo que Ráscal estaba esperando ansioso a que lo hiciera.

—¿Cuándo pasó? —le pregunto.

—Hace mes y medio —responde, y le da un mordisco a un helado que le han traído.

—¿Cómo fue que ocurrió? —inquiero sin ocultar mi confusión.

—Verás, amigo —dice. Creo que está por decir algo, pero empieza a divagar—. Pienso que eso tendrá que explicártelo ella misma.

—Yo creía que tú la querías. Siempre supuse que, si ella iba a terminar con alguien, sería contigo —admito.

—Sí la quiero… ¡quería! —se corrige—, pero supongo que yo creí que ella terminaría contigo. Ni tú ni yo hicimos nada al respecto, y ahora ella está con Diego. ¡Qué irónico! —Permanece en silencio durante varios segundos antes de seguir hablando—. Solo te diré una cosa: esta Kassidy es un poco diferente.

—Ya me di cuenta de eso. ¿Es posible que le hayan hecho un lavado de cerebro? —pregunto, preocupado. ¿Estará la otra persona que sabe del reacondicionamiento en este campamento?

—No —responde, sorprendido por la pregunta—, solo hemos recibido entrenamiento militar. Travis, cuando pasaron un par de semanas de su partida y nos dimos cuenta de que iban a tardar más tiempo en volver, no pudimos simplemente esperar en aquella cabaña a que regresaran. Tuvimos que integrarnos a esta comunidad.

—De hecho, esto es… —murmuro.

—Sí, es la Octava Estrella que, por cierto, no es lo que Roberth quiso hacerles creer que era —dice sin vacilación.

—¿Por qué Leopoldo nos lo ocultó cuando lo conocimos?

—Travis, nadie le dice toda la verdad a un desconocido —contesta, y sigue comiendo su helado—. Y menos en estas circunstancias —agrega con la boca llena.

—Cierto —asiento—. Ustedes hicieron un buen trabajo en todo este tiempo. De no haberse ganado la confianza de estas personas, me habrían disecado el cerebro. Gracias, compañero.

—No te preocupes. Realmente debes agradecerle eso a Diego; él siempre estuvo de nuestra parte. —Se pone de pie—. Voy a ir a averiguar cómo está él.

Ráscal se retira, y me quedo solo. A pesar de que mucha gente sigue moviéndose a mi alrededor, no converso con nadie. Nos quedamos a pasar la noche para ser atendidos en la Unidad Médica Pietro, otro soldado más y yo. Lena se ha quedado en un área designada a cuidados intensivos. Supongo que su cuerpo está tan débil que hace difícil que su condición mejore.

En medio de la noche, Ráscal regresa y me dice que no ha logrado saber nada de Diego. Aprovecho para contarle todo lo que he pasado estos meses, que no es mucho, ya que estuve inconsciente la mayor parte del tiempo, a decir verdad. Sin embargo, cuando le cuento lo que me he enterado, cae en un completo shock. Le toma un rato recuperarse, y tengo que hacer que me cuente con lujo de detalles cómo los entrenaron durante extensas jornadas diarias para que se relaje.

Me alivia que Ráscal se haya quedado con Kassy, así al menos sé que lo que sea que ella haya tenido que hacer y, en lo que se ha convertido, no ha tenido que ver con manipulación exterior. Ella puede haber cambiado, pero él sigue siendo el mismo, y puedo confiar en él.

A las doce de la medianoche, una enfermera le pide a Ráscal que se retire para que todos podamos descansar, puesto que han concluido que yo debía permanecer en observación.

Me cuesta mucho conciliar el sueño y, cuando me quedo dormido, sueño que estoy vivo y consciente dentro de un ataúd. Llevo puesta la camisa amarilla y la corbata clásica de color negro que mi padre vestía cuando lo enterré. Empujo la puerta con desesperación, pero no logro abrirla. Siento como el oxígeno se va agotando. Las sensaciones son demasiado reales para ser un sueño. Entonces me despierto y aún es de noche. Empiezo a temer que conciliar el sueño se vuelva un nuevo reto para mí.

No logro pegar un ojo en el resto de la noche. Si pudiera recibir el proceso que quería Seryna que yo atravesara, solo me gustaría eliminar el conocimiento que tengo sobre la muerte de mis padres. Lo aceptaría con tal de no tener que lidiar con esto.

Cuando amanece, nos traen el desayuno y me dan de alta. Me duele un poco la pierna al caminar; sin embargo, puedo ignorar ese dolor. Lo primero que hago al salir del cubículo en el que me atendieron es buscar el área donde tienen a Lena. La encuentro acostada en su cama. Hay aparatos que señalan sus signos vitales en la pared. A pesar de que ella se ve triste y pálida, se le iluminan los ojos cuando me ve.

—¿Cómo te sientes? —le pregunto, sentándome en la orilla de su cama.

—Físicamente… mal. —Hace una pausa para respirar—. Los doctores dicen que no sentiré ningún dolor en un par de semanas —añade—. Debo admitir que estoy mentalmente desorientada.

—¿Estos cuatro meses donde estuviste?

—Me mantuvieron sedada todo este tiempo.

—Lo supuse; te ves pálida y delgada —señalo, tratando de hacer de la situación un chiste.

—Creo que no te has visto en un espejo, Travis. —Comienza a reírse, pero la convenzo de que se detenga. Me pasa un espejo que tiene arriba de la mesa de noche, y me arrepiento de ver mi reflejo, ya que descubro que me veo demacrado.

—Los dos hemos pasado por lo mismo —asiento.

—No sé quién lo ha pasado peor. Por cierto, ¿has visto a Lorana? Ayer me di cuenta de que estaba algo rara.

—No, no la he visto hoy. Iré a buscarla. —Me pongo de pie—. Me alegra que te sientas mejor. Vendré más tarde a ver cómo sigues.

Salgo del búnker y comienzo a buscar a Lorana. Noto que, al igual que la primera vez que llegué aquí, las personas me siguen viendo de manera extraña. No debe ser habitual que lleguen forasteros, y mucho menos que lo hagan en medio de tantos problemas.

No sé por dónde comenzar a buscar, así que le pregunto a casi todas las personas que encuentro si han visto a Ráscal. Supongo que, ya que es un miembro del campamento, la gente lo tiene que conocer. Y, efectivamente, una señora de edad avanzada le pide a un niño que me lleve a la cabaña de Ráscal, y así lo hace. El niño me conduce alegremente. Durante el trayecto descubro que este asentamiento es más grande de lo que había imaginado y observo que hay hangares hábilmente escondidos en el follaje del bosque.

La cabaña donde se hospeda Ráscal es igual a las demás en el exterior. Toco a su puerta, e inmediatamente él la abre, aún lleva ropa de dormir. Me invita a pasar adelante.

—Veo que te sientes mejor —dice—. ¿Ya vas a comenzar tu gira?

—¿De qué hablas?

—Hay al menos dos personas con las que debes hablar. Una se queda en la cabaña de al lado, y la otra está en la Unidad de Cuidados Especiales con su esposo —me responde. No puedo negar que me conoce muy bien.

Le doy un empujón suave y me dirijo a la cabaña vecina.

Cuando estoy a punto de tocar a la puerta, sale Lorana. No parece ella, pero luce como una chica parecida a ella. Su cuerpo es lo único que se ve igual.

—Hola —le digo.

—Hola —dice en cambio sin mirarme a la cara—. ¿Cómo sigue tu amiga?

—Recuperándose. Gracias por ayudarnos ayer.

—No sé qué hago aquí —admite con irritación después de un silencio incómodo.

—Somos tus amigos. Bueno, tú y yo estábamos en medio de algo, pero…

—¿Vas a seguir insistiendo en lo mismo? —replica—. ¿No sabes que es extraño que un desconocido insista en que sientes algo por él? De verdad que eres un bicho raro.

—Yo sí te conozco —le digo, levantando la voz—. Quizá lo que te hicieron en aquel lugar borró tu mente, pero yo siento algo por ti. Te quiero. Mira, en el enfrentamiento de ayer estuviste a punto de dispararme, y no lo hiciste. Después sacaste a Lena del lugar. Una parte de ti sí me recuerda, sí nos recuerda a todos.

—No sé de qué hablas. Yo solo me encontraba en medio del fuego y reaccioné. Facundo me dijo que viniera con ustedes, y eso hice —se justifica ella—. Y debes saber que nadie me ha hecho nada.

—Sí te hicieron algo, Lorana —me lamento—. Verás yo…

—Hola, Lorana —interviene Ráscal, llegando desde atrás—. Cierto que no me conoces. Mi nombre es Ráscal.

Él le extiende la mano para saludarla, pero ella no le da

la suya. Solo permanece frente a nosotros, mirándonos. Después de unos instantes, se ha vuelto tan incómoda la situación que ella entra a la casa, y nosotros nos vamos. Ráscal me lleva a donde está Kassy.

Entramos a otra cabaña y accedemos a un búnker. Este es más sofisticado y tiene maquinaria científica en todas partes. Llegamos a un pasillo donde las habitaciones tienen amplias ventanas de vidrio blindado y vemos a Kassy sosteniendo la mano de Diego, que está inconsciente y conectado a soporte vital. Ella nos ve a través de la ventana y sale de la habitación con mucho sigilo.

—¿Cómo ha pasado él la noche? —le pregunta Ráscal, frotándole el hombro.

—Estable —responde ella, cruzando los brazos—. Pero estable en su caso es bastante malo. Los doctores dicen que lo que tiene es totalmente desconocido y que lo más parecido a su estado es la muerte cerebral. —Sus ojos se llenan de lágrimas; no obstante, no suelta ninguna—. Han dicho que no hay nada que puedan hacer aquí.

—Lo lamento mucho —digo con pesar.

—Lo que usó Seryna para causarle esto forma parte de una tecnología muy avanzada —señala Kassy con frustración—. Tenemos que localizarla para que nos ayude a curarlo.

—Existen al menos dos instalaciones más de MenTech. Puede que se haya trasladado a alguna —sugiero.

—Gracias, Travis. Esa información nos será de mucha utilidad. De hecho, tú y yo tenemos que sentarnos a hablar —me dice—. Vamos a un lugar más calmado.

Kassy me dirige a otro búnker, y Ráscal nos deja para que hablemos a solas. Entramos a una oficina con muchos equipos tecnológicos, ella toma asiento en un escritorio y me pide que me siente frente a ella.

—Has cambiado —afirmo.

—Era inútil resistirse al cambio, Travis —contesta—. Me alegra que ustedes estén bien.

—Gracias a ustedes lo estamos.

—Sí. —Hace un chasquido con la boca—. Eh, la razón por la que Diego aceptó ir a rescatarlos fue porque le prometí que, si ustedes habían estado durante tanto tiempo en MenTech, era debido a que habían recopilado información importante. Por supuesto, a mí me importaba más su bienestar; pero, ahora que él está inconsciente, yo tengo que cumplir ciertas funciones y necesito que me digas cualquier cosa de interés que hayas descubierto.

—Entiendo —digo en voz baja—. ¿Cómo lo resumo? —Tomo aire—. Lo que conocimos en un principio como el Día del Juicio fue producido por un arma biológica desarrollada por mi hermana en MenTech. La toxina que se liberó en el aire dejó en estado de letargo a las personas que tenían funciones cerebrales normales. Los que sufrían de enfermedades mentales o tenían desniveles químicos en el cerebro no sufrieron ningún efecto secundario. Y sí, al decir que quedaron en estado catatónico, quiero decir que los enterramos con vida. Mi hermana hizo esto por dirección de una organización llamada la Élite del Zafiro, cuyos planes no comprendí del todo. Ella me reveló que pronto lanzarán el arma biológica en otros estados. Ah, y

Lorana no nos recuerda porque le hicieron un lavado de cerebro mediante un procedimiento que se llama reacondicionamiento, de hecho, parece que nuestro encuentro con ella no fue casualidad, sino inducido por ello.

Kassy no reacciona con tanta sorpresa como yo esperaba. Más bien, toma anotaciones en un ordenador y luego vuelve a dirigirme la atención. Ahora veo que se ha vuelto muy equilibrada en el manejo de sus emociones.

—En este campamento, existen registros sobre las actividades de la Élite del Zafiro —se limita a decir.

—A propósito, ¿qué es este lugar? ¿Qué es la Octava Estrella? —la interrogo—. ¿Por qué tu padre la relacionó con lo que pasó aquella noche?

—Mi padre fue excesivamente manipulado. He concluido que ni siquiera supo con quién se reunió aquella noche en ese centro comercial —explica ella—. La Octava Estrella es la esperanza de liberación de un sistema que ya no tiene sentido, que ha oprimido a miles de millones de personas. Nuestro objetivo es traer verdadera libertad. Eso significa cada una de las estrellas, cada una simboliza una letra de la palabra *libertad*.

—¿Son rebeldes entonces?

—Somos la resistencia —continúa explicando—. Hace décadas, cuando el proyecto de aislamiento comenzó, Leopoldo estableció este asentamiento no para aislarse, sino para observar desde la distancia lo que estaba ocurriendo en las comunidades.

—¿Cómo saben del proyecto de aislamiento? —

inquiero.

—Aquí se maneja mucha información. Sin embargo, la división científica del campamento no había logrado descubrir qué había causado la muerte en masa de hace un año. Lo que has averiguado es muy útil.

—Ya veo —digo. Vacilo antes de seguir—: Kassy, ¿qué te ha pasado? —Estoy anonadado con la manera en la que habla y no puedo evitar preguntar la razón.

—Me cansé, Travis —responde con firmeza—. Me cansé de que me engañaran, de que me usaran, de ver a gente inocente sufrir a manos de quienes tienen el poder o los medio para causar daño. Ya no estoy dispuesta a sentir miedo ni confusión. Los que nos han causado tanto sufrimiento tienen que pagar por lo que han hecho

—Eso suena bastante radical. ¿Qué hay de tu familia? ¿Iremos por ellos?

—Diego también es mi familia; no puedo dejarlo así. No puedo abandonar el campamento y dejar que el legado de su padre, *su* legado se pierda —expone—. Ahora soy la líder. Estoy a la cabeza de la Octava Estrella. Entenderás que esto nos supera a ambos; supera a nuestras conexiones familiares.

—Hay mucha gente experimentada aquí. No me parece lógico que te dejen a ti a cargo —admito con sinceridad.

—Leopoldo confiaba en mí, y Diego también. Recibí de ambos la preparación necesaria para ocupar este puesto si algo pasaba —explica—. Aquí todos me respetan.

—¿Cómo fue posible que terminaras casada con Diego? ¡Solo han pasado cinco meses desde que se conocieron! —

exclamo.

—Pues también me cansé de esperarte, me cansé de esperar a que me dijeras algo. Cuando Ráscal me dijo que tú y Lorana se habían besado, supe que no podía seguir enamorada de ti —dice melancólicamente.

—Ráscal te dijo eso…

—Sí, y se lo agradezco mucho. ¿Qué esperabas? ¿Tener a dos mujeres en tu vida? ¿O es que no tenías el valor de decidirte por una? —me reclama.

—No, no es así —respondo rápidamente—. Tú eres libre de hacer lo que quieras y de estar con quien quieras. Yo solo me preocupo por ti.

—¿Estás seguro? ¿O por fin te diste cuenta de que me perdiste?

—Tú y yo también somos familia, Kassy. No creo que sea posible que yo te pierda ni tú a mí. Solo respóndeme una cosa: ¿Lo amas? ¿Amas a Diego? —le pregunto directamente.

—Diego es una de las mejores personas que he conocido. Él me ayudó a cambiar, a ser fuerte, a no tener más miedo, sino a causar cambios —me responde—. Yo lo aprecio mucho. Y ahora que no está consciente, me debo a él. Sin importar lo que pase, soy su esposa.

—¿Y él te ama?

—Por supuesto que sí.

—¿Y ahora qué viene? ¿Nos quedamos aquí para que lideres a estas personas y olvidamos lo que dejamos atrás?

—Nosotros vamos a asegurarnos de que todos estén bien. Nos estamos preparando para dar el gran golpe —

revela.

—¿Un golpe de estado? Creo que, con toda la información que hemos descubierto, lo mejor sería buscar a las autoridades para que ellas hagan algo al respecto —propongo.

—¿Tú crees que el primer ministro no sabe de esto? Él forma parte de la Élite —explica—. Esa es la razón por la cual todo esto ha podido desarrollarse sin impedimentos.

—Está bien. —Hago una pausa para seleccionar las mejores palabras—. Comprendo que sientas que has encontrado un objetivo aquí. Pero me preocupas, Kassy. ¿No te han sometido a un reacondicionamiento? Sé que existe al menos otra persona aparte de Seryna que conoce ese procedimiento.

—Nadie me ha lavado la mente. Yo misma logré cambiar y estoy orgullosa de ello. Espero que nos apoyes —dice con autoridad y entereza—. Agradecería que compartieras toda la información que has conseguido con nuestros científicos, así podríamos crear una solución a esa amenaza biológica.

En este punto, no sé qué va a pasar con nosotros y con todas las personas que conozco. ¿Es buena idea quedarnos aquí? Después de todo, parece que en este lugar hay personas dispuestas a hacer algo, pero ¿qué medios utilizan? Sé muy poco de lo que ocurre aquí.

Kassy a la cabeza de una organización militar y clandestina. Nunca imaginé que estaría en esa posición y, además, ¿casada? Por alguna razón eso me molesta.

—Supongo que colaboraré contigo. —Me levanto de la

silla—. Pero, Kassy, no olvides la razón por la que empezamos esta travesía: proteger a tu familia, a la gente de Verde Oliva y a todos los afectados por las muertes de sus seres queridos que merecen una explicación. ¿Estás segura de que quieres estar con estas personas porque tienen tus mismos objetivos o solo porque tienen el mismo enemigo? ¿Sabes siquiera quién es ese enemigo?

Ella no me responde, solo comienza a manipular el ordenador. Me está ignorando. En ese momento, me hace recordar a su padre y lo que solía hacer cuando no quería seguir conversando de algún tema. No puedo dejar que se convierta en Roberth mientras está a manos de este grupo de personas.

—Por cierto —dice de repente—. Aquí soy la líder y, aunque tenemos lazos prácticamente familiares, es importante que los demás perciban que ante todo existe respeto el uno por el otro. Por eso, agradecería que me llamaras Kassidy.

No le contesto, solo salgo de la oficina y del búnker. Me dirijo a la cabaña de Ráscal. ¿Con qué objetivo le dijo a Kassy que Lorana y yo nos habíamos besado? Yo no sabía que él nos había visto aquella noche en la cocina. Quizá solo tenía la esperanza de que, al saberlo, Kassy le abriera su corazón. No obstante, lo único que logró fue lanzarla a los brazos de Diego.

Para llegar hasta la cabaña de Ráscal tengo que recorrer un trayecto considerable y, como todo el asentamiento está hábilmente distribuido por la montaña, tengo que caminar una parte en medio del bosque. No hay nadie cerca, así que me sobresalto al conseguirme de frente a Pietro.

—¿Qué pasó? ¿Estás nervioso? —me pregunta con picardía.

—Me has tomado por sorpresa. Estoy buscando a Ráscal. ¿Me puedes indicar un atajo para llegar hasta su cabaña?

—Puedo hacer algo mejor.

Un grupo de personas me toma por atrás, me amordazan y me cubren la cabeza con algo. Forcejeo, pero me cargan durante un rato, hasta que bajamos por unas escaleras, y me tiran bruscamente en el piso.

Me quitan el saco negro con el que me cubrían la cabeza, y veo a Pietro con otros tres sujetos que tienen pasamontañas. Uno de ellos me quita la mordaza, y empiezo a gritar. Ninguno de ellos hace nada porque estamos en un búnker; nadie va a oírme.

—¿Qué están haciendo, Pietro? —le pregunto con ira.

—Atando los cabos sueltos —responde.

—¿Soy un cabo suelto?

—Existen tres, a decir verdad. Uno de ellos, tu amiga Lorana, ha abandonado el campamento —explica—. Y el otro se encuentra en terapia intensiva, por lo que será muy fácil justificar su muerte.

—¿Y Ráscal?

—Alguien a quien Kassidy le tenga confianza debe quedarse por aquí, así que vamos a conservarlo. En cambio, le diremos que tú y la otra chica han decidido marcharse del campamento.

—¿Qué es lo que planean hacer?

—Travis, tú podrías representar una complicación que en estos momentos no podemos permitirnos —prosigue, complacido—. Con Kassidy a la cabeza de la Octava Estrella, por fin tendremos más control en lo que hacemos. No podemos dejar que estés merodeando por los alrededores para hacerle cambiar de opinión.

—Espiaron nuestra conversación. Ustedes solo la quieren como jefa de esta comunidad para poder manejarla a su antojo —replico.

—¿Por qué crees que todos aceptamos tan contentos que una recién llegada se quedara con un puesto tan importante? —me pregunta con tono irónico—. Nosotros solo necesitamos que una persona esté a la cabeza de la Octava Estrella para tener a quien culpar si las cosas salen mal.

—Yo sabía que este lugar estaba lleno de corrupción —señalo—, pero no imaginaba que estaba podrido en ella.

—Con Leopoldo fue muy fácil. Solo había que hacer que mirara a otro lado para que ignorara lo que hacíamos. Con Kassidy será más fácil aún. —Pietro estalla en carcajadas.

—Tenían que deshacerse de Diego; por eso lo acompañaron a MenTech —concluyo.

—Afortunadamente, tu hermana hizo el trabajo sucio, y no tuvimos que dispararle nosotros —me dice Pietro, victorioso.

—¿La Octava Estrella y la Élite del Zafiro son lo mismo? —inquiero

—Quizá no seamos lo mismo, pero podríamos ser

diferentes caras de la misma moneda —contesta.

—Supongo que me dices esto ahora porque planean matarme.

—Sí, al menos así morirás conociendo muchas verdades —se burla—. Eso fue lo que siempre buscaste, ¿no? La verdad. Ahora podrás morir con ella.

Siento un fuerte golpe en la parte de atrás del cráneo, y todo se vuelve negro.

CAPÍTULO CUARENTA

Está muy oscuro, así que no logro ver nada. Durante un rato, pienso que estoy sumido en la clase de sueños profundos en los que las personas intentan despertarse o abrir los ojos, pero no logran hacerlo. Por lo que me toco la cara y me doy cuenta de que mis ojos están abiertos.

Aunque no puedo estirar mucho los brazos, sí puedo moverlos un poco. Estoy acostado, y hace mucho calor. Palpo con mis manos lo que está arriba de mí y siento madera. Además, huele a madera. Creo que empieza a faltar el oxígeno. En ese instante, descubro la horrible realidad: estoy en un ataúd.

Pataleo, lanzo golpes y grito, tratando de pedir auxilio; sin embargo, es inútil. Podrían haberme enterrado en cualquier lugar de la montaña, y nadie jamás me encontraría, o al menos no a tiempo. Ahora sé qué pudieron sentir todas esas personas que sufrieron este mismo destino hace un año. Estoy viviendo su pesadilla, y la mía también.

No obstante, no estoy en su misma posición. Ellos no estaban conscientes y, si llegaron a estarlo, no supieron qué estaba pasando. Yo sí que lo sé. Sé todo. Sé tantas cosas que mi situación solo confirma algo: quienes saben demasiado siempre son eliminados del cuadro. Aquellos que conocen muchas verdades terminan muriendo por ellas, con frecuencia, a manos de los mismos autores de las horrendas realidades que ellos quisieron descubrir y acusar.

Ahora que lo pienso, debo admitir que el objeto de mi devoción no era la divinidad. Seryna tenía razón, siempre he querido ayudar a los demás. Pensé que conseguir esa verdad me ayudaría a salvarlos, porque todos necesitan conocer qué trajo todas esas desgracias a nuestras vidas.

Pienso en todas aquellas cosas que logré descubrir y con las que finalmente no he podido hacer nada. Si solo hubiera tenido más tiempo… Sin duda, mi obsesión me ha traído a la tumba, literalmente.

Puede que esa sea la razón por la que quienes tienen el poder se salen con la suya, puesto que logran callar a quienes representan un peligro para ellos. Y, en consecuencia, por eso es tan difícil que las cosas cambien. Al menos para bien.

CAPÍTULO CUARENTA Y UNO

El muerto

Como tenía planeado hacer algo horrible y peligroso, esperó a que el sol se ocultara y a que las personas se fueran a la cama. No obstante, lo que más le preocupaba no era que alguien la descubriera, sino que todo el riesgo que estaba corriendo fuera en vano.

Finalmente, llegó al cementerio. La neblina era tan densa que le impedía ver con claridad. Como había hecho un gran esfuerzo cargando la pala, estaba cansada; sin embargo, ahora tendría que usarla para abrir un agujero. Nunca se imaginó a sí misma haciendo esto, pero había demasiado en juego. No podía dejar las cosas así.

Localizó la tumba y cavó un enorme hueco durante horas. No había nadie en los alrededores, puesto que la pala producía mucho ruido al chocar con la tierra y no hubo quien se acercara a ver qué estaba pasando. De repente, la pala golpeó algo duro, y ella comenzó a trabajar con mayor ímpetu.

Después de exponer todo el cajón, la rubia se puso de rodillas y limpió un poco la cubierta. Respiró profundamente para tomar aire, porque no sabía cuán desagradable podría resultar el encuentro que estaba a punto de tener, y abrió el ataúd.

Se encontró con un hombre pálido. No olía mal, así que había esperanza. Ella se sacó del bolsillo una jeringa y se la clavó en la sien, introduciéndole enormes cantidades de adrenalina al supuesto difunto en el organismo. Esperó unos segundos, pero no hubo reacción alguna por parte de él.

Ya había perdido sus esperanzas y se disponía a deshacer todo el trabajo de las últimas horas, poniendo toda la tierra en su lugar. Súbitamente, el muerto comenzó a convulsionar, y ella observó expectante lo que ocurría. El cuerpo del hombre se sacudió violentamente durante cinco minutos, hasta que quedó inmóvil de nuevo y empezó a respirar con agitación.

El hombre abrió los ojos de sopetón y quiso hablar, sin embargo, las palabras salían con dificultad y eran inentendibles. La rubia fue a buscar el termo con agua que había traído consigo y le dio un poco para que aclarara su garganta.

—Recuerda que las funciones motrices van a regresar gradualmente. No te preocupes —le dijo ella mientras él bebía agua—. La disfasia seguramente se irá en unos instantes, cuando tu cerebro reciba suficiente oxígeno.

—Cuao... Cuaco —balbuceó él—. Cuano... Cuánto... ¿Cuánto empo? —decía con dificultad, ignorando las protestas de ella—. ¿Cuánto tiempo?

—Han pasado varios días, pero no demasiados —le respondió ella—. Esto no habría sucedido si hubieras actuado rápido, Oliver, como lo habíamos decidido.

—Yo... —Parecía que el habla de Oliver regresaba a la

normalidad—. Yo no tenía más opción. Tu esposo lo tenía demasiado vigilado. tuve que actuar con sigilo; tú misma lo sabes. Por eso preferimos hacerlo de esta manera, porque no podías hacer nada mientras estuvieras viviendo bajo el mismo techo con Roberth sin que él lo descubriera.

—Él tenía cámaras y micrófonos en la casa. No podía hablar con mis hijos del tema sin que él se enterase. Yo solo podía actuar como una esposa devota —se justificó ella—. Debiste aprovechar la oportunidad de hablar con él cuando los mandé a la casa durante el día de la Siega.

—Incluso ese día había mucha gente observándonos. Cuando yo por fin iba a decirle la verdad a Travis en mi casa, Lio me entregó.

—¿Qué verdad planeabas decirle? —inquirió ella—. Hay muchas.

—Le iba a explicar parte de lo que estaba pasando aquí. Aunque sabes que lo mío en realidad son las mentiras —admitió él—. Está bien, acepto que mis métodos han sido muy sistemáticos.

—Sin embargo, fueron efectivos —agregó ella—. Lograste que Travis y mi hija salieran de la ciudad. Ese sobre y el teléfono que les dejaste los pusieron en el camino correcto.

—¿Y dónde están ellos? —preguntó Oliver.

—No lo sé con exactitud, pero me alegra que al menos ellos dos estén lejos de este lugar —dijo Sonia, quien soltó un suspiro de alivio—. He dejado a Paulo al cuidado de una amiga en una casa que se encuentra en una zona aislada. De Roberth nadie ha sabido nada.

—Hay gente interesada en Travis, en lo que podría hacer

posible —señaló él con preocupación—. ¿Y si ya ha caído en sus manos?

—Entonces lo buscaremos; no será difícil.

—¿Y ahora qué? —preguntó él—. Soy un traidor y, además, según la opinión pública, estoy muerto.

—Lo que es perfecto —indicó ella—. Nadie jamás sospecha de los muertos; eso nos da ciertas ventajas. ¿No te has dado cuenta de que, mientras más muertos hay, más cosas suceden a nuestro alrededor? Esto facilita que pasemos a lo siguiente —alardeó—. Quizá sería buena idea conseguir más de esto —dijo, señalando la jeringa con la que lo había devuelto a la vida.

—Tienes razón —aseveró él, con una enorme sonrisa en su rostro.

FIN DEL PRIMER LIBRO

AGRADECIMIENTOS

Hay muchas personas que merecen reconocimiento por haberme ayudado de diversas maneras en la creación de este libro:

Mis padres, Belkis y Fernando, quienes me educaron. Moisés y Joel, mis hermanos, por haberme animado a escribir e insistir en que tenía talento para hacerlo, además de apoyarme de diversas maneras. Sin su ayuda esto no habría sido posible.

Heidy Rivas, quien me guio en todos los pasos que tenía que seguir para concretar este proyecto y me ayudó de muchas maneras más, como aportándome el nombre de la Élite del Zafiro.

Zuleydi Bohórquez y Estefanía Rivas fueron mis primeras lectoras; de hecho, leyeron el primer borrador en una sola noche y, a pesar de que era un auténtico desastre, se mostraron sinceramente entusiasmadas, lo que me animó a seguir escribiendo.

Ehlys Landaeta, Elizabeth Rivas, Nathalie Tovar, Raquel Almérida y Jael Reyes, quienes estuvieron dispuestas a leer todas las veces que fue necesario lo que les mandé, y de quienes recibí valiosas correcciones.

Finalmente, gracias a todos los que leyeron esta novela y han llegado hasta aquí, de verdad, lo aprecio mucho. No hay nada que satisfaga más a un escritor que ser leído. Espero que hayan disfrutado leyéndola, así como yo lo hice mientras la escribía.

Made in the USA
Columbia, SC
25 August 2023

22027924R00240